U0922062

青春三十六记
李守智 著
西南财经大学出版社
中国·成都

图书在版编目(CIP)数据

青春三十六记/李守智著.—成都:西南财经大学出版社,2017.11
ISBN 978-7-5504-3248-2

Ⅰ.①青… Ⅱ.①李… Ⅲ.①中国文学—当代文学—作品综合集 Ⅳ.①I217.2

中国版本图书馆 CIP 数据核字(2017)第 251360 号

青春三十六记
李守智 著

责任编辑:李晓嵩
助理编辑:王琳
责任校对:陈何真璐
封面设计:张姗姗
责任印制:封俊川

出版发行	西南财经大学出版社(四川省成都市光华村街 55 号)
网　　址	http://www.bookcj.com
电子邮件	bookcj@foxmail.com
邮政编码	610074
电　　话	028-87353785　87352368
照　　排	四川胜翔数码印务设计有限公司
印　　刷	四川五洲彩印有限责任公司
成品尺寸	148mm×210mm
印　　张	8.75
字　　数	195 千字
版　　次	2017 年 11 月第 1 版
印　　次	2017 年 11 月第 1 次印刷
印　　数	1—2000 册
书　　号	ISBN 978-7-5504-3248-2
定　　价	36.00 元

青春飞扬， 你有几记？

作者是热闹的，无数文字在眼前手下跳跃结合；也是孤独的，成日呆坐，心里默默自语，极其枯燥！有时甚至还不如鱼缸里的金鱼，或许你会同情它被限于方寸鱼缸，不得自由，殊不知，它不懂忧，有空气有水能随时游动就是生命，也不思虑，不为生计，你愿意饲养就投食，但饿死也不乞求，赤条条，无畏冬夏冷暖！

对于著书立说，我一直心生敬畏，总觉得那是离我很遥远的事。即使现在各种作家横空出世，许多书的品质内涵不敢恭维，但抛开书的内容是否完美、思想是否伟大，光是绞尽脑汁去构思一本书的内容，再废寝忘食地写出几十万字，这些用心用力，就让人望而生畏并心生敬佩。虽然现在有了电脑，不需要一笔一划地手写，但面对空白的电脑静坐、敲打、修改，也很辛苦，更加枯燥，很多人都不能忍受。

但我偏偏就崇拜这件事，并且在有了一些阅历之后，也跃跃欲试，于是有了第一本书、第二本书。虽然有些不自量力，甚至还略显苍白单薄，但我对写文章出书这事的态度一直很真诚，从没改变过，也将继续努力探索和完善。

每个人都有很多与别人相似的共性和不同的个性，甚至有个性到有点夸张让人觉得是奇葩。我虽然不算出格，却经常静静地“越界”，颠覆别人对我的想象和认知。一个学财经的人，在商界跳跃了多年之后，做起了自媒体，对娱乐圈而非财经界的人和事评头论足，有点不务正业的喧嚣和浮躁。偶尔又静下心来写点与世无争的文字，成了别人眼中的“作家”。

但我从不敢安然接受这个称谓，因为自知离这个身份和头衔相差很远。我不是学中文出身，也没系统深入研究过文学，而且作品寥寥无几，甚至没得到过业界的关注和认可。即便是成就我所谓“作家”身份的两本书，也让很多人觉得另类、奇葩。

不是伟人名人，年纪轻轻，第一本书却出了一本自传——《逆风飞翔》，让很多人觉得我有点狂妄自大。这本书记录了十年职场的坎坷曲折经历，有人觉得很真实，找到很多共鸣，佩服我审视自己的勇气；也有人觉得这本书内容零碎，缺乏故事性和文学性。优点、缺点都很客观，我都接受。

《青春三十六记》是我出的第二本书，又是一本“逆风飞翔”的书。一个不知名的业余写作人，没写过多少鸿篇巨著，却出了一本算是文集的书。该书收录了我最近这些年断断续续写的一些短篇小说、杂文、散文和游记，等等，体裁比较丰富，相比第一本书，故事性、文学性、可读性都有所加强。

《青春三十六记》一共收录了三十六篇文章，其中既有根据周围的人和事进行非虚构创作的几部短篇小说，它们关于青春、爱情、校园，也关于青春生活中不曾经历却有所见闻的故事。《青春三十六记》勾勒了大学班上三十六个青年的素描，这其中或许有你和你身边人的影子。《海燕北飞》讲述了一个农村女孩大学毕业后，如何在城市中打拼，然后远嫁北京，改变命运的曲折逆袭故事。还有对世间人和事的点滴感悟，把对各种人和事要说的各种抱怨、唠叨、说教、调侃、挑逗、讽刺、关心、体贴、开导、安慰、倾诉、暧昧，以及各种真话、假话、谎话、好话、坏话、狠话……都以文字的形式记录、凝结、融合，不再去伤害、欺骗、打扰、渴望、鄙视、欺负、责怪、巴结、赞美……！

青春如同煮粥，等分算秒地将粥煮沸，紧等慢扬地将它吹冷，这一冷一热的变化和回归，完成了形式的蜕变，达到了利用的目的。青春总在没心没肺地膨胀，然后又步步惊心地回归，这一胀一缩的起伏和归零，完成了人生的历练，领悟了人性的初衷。

无论你挥不挥霍，青春总在蹉跎；不管你脆不脆弱，人生都会颠簸；随便你活不活泼，激情都在消磨！即使容颜老去多年，心还在原地盘旋，岁月不会随白发老去，时间在青春中永恒！

谁的青春不曾激情飞扬，我为青春记录了三十六篇，与你共享！你的青春，记录了几篇，让你以后能纪念和回想？

目录

一、短篇小说

二、随心所写

三、行万里路

一、短篇小说

青春三十六记

此青春“三十六记”非兵家“三十六计”，写这篇文章，是无意促成的。

在我出版处女作《逆风飞翔》的时候，有大学同学四处宣传，说书中有各位同学的故事，鼓励大家购买阅读。

其实不然，《逆风飞翔》主要记录本人十年职场坎坷经历，自己是唯一主角。

鉴于同学们都想在书中有自己的角色，我便想满足下他们的愿望，同时也让自己自由发挥一把。但写完后又不敢给他们看了，我觉得写的内容会把大学同学得罪光。

大学班上正好三十六名同学，每人均有一则短小的记录，凑成三十六记。人物较多，只能抓取每个人身上比较显著的特点或者令人印象深刻的地方，寥叙简述。

转眼间我已大学毕业十几年了，要在脑海里立刻梳理出班上同学的姓名、形象及特点还真不是件容易的事。还好当时我在班里担任生活委员，还算熟悉每一位同学，按照总人数及寝室、性别和籍贯分布，折腾了好久才将他们一个个从记忆里揪出，接下来让记忆里早已尘封的他们在字里行间鲜活起来。

成都四杰

三十六个人，说多不多，说少也不少，还是要根据某些特征打包归纳才行，首先映入脑海的就是“成都四杰”。

之所以从成都人下手，是因为大学母校在成都，也是来自同一地方人数最多的，而且他们身上确实都能淋漓尽致地代表和体现成都人的特质，但彼此之间差异又很大。

班上大部分同学来自省外，虽然每个省、直辖市和自治区基本都是一个最多两个，但他们都有老乡会可以依靠和归属，互相关照。但四川本地人太多，又没有身在他乡的漂泊不适，所以完全没有老乡的概念，自然是无组织地独来独往，这方面成都本土的同学表现尤为突出，四川其他地市的同学既没老乡会，又没本土优势，只能单打独斗。

说到成都，都知道这里风景优美、佳肴诱人、生活安逸，曾被誉为“东方伊甸园”，是很多人眼中的宜居城市。

但说到成都人，在外地人心中的口碑和形象却不算完美，就像北京人和上海人一样，与北京人的高傲、上海人的精明一样，成都人也有一件并不美观的外衣，用四川话形容叫“假打”，用书面语言解释为虚伪。

当然，我一直不赞同用一个标签把一个地方的人都概括完，无论是豪爽、热情、善良、聪慧这些常用的正面褒语，还是自私、虚伪、计较等负面贬词，都只是一个人或者一个群体的一个方面。而人是复合型的高级动物，每个人都集结了人性的各种元素，只是在不同的地方和不同的对象面前展示不同的属性而已，所以不能“一竿子打死一船人”或彻底否定一个人。

成都人的“假打”，确实只是最鲜明的特征之一，这个特征不只是外地人的感慨总结，本地人也很认同，也不否认自己和周围人也有那些特征，甚至外地人在成都久了，也会有意无意地沾染和养成这些习气。其实这些都是人之常情的生活策略选择，是否为生活哲学或智慧另当别论。

而成都人“假打”的最直观和直接的体现就是，成都人能言善辩、口若悬河，但行动就不会那么高调激情了，也就是常说的“说一套做一套”。对于这点，我见惯不惊，“成都四杰”也淋漓尽致地展示了这个特点，所以他们才会那么“杰出”。

圆滑林君

和林君同住一个寝室，所以接触最多，但我不能说了解他，不怪我不够细腻敏感，而是他确实是让人不能轻易读懂看穿的“演技派”。

与另外三位来自市区的成都人不同，林君来自郊县农村。按理说成都平原地区的农村地理条件好，但没想到这里农民的处境也仅仅是比其他地方略好些，依然摆脱不了农民的宿命，与城里相比还是相差甚远，所以比起其他精明的成都人，林君需要更精明。

林君父母都是农民，父亲以屠宰为业，收入算不上稳定和丰厚，但比其他农民多沾油水，饮食略微滋润些；母亲辛苦种地，用庄稼、蔬菜、家禽养活一家人，有多余的就拿去卖钱来贴补家用。他还有一个弟弟，两兄弟成绩都不错，都考上了大学，没有像周围其他农民子弟一样早早辍学打工谋生，因而父母负担也很重。林君在耳濡目染下从小就知道为父母分担，什么农活都会，也善于过日子，出门在外也很节约。

然而上天是公平的，虽然林君比其他三位成都同学的家庭条件差很多，却也得到更多。

首先林君五官俊朗，算是不折不扣的帅哥，身材高挑匀称，甚至很性感。他擅长运动，短跑出色，加上成绩优秀、形象颇佳，是同学中的标兵，上学以来老师们都很喜欢地。他对自己的身材也很自信，夏天经常在男生寝室一丝不挂地解放身体、回归自然，赤身裸体地穿梭于各个寝室和过道间，偶尔也穿条已经千疮百孔的内裤来凸显自己的性感和奔放。

他生性开朗活泼，能言善道，完全不因为自己家庭条件不如人而自卑封闭，能巧妙地化解囊中羞涩的尴尬，与什么层次的同学都能打得火热。但他那赤裸裸的自我嘲讽和花言巧语的调侃，多了些世俗的油腻和入世颇深的沧桑。

上大学时他却成绩平平，倒不是智商和能力不够，而是没有重视。他业余除了参加学校和学院的各种体育运动及学院学生会的各种管理活动，有空就回家帮父母务农，学习只能算敷衍打发。

他很能吃苦，刚开始两年同学们吃喝玩乐的时候，他多数都不在或者不参加，很自然地回避了手头不宽裕的窘迫。但他并不完全将自己隔离，还是能和各类同学都搞好关系，偶尔也聚会吃喝、打球、说笑，不攀比，也不自卑，将自己真实地展现在别人面前。

但他的油嘴滑舌让很多人喜欢又讨厌他。他虽然长得一表人才，却无时在刻不在言辞中表达着自己被青春荷尔蒙怂恿后的欲望，但他行动上又不是一个好色花心的人，只是喜欢用这种言语调戏的方式来满足自己的念想；同时，也和其他男生找到共同话题，随时随地展示自己男人本“色”的一面，但又尽量不伤害得罪人，让周围的人在他云里雾里的言语中看不到任何真实的表达。

林君就这样还算轻松自如地应付了大学四年的学习，虽然成绩不算很优秀，但综合实力强，毕业后在学院的推荐下去了成都某政府部门，从此开始了自己的公务员生涯。

即使林君喜欢调侃所有异性，但其实班上的女同学他都不喜欢，即使有人表白他也巧妙回绝，还能继续做朋友。大四的时候，他凭借三寸不烂之舌搞定了北京来的刚入学的小师妹。虽然他无钱无势，却凭借出众的外貌和能力以及甜言蜜语，让漂亮的小师妹投怀送抱。不过最终结局早在意料之中，因为双方距离远和家庭环境差异大，小师妹毕业后回到北京，两人也只能分道扬镳。曾经通过别人了解到，看似花心的他其实很痴情这个女子，但无奈现实如此，他早就习惯了坦然接受，只将深情藏于心底，只是从没在同学中表现或倾诉点滴，依然喜欢用花哨的言语来掩饰自己真实的内心。

毕业后大家来往也不多，即使曾经是室友且同在成都，也三年五载难得见一面。他始终在公务员系统的围城中辗转，我们都觉得他混得不错，以他的特质干公务员再适合不过了。但是每次聊天，他都是吐槽和不满，到底有多少掩饰和无奈，外人也不得知晓。但在这个系统中发展，其压力有多大是可想而知的，即使他那么会周旋和排解，还是在一次喝醉后忍不住打电话倾诉了一回。

至于感情，如此开放风骚的男子，但因有过一次情伤，自然更不奢望爱情。后来在父母的催促和择优选择下，林君找了一位颇有家世背景的女子结婚生女。

关于林君，因为接触最多和特点够多，所以多了几行笔墨。

浮夸朱君

虽然都来自成都，朱君和林君反差却很大。

朱君有着北方汉子的个子，也有成都男子的精明，她母亲是北京人，父亲是成都人，所以完美结合了母亲的身材和父亲的心智。

听说他父母都有比较体面的职业和稳定的收入，对他宠爱有加。他基本上不住八个人一间且没有卫生间的脏乱差的大学寝室——除非偶尔课太多要早起。即使来住，也是父亲开车送来，还打理好床铺和吃食。即使我们不住同一个寝室，我也偶遇过几次他个子娇小的父亲为他铺床叠被，这是很典型女主外男主内的成都式家庭分工。

遗传了母亲的伟岸身材，朱君从小就被父母送去参加各种业余爱好培训班，朱君最终在游泳方面表现出色，有着游泳运动员的性感倒三角身材，但走路的姿态却不优雅。朱君中学时就因为游泳获奖无数，大学时还经常出去比赛，对于我这个身材娇小还不会游泳的旱鸭子同学，他基本不屑一顾，彼此自然全无交集。

但他五大三粗并不代表心无城府，却是很有“心计”的。虽然不像林君那样甜言蜜语，但也是能言善辩，每每发言，要么非常犀利甚至古怪，要么全是浮夸假得让人反感。但或许是因为都喜欢运动，还都有点玩虚浮的爱好，朱君和林君两位身世背景差异巨大的人后来居然成了密友。

对朱君的深刻了解分两部分，一是大学本科四年。这期间我是他的看客，他也不怎么在乎我的存在，很多时候在他眼里读到的都是对别人的嘲笑和不屑。但没想到我们居然还延续了三年硕士研究生的同学缘，所以略多几分了解，不然笔墨就到此结束了。

二是读研期间。念本科时他成绩中上但不算最优秀，不过在研究生学习时就爆发了，科研能力相当强。后来无意中才知道他中学可是出自成都名校，从那样的学校考上这个大学只能算成绩平平，但养成了一些不错的学习习惯，而且外语相当优秀，这些都在研究生学习时派上了用场。

研究生学习时我的成绩和综合实力也展现出来了，于是乎我就成了他的假想劲敌。每次必要的碰面时，他都会将我这个曾经不屑一顾的小个子同学莫名其妙地谬赞一番，但言辞虚浮、神态浮夸，我得到的是赤裸裸的嫉妒、宣战和提防，甚至还有嘲讽，仿佛生怕别人有一点比他优秀。听了他的话总是让人感觉像是吃了用燕窝烹制的苍蝇，明明想吐，还得假意回应他用心良苦。

毕业后大家自然就形同陌路再无联系，偶尔从同学口中得知，他念完硕士又顺利攻读了博士，后来进了某银行，至于具体做什么、发展得怎样，再无听闻。估计这辈子的交集缘都用完了，以后几十年一遇的同学聚会，彼此的交流也仅有只言片语的招呼。

市侩周君

相比林君的甜言蜜语和朱君的夸夸其谈，周君的口才完全有过之而无不及，用口若悬河来形容毫不夸张，他的油滑市侩甚至是虚伪很明显。

他的五官其实相当帅气，可惜配了个小个子，而且没有气质和身型，走路东倒西歪、驼背拱腰，有点老态龙钟的慵懒和猥琐，全然没有青年的激情和风采。

据说周君来自成都一个非常普通的家庭，父母都是本土居民，没有较高的学历和风光的职业。但依托成都人的本土优势，充分享受了成都人该有的待遇，有份工作和几套住房，日子也算滋润，所以他充分传承和凝结了成都小市民的气质和特点。

他也很少在寝室住，大部分时间不在学校。但是他自来熟，只要来学校，与谁都能畅聊，云里雾里、有的没的都能说，但好像没人愿意和他畅聊。

即使偶尔必须来上课，他也只围绕着几个女生转，无条件地当跟屁虫，即使向各种女生表白人家都置之不理，却依然主动贴近当“跟班”。

他很少来上课，上课也不听课做笔记，而是像苍蝇一样围着女生谈天说地，或者是打瞌睡。但到了期末，他就疯了一样到处找笔记和求重点，考试时更是到处傍“大腕”求抄袭。

大学四年他磕磕碰碰地完成学业，最后有好几门功课交钱重修后才侥幸毕业。

虽然周君没在班上或者学校其他班上追到女朋友，但有张帅气的脸蛋和超好的口才以及不错的学校背景，所以他身边不缺女人，总有一些无知女青年会上套。听说有一次他勾搭到有男朋友的女生，对方和他大打出手，还闹到学院办公室，至于后来怎样息事宁人就不清楚了，总之影响很不好。

本科毕业的时候，大学毕业生就业形势还不是很严峻，他虽然成绩不佳，但勉强拿到名校的学历，加上口才了得善于忽悠，所以很顺利地在一家小银行找到了工作。后来碰面机会极少，不过对他这种类型的可以直接判断，应该很会投机取巧赚钱，把日子过得滋润应该没问题。

他是班上结婚最早的同学，大约毕业半年后就闪婚了，当时不过22岁，还邀请了我们一帮读研究生的同学前往。他老婆也是小巧个子，只要一说话就知道是典型的成都人，长得不漂亮，一张大嘴能说会道，和他是绝配。对她来说找到这样一个家境、收入不算差的小帅哥也不容易，所以相当珍惜，后来两人很快生了孩子，婚姻也算稳定。

孤傲兰君

相比以上三位成都同学有明显成都人的特质，兰君身上有很个性的孤冷傲慢。

他长得胖还略矮，圆乎乎的，但不爱笑不爱理人，所以并不可爱。

听闻他母亲是名注册会计师，在当时是很风光的，所以家庭条件很不错。这个独生儿子自然是娇生惯养，很少在寝室里住宿，不爱上课，成绩自然不理想，也经常重修。

后来他经常出现在学校的两个地方。一个地方是足球场。他虽然矮胖，但却酷爱足球，好像速度和球技还不错，所以偶尔和同学踢足球，但踢完球并不多逗留，更不会和其他同学厮混在学校外面，如看球喝酒。

另一个地方就是几位女生旁。听说他很喜欢班上某位女生，可惜这位女生并不喜欢他这样的，所以并未答应他的追求，不过也没彻底回绝，做起了好朋友。于是兰君就经常夹在该女生及其闺蜜中间，女生缘倒还不错，只不过和男生的交集少之又少。

毕业后，兰君并没有找一份看似风光体面的工作，而是在母亲的关系网中游走，至于发展得怎样不得而知，后来居然打过一两次电话向我咨询投融资事宜，好像做的都是大生意。

关于“成都四杰”，个性十分鲜明但我与他们交集不深，所以更多是结合家庭环境来描绘他们的特征。其实，其他同学的家世根基彼此都不了解，但这几个成都本地同学的家底，总是被大家有意无意地窥探和八卦，所以多了几分了解。

国贸三侠

这是一个很奇怪的封号，前面两字是专业，后面是三位侠客的意思，但不是指武侠小说中的功夫高手，甚至不是指男生，而是三位女生，但又不是什么褒义，大抵是说班上长得最不那么顺眼的三位女生。

我也不记得这个封号具体如何诞生，只在我们寝室内部夜谈时使用。随着大三、大四男女同学关系逐渐融洽和睦，就很少被提及了，估计好些室友如今都不记得有这么一说。

夜谈应该是很多大学生夜生活的重要篇章。虽然大学对学生学习要求比中学放松很多，但宿舍管理还是比较严格，每晚十点要关闭宿舍楼并断电，除了偶尔个别人有特殊原因，到了晚上十点同学们基本上都会回到寝室睡觉。

正值激情的青春，大家精力旺盛，漫漫长夜都无心睡眠。那时候寝室条件还很差，没有电视机和电脑，更没手机，除了偶尔点着蜡烛打打纸牌，关灯后都是躺在床上等着入梦，夜谈自然必不可少。

夜深人静的时候，看似高冷酷毙的男生们，也会变得和小女生一样八卦，天南地北高谈阔论，女人和性自然是重要主题。室友们都在感叹运气不好，班上基本上没什么绝色美女，而且还挺高傲，看不上班上的男生。男生们自然也对女生们嗤之以鼻，在夜谈时对她们各种踩贬，抒发白天上课时的冷遇和对其他班男生的羡慕。于是班上最不受待见的三个女生脱颖而出，成为室友们的八卦舆论"公敌"，并封之为"国贸三侠"。在很长一段时间内，这个称呼在夜谈中出现的频率非常高，好像没什么美女可以谈论，大家就通过审丑来获得快乐。

X 君

刚开始我一直在心里默默地为 X 君入选"三侠"鸣不平，因为第一次看到她的印象还是挺好的。

第一次上课的时候，大家对班上同学都不熟悉，我第一眼就在班级中注意到了她。

那时候同学中一直流行着重庆美女多的传说，甚至夸张到"三步一个张曼玉，四步一个林青霞"的地步，所以大家都在搜索附近的重庆籍女同学，我们班也有三个——但美好传说瞬间幻灭。

X 君就是典型的重庆女子身材，虽然不是丰乳肥臀的性感火辣，但身材匀称、纤小、有曲线。她的披肩长发略显蓬松，不知道是烫焗效果，还是发质干枯导致自然爆蓬，还好刘海用白色宽带发夹束缚，看起来不至于披头散发，还略显时尚，走路也算温柔优雅。我生性腼腆，不敢和她对视，粗略扫描五官还算清秀，皮肤白皙，虽然不算第一眼美女，但至少说得过去。

然而，不知道各位室友何时审视得那么仔细，一致认定她丑，还名列榜首。于是后来我每每遇到她，都会刻意去观察她的五官，渐渐地确实觉得她五官不耐看，特别是嘴巴和鼻子不算好看甚至有点别扭，多少理解室友们的认定了。

再后来，我便不再仔细观察她了，即使聊天也尽量避免对视，倒不是她真的就那么不堪入目，而是她有种拒人的气场，即使笑着眼里都能捕捉到杀气。

她性格不张扬，也不高冷，很爱笑，但大多看起来是居高临下的嘲笑。她偶尔也和大家聊天，很会拿捏分寸，而且从聊天内容上感觉她几乎无所不晓，让人有些佩服。她经常上课时不动声色，但成绩都很优秀，算是不显山不露水的高手。总之，她的笑和热情让人总觉得有些伪装，有些高冷和强势，让人有点想躲避。

即使后来又延续了三年的研究生同学缘，但我们之间的友谊并没有加深多少，大家都只有必要的接触，毕业后就基本再无联系和交集。很多年后聚会时模样还算熟悉，但在彼此脑海中，都属陌生人之列。

Y君

Y君的入选确实有些冤枉，这位少数民族同学没有讴歌中的少数民族那么美丽热情、能歌善舞，确实貌不惊人，但也不至于说她丑。她为人行事相当低调，不招人讨厌，经常平淡和沉默得被大家忽略，所以我也只有用这一小段文字来记录和回忆她。

Z君

Z君入选“三侠”，虽是意料之外却在情理之中，三分相貌作祟七分人品差。

其实相比班上诸多姿色平平略带青涩朴素的女生，Z君算是比较出色的了。

她个子很高挑，而且发育很好，大一时就充满荷尔蒙迸发的少妇气质，好像家庭条件也不错，打扮比较时尚成熟。为何这样一个女子会被诸多同学不屑呢?

其实很多人都没注意过Z君这样第一眼给人印象不深的女子，对她的反感首先来自寝室某位小个子的男生。这一高一矮、一男一女的两个人，开学不久不知道怎么熟络起来了，于是经常上课坐在一起窃窃私语，结果两人不知道为什么没能成为挚友，是高个子美女拒绝了这个小个子，引得他不满，还是两人性格不合，原因无从探究。总之，小个子室友细数了Z君种种造作矫情，具体细节现在已经记不清了，但最后加了一条致命的，这位时尚美女居然口臭，于是大家对她顿生厌恶。

后来有意无意对她稍加观察，某种程度上印证了这位男生的描述。她喜欢穿漂亮衣服，还喜欢在教室有意无意寻求存在感、求关注，结果大家都置之不理，其他女生好像也看不惯她的作为，对她都比较冷淡。她虽是四川人，来自某阳光城市，那里外迁人口多，都说普通话，但她的普通话断句节奏让人很不舒服，满满的造作、发嗲，可惜音质没林志玲那么悦耳，相貌也没林志玲动人，于是大家对她的反感与日俱增。

还有就是对她的做派也不大能接受。听室友说她高中就交男朋友，开学时偶尔也有男生环绕在她周围，但好像又没有真正谈恋爱。到了快毕业时，居然喜欢上了班上一位结实憨厚的沿海男子，该男子痴迷某四川美女，加之她给大家印象不佳，自然是拒绝她，可她还各种倒贴套近乎，更让大家对她心生厌恶。结果快毕业时，这位经常因为单方面失恋醉酒的沿海男生，居然破罐子破摔和她暧昧了一阵，毕业后不了了之。

毕业后，听说这位工作能力不弱的Z君去了上海，还很快嫁人生子，从此再没关注过她的动态。

重庆妹儿崽儿

班上有四位重庆籍同学，三女一男。正如前面所说，没有美女，几位同学完全没有成都四位同学的相似性，风格差异颇大。

谭君

谭君来自重庆一个临江的郊县，个子高挑略微魁梧，却长着一副爱笑的娃娃脸，到现在我都无法对她进行整体定位描述。

她很平和亲切，对谁都一副笑脸，打扮一直很朴素。其实她有做气质美女的天赋，只是她自己没有意识到这点，或者彻底没想过往那方面发展，始终走朴素随性路线。

她刚开始还是团支书，班上第二次换届选举后落选成为平民，后来我对她的印象就是成绩和能力还不错，但没有更多的记忆点，现在令我印象最深刻的是她的字写得很漂亮大气。

张君

班上一共有三位女生来自重庆，都不是想象中的美女，但前面两位身材还算匀称。张君个子不高略显丰满，穿衣打扮看不出她的身段，自然也没身材可言，五官也不算漂亮，而且皮肤黝黑，总之相貌平平。

她的名字很好听，而且她有一种天然的亲和力。虽其貌不扬，但招人喜欢，说话细声细气偶尔还嗲一下，并不显得做作。与其他女生要么强势要么看起来有心计不一样，她容易使人产生好感，和男女同学关系都很和睦。

虽然我个性稍微内向，但性情平和，又干着取信、发信件、发生活补助、检查卫生等生活委员事务，我和同学关系都不差，但也都不会很亲近，所以大学四年和张君关系平平，毕业后也一直没联系。

但是好像和她又很有缘，她毕业后回重庆工作，大约七年后嫁到成都，此时我也折腾了十几份工作，某一天居然在上班的电梯里偶遇了她。大家见面不陌生，但也没特别亲近，除了在电梯里偶遇，也没单独约见，后来大家都存在于彼此的电话和微信通讯录，鲜少联系。

罗君

说起罗君，估计除了他们寝室的几个男生熟悉他，剩下的同学都不熟悉他。他在班上几乎是被忽视的一个人，但所有人又都知道有这样一个人的存在，他最大的特点就是没有存在感。

虽然他来自重庆，但只是重庆的一个郊县；他个子娇小略微驼背，完全不像其他城里来的同学那么洋气明媚。

无意中听说他当时是以很高的分数被招进来的，这让我很吃惊，因为他上大学基本不认真，上课默默蜷在某个角落里，不和其他人多交流，不积极回答问题，也不会主动擦黑板、分发资料，下课一溜烟就不见了，很少在其他地方看得见他，几乎和所有人没交集。

只要有空，他就躲在蚊帐里看小说，偶尔出去看录像。因为他住在我对面寝室，偶尔无聊时或者分发生活补助的时候，我也逗逗他，他总是不紧不慢、不来气。他给人的感觉是不卑不亢、与世无争，就这样默默地念完四年大学，成绩平平，毕业后就彻底从大家视野中消失了。

虽然毕业后同学们都很少联系，但每个人至少都有三五几个常联系的同学，而他好像没有，以致于在毕业十周年同学会时，同学们花了好大力气，才把“失踪”的他从重庆他老家县城某个公务员部门挖出来。十年后的他几乎没有变化，没有职场打磨的疲惫或者风光，没有公务员的油滑，其他同学都夸夸其谈，他依然是那样低调安静，继续保持着自己的低存在感。

乐山三人

班上除了来自成都重庆地区的人数略多，其他省市一般都只有一个，乐山居然有三个，三个人分别在三个县，风格差异也很大。

吴君

某种意义上，直到吴君很多年之后续上长发，穿上裙子，嫁为人妇，我才把她当女人看。

她有着高高的个子和瘦瘦的身材，一马平川的胸部和毫无曲线的臀部，加上长期留着短发，身着短裤，表情酷酷的，说话很硬气，五官也没有女人的娇媚清秀，让我确实无法把她和女人联系起来。

但是，在我眼里满满的违和却成了她十足的个性，居然好几个男生在追求她。这些男生平时可都是喜欢丰乳肥臀、庸脂俗粉的。这很让我意外。

不过，后来与吴君有些接触，我多少知道了为什么男人可以忽略她的相貌平平和毫无风情，因为她能走心。

也可以说，她确实是有些抱负和理想，或者野心，也善于笼络人心。

大二的时候，班委改选，我成为生活委员，她当班长，偶尔有了交集。

相比之下，我们俩好像气质角色错位了，她看起来更大气，我看起来更细腻，于是有了这个分工。后来偶尔闲聊，觉得她很会聊天，善于谈心，我恍然大悟了那些男生对她的追求，或者成为她的朋友。

上大学时，她患急性阑尾炎做手术，同学们都去看望了她，看着病床上如此单薄的她，我第一次对她有了对女人的怜悯和同情。

她父母好像都是外地支援三线城市才去了那个小县城，难怪她的普通话很标准，完全没有川普椒盐味，或许这就注定了她骨子里没有四川人的风味，她的梦想也不会停留在成都。

毕业后，很多同学就业或者就近考本校研究生，她执意考北京某名校未遂，后来只身前往北京备考，第二年终于上线，但成绩不佳，最后调剂到一个普通的专业，将名校的硕士学历拿到手。

毕业后，她好像也没找到很高大上的对口工作，来回折腾几份工作，干得不算出色，但也坚决没回成都，后来渐渐大家联系交流就少了，听说她找了个老公并在北京买了房，想想过得应该不算很风光但肯定也不至于落寞。

周君

同样来自乐山某小县城的周君，与吴君的大气、强势、硬朗不同，透着显而易见的娇媚和四川女人的聪灵。

她的某些方面让人印象深刻，个子小小的，脸白白圆圆的，爱笑，算是个可爱女孩，但是某些部位却发育超过其他女生，有点童颜巨乳的错位感觉。

她很爱天真地笑，但说话做事又不像是纯真的范，很精明老练。

而且夜谈时有人说到，她童颜巨乳但个子矮小，还不会收拾打扮，经常一件衣服穿很久，给人邋遢的感觉。

到了毕业时，她的形象和身材基本没变化，但打扮风格却突变，一改往日适合她的朴素可爱马尾辫，剪短了头发卷上了成熟风情的大波浪，看起来更加违和。

她大学四年好像也没谈恋爱，虽然发育很好，但个子始终让人觉得她还是小女孩，但临到毕业时，同学们天天喝酒聚会，她和隔壁班蹭酒的男生居然闪电般好上了。

毕业后她没上班，继续考研，第二年跨校跨专业考研成功，读研时和男友关系还算和睦，但毕业后去了北京，两人自然是一拍两散。后来，她在北京找到了不错的工作和老公，从此再没听过她的消息，十年后聚会也没见到她。

刘君

好像我们班注定是女强男弱，虽然女生人数只有男生的一半多一点，但很多地方的男生与该地女生相比均逊色得多，前面重庆四个人，三个女生突出，一个男生低调；乐山三个人，两个女生突出，一个男生平淡。

来自乐山的刘君和上面来自重庆的罗君同住一个寝室，爱好风格也很相似，都是喜欢宅着不动，看小说，打麻将，没什么存在感。

但刘君不怎么回避和别人接触，个子高，瘦瘦的，比较白净，戴着眼镜很斯文，偶尔也可以和其他人畅聊，语速极快，絮絮叨叨也不知道说了什么，而且看起来也不算那种神清气爽的帅哥，所以也容易被大家忽视。

毕业之后，刘君也是和罗君一样，完全消失在大家视线中，十年聚会时也是别人费尽周折才把他从乐山某单位揪出来，风格几乎没变，没有沧桑感，话语依然那样零零碎碎。

北上广三人

叶君

北京、上海高校众多，名校不少，所以听说班上有北京、上海来的同学，我还是有点吃惊。北京和上海的学生一般都就近考名校，很少到其他省市上大学，可见我们学校还算不错。当然，也有可能北京和上海的同学喜欢成都，或者想离父母远点，也或者说成绩平平，上不了本地名校，只能出去上点不错的大学，总之各种原因都有。无论如何，叶君来成都算是相当值了。

虽然叶君的家境在上海也只能算普通工薪阶层，但大家都知道上海经济发展好，人们收入相对较高，消费水平也高，所以叶君从上海到成都，还是略有城市下乡的优越感。

他吃穿用度确实要比其他同学看起来有质感。当时我们这种农村来的每月五百元生活费就够了，但他每月能有一千多元零花钱，瞬间拉开了差距，但他并不骄傲炫耀。

他有着南方男孩那种比较普通的个子，见到谁都是一张老奶奶般慈祥的笑脸，对人很随和，而且很能入乡随俗。

别看他个子不魁梧，却有性感的胸肌和腹肌。虽然他平时也爱踢球，却很少见他进行系统性健身，他有这样在同学中绝无仅有的好身材，着实让人意外。

关键是他还很爱吃喝，却怎么也不会长胖。因为生活费充足，当时成都消费水平又低，所以他可以尽情吃喝玩乐，加之生性开朗活泼，所以经常呼朋唤友出去吃吃喝喝，迅速从上海人爱甜食不爱麻辣的口味转换为无辣不欢。特别到了大三、大四，他精力完全不在学习上，广交各类朋友，经常出去聚会吃喝，很晚才回来。有时候在寝室两人也能喝一箱二十四瓶的啤酒，在毕业聚会时更夸张，他基本上不会酩酊大醉，很多同学被他喝翻，他也因此得到“下水道”的封号。

在我印象中，他最大的特点就是吃喝海量了。毕业后几年他偶尔出差回来叫上几个同学聚会，几个男生，每次都是从下午六点吃饭开始喝酒，然后转战 KTV 喝酒，凌晨两三点再吃烧烤继续喝酒。这是我完全无法接受的，所以每次聚会我都是晚餐后就告辞，他也很理解我的风格，从不勉强我陪喝。

虽然他身材魁梧，豪爽耿直，但骨子里还是个细腻的南方人。

有一次另一室友说，他和叶君去逛超市，买奶粉时叶君居然会计算比较每个品牌奶粉每克售价高低，如此精打细算瞬间让人折服，终于能将他和精明贤惠的上海男人联系起来了，完全不像平时的大大咧咧、不拘小节。

他热情豪爽，爱交朋友，但没大男子主义，不仅对朋友不强势，听说后来对老婆也很细致周到。虽然每次回成都吃喝疯狂，但在上海基本不出去吃喝，每天早上六点还准时起来给老婆做早餐，估计这是很多地方的男人都做不到的，上海男人的细腻基因真的很强大。

赵君

来自北京的赵君，有着北京女孩的明显特点，一口标准的京片儿，听起来特别有味道，而且做事打扮也有北方女汉子的风范，三言两语搞定，不拖泥带水。

大学四年她都是清爽短发造型，从不穿裙子，加之身材略显魁梧，脸蛋也不漂亮精致，活脱脱一女汉子，把很多南方娇羞阴柔的男子都比下去了。

与班上其他女同学要么尽情灿烂要么努力学习不同，她总是过得云淡风轻，该上课就上课，该逛街就逛街，该考试就考试，并不算努力和出色，成绩始终平平，平平淡淡地毕业后回了北京。

后来她在北京折腾两年后就去了澳大利亚留学，好像在国外倒是很刻苦学习，全没有之前在成都上学的慵懒。上学时我们本来就不算很熟络，毕业了更是没了联系，但有一年我去澳大利亚旅游，本来约好见一面，谁知道我们行程和她的作息有冲突，最终还是在墨尔本擦肩而过。

林君

班上没有广州的同学，却有来自广东汕头的，虽然也是小城市，但毕竟南方沿海地区经济发达、收入高，所以他家底也算殷实。

因为住同一个寝室，我与他见面机会多，但是交流沟通却不多。他长着广东人典型的高颧骨脸型，配了一副眯眯眼，颜值不高，但也不能说丑，看惯了也能觉出可爱，还有一副性感的香肠嘴，时不时地飘出粤语和带着粤味的普通话。

印象中他们老乡很团结，所以经常走动。他也很喜欢和同学聚会吃喝，只是不见得随时都那么开朗活泼，情绪起伏较大。

毕业后大家再无联系，我有时候都不能相信我们认识过、同居过、同学过，可能记忆越来越久远，印象也越来越模糊，我都担心某一天我们将彻底忘掉互相在彼此世界存在过。

泸州高君

高君来自四川泸州一边远县城的小镇，家里兄弟颇多，所以条件算不上多好，刚开始也很朴素低调。

某种意义上，他是我见得最多离我最近的同学，因为他睡在我下铺，每天我上下床几次，都要从他的床沿上起跳和降落，慢慢地他就习惯了我在他眼前跳跃。有时候早上下床，如果他睡觉姿势不对，恰巧我又没先观察，他的手脚就会被我蹂躏，还好我不重，姿势轻妙，所以不会伤得太深，偶尔天冷的时候还会顺势恶作剧将手伸进他被窝取暖。

但是，我们的关系并没有因为我们是上下铺而变得多亲密。或许我比较喜欢独来独往，大学生活过于单调，或许大家爱好差异大，所以平时我和他很少一起吃饭上课，后来他渐渐和其他同学熟络，也热衷于吃喝了，大家就更疏远了。

大学毕业时他是比较早找到工作的同学。虽然他在校时学习成绩平平，但要求也不高，所以很快签约了当时国内很有品牌影响力、总部在四川某地的一个家电企业，上岗后被派往浙江负责销售，凭借敢吃敢喝的能力，好像有段时间业绩还不错，后来这个品牌逐渐没落，加之喝酒伤身，他就回到了本部，在小城市过起了平凡恬静的工薪阶层生活。

江苏吴君

来自江苏南通的吴君，虽然没有江南美女那般出众的美貌，却有着娇小的身材和婉约的气质。

她总是静静地学习，不像其他女生那样叽叽喳喳、夸夸其谈，也不刻意打扮得花枝招展，招摇过市，一直是朴素的穿着和简洁的小男式短发，如同高中生一样念完了四年大学。江苏教学质量高，她底子好又用功，所以成绩一直名列前茅，毕业时顺利考上上海某财经院校读研究生，从此再无联系。

上学时我偶尔会和她聊几句，这个丫头虽然智商高，情商却一般，时不时冒出几句呆头呆脑的话，然后别人没笑自己脸就红了，更显可爱。在她身上还发生了一件令人印象深刻如今我想起都觉得很好笑的事。

那时候计算机还不是很普及，只有在电脑编程课上大家才能偶尔接触下电脑，都不会操作，很新鲜好奇。有一次不知道哪位调皮的同学，用磁盘拷贝了些美女裸照来机房电脑，上课时大家都去围观，我和她平时特纯洁天真，不明就里也去围观，谁知道偏偏这时候老师来了，抓住了我们的现形，其他同学早已躲闪，最后我们俩成了替罪羊。老师狠狠批评我们，还让写检讨，当时把我们吓得只差没哭了，现在想想都觉得那时有多乖多搞笑，特别是她这样的乖乖女，居然摊上这种事，更是冤枉。

安徽田君

第一次看到他的本尊，我完全无法将他与他的名字和年龄联系起来，他的名字里有玉字，虽不能狭隘地说这是女生的专属，但确实无法将他和玉联系起来，长得完全没有珠玉的润泽。虽然他当时还不到二十岁，却满脸络腮胡，看起来完全就是跨越了同学们两个时代的大叔。

或许就是因为长得显老，加之来自安徽农村，家里条件不好，他多少有些自卑闪躲，稍微有点孤僻，平时不太爱搭理同学，只和几个朴素的同寝室同学熟络，对于那些稍有些傲娇的同学几乎视而不见。

而我偏爱去招惹他，逗他说话，他虽不反感生气，却也是点不燃激情，自然也不能有更多交流。而且他还真的总喜欢把我当小孩子看待，一副成熟俯视和不屑的样子。

在同学的恋情八卦中，偶尔会听到他的传闻，好像喜欢班上一位其貌不扬的女生，但都表白后未遂，估计更让他自卑和孤僻。

毕业后，其他同学都在挑城市、挑工作或者考研，由于家庭负担重，他选择了去某机关在西藏山南的分支机构，从此在那边定居。

关于他的消息，后来偶尔从他的影像中有所捕捉。原来他心中真的一直有一块玉，所以不愿意招惹世俗尘嚣，工作后热衷于拍摄，拍了很多西藏的美照。原来他心中一直向往着像璞玉的净土，才在旅行和影像中探索追寻。所以后来我偶尔和他调侃，就称他为遗落山南的玉儿。

山东孔君

光听孔君的姓，就能猜到他是哪里的人，他有山东汉子的憨厚，却没山东男人的豪爽洒脱和健壮伟岸，但又有孔家子孙的智慧。

他总是沉默不语，但喜欢和蔼地笑，不主动也不拒绝，长得帅气略带羞涩，而且成绩很优秀，所以深得女生喜欢。偶尔女生还主动调侃靠近他，但他总是独来独往毫不接招。

我最佩服他静心的能力。他很少到处游荡，我每次去他的寝室，他都在蚊帐里。无论寝室多么脏乱嘈杂，无论是寒冬还是酷暑，他总是恬静地独自待在他那一方蚊帐里。而且他不是看小说打游戏，都在认真学习，所以各科成绩总是不动声色地名列前茅，这种学习模式让很多不爱学习或者静不下心来学习的人汗颜。偶尔逗逗他，他也不动声色，很快就继续学习，而且听说他每晚入睡很快，简直让长夜漫漫无心睡眠的人羡慕，有时我都快把他膜拜成神了。

山东教学水平本来就高，他考到成都估计是发挥失常，因为很多成绩优秀的山东人都首选离得近的北京名校，所以毕业时，他以优异的成绩考上北京某系统招生很少的研究生班，从此在北京安营扎寨，成家立业。

海南蔡君

上大学后大家都离家独立了，虽然没有家长随时管束，但毕竟都成年了，所以总体上都比较听话，不会很出格、很调皮，但蔡君是个例外，一如既往像未成年中学生那样调皮。

他来自海南，估计有少数民族加分政策，考到成都这所学校也算是高攀了，学习基础自然不会很好，关键是他学习还不用功。

他本来就长得娇小黑瘦，还伶牙俐齿喜欢蹦跳，不安分守己，喜欢招惹是非，活脱脱像一只猴子。

大一、大二的时候，他热衷于同老乡厮混，而且海南人在外地好像很团结，还偶尔聚众打架，平时除了睡觉几乎在寝室看不到他，直到有一次被打得遍体鳞伤才在寝室安分地躺了一个月。

大三、大四的时候，他又热衷于谈恋爱，和班上一个他曾在夜谈中表示很讨厌的女子热恋了，后来出去租房同居，更是很少在寝室露面，后来我们都不把他当室友，寝室所有活动都不会叫他。

他毕业后回到老家，和他恋爱的同学留在学校深造，两人自然是一拍两散。他倒是很快在老家结婚生子，安稳地上班，居然成熟淡定了，这很让人意外。不过从此再没他的消息，十年后同学聚会时也没见到他的身影。

湖北田君

大学以前我都听说四川人、湖北人比较精明，但接触湖北人少，不过班上这位湖北田君确实印证了这一点。

刚上大学时，不知道她是不是打扮不对头，确实如同学所说看起来有点别扭，但后来与海南蔡君热恋后，剪短烫染了头发，露出了小巧的脸蛋，倒有些风情，再加上有爱情滋润，整个人就成熟不少。

她的五官确实比较精巧，算不上大气漂亮，但很有灵气，一双樱桃小嘴说话很快，还偶尔噘嘴发嗲，一看就是精明之人，即使和这位调皮男生恋爱同居，也没影响她的成绩，后来顺利考上了研究生。

与男友这一个湖北一个海南，光听属地就是天南海北的，一毕业自然就是分手各奔东西。上研究生后，又很快和传闻一直爱慕他的同级不同班的成都同学热恋，念完研究生自然留在了成都，从此在成都工作结婚，过着成都人的小资生活。

对她我总有一种美女蛇的印象，我们同学七年也无多少交集，毕业后也少联系，几年后居然在同一栋楼上班偶遇，不过依然没多少来往，只是遇到了打打招呼，并无同学之间的亲近。

青海巨君

这是我听到的很奇怪的姓氏之一，虽然姓很大气，但和人没什么联系。

听说她是班上年龄最小的同学，比其他同学小三四岁。来自青海少数民族地区的她，可以说各方面平平，长相打扮平平，气质风采平平，成绩平平，加之本来就年龄小，说话还略带幼齿感，所以几乎被大家忽视了。不过，后来居然听说某位大叔型同学中意过她，这倒是让我有点意外。

她的四年大学估计和我一样当作高中念完，顺利毕业，还跌跌撞撞考上了本校研究生，大家又延续了三年同学缘分，彼此关系很随和亲切，却也并无交集，她毕业后回到老家，从此再无联系和消息。

山西赵君

听说赵君来自山西大同，大家都以为他来自煤老板家庭，不过我们想多了，他并不是那样的土豪背景，不过长相行事却有几分公子哥的风范。

他个子高挺，也算一表人才，对谁都算平和，但好像和谁都不亲近。记忆中，很少看到他和同学们厮混吃喝，身边总是黏着一个女朋友，只要不上课，其他什么时候都能看到他们如影随形，所以他也算是游离在班外的同学。

关于毕业后他的去向也没具体打听，好像北京、成都都待过，刚毕业还聚过几次，后来不知不觉地消失了，也就被遗忘了。

云南徐君

来自云南的徐君，虽然是昆明大城市的，但是有着少数民族妹子的诸多特征。身材苗条纤瘦婀娜，能歌善舞，一眼就能看出傣族妹子的影子。她皮肤偏黑，不算很漂亮，但也很有味道，所以能让某些男子痴迷，上学时经常都能收到来自清华大学的高中同学的来信，班上一位成都同学也很喜欢她，却被她拒绝了。

她还有着少数民族妹子的勤劳，学习很用功，但成绩中等，不算很拔尖，也算是一位有野心的女孩，一直默默地努力着，待人接物也比较平和，不内向也不张扬。

当时，不知道是北京同学召唤，还是她自己心向北京，毕业时虽没考上北京某高校研究生，但她毕业后只身前往北京备考，结果第二年也是成绩一般。不过她很懂得曲线救国，不想再浪费光阴，最后想办法调剂回母校上了两年研究生，毕业后再去北京。

大家与她一向也少往来和有交集，不过以她这样肯干能上进的风格，在北京的生活应该也会过得不错。

新疆范君

班上有两名新疆来的同学，其实很希望是能歌善舞的少数民族小伙子或者姑娘，结果两位都是支援边疆生产的汉族工人子弟，并无唱歌跳舞的才艺。他们有一定的相似性，那就是享受了少数民族优惠考到成都这所学校，但都成绩平平，好像也不怎么爱学习，不过也有一些差异性。

范君和我住一个寝室，我第一次看到他就想起长颈鹿。一米八七的身高配着不到一百一十斤的体重，有北方人的轮廓却没雄壮的骨肉。而我在他面前瞬间变成了小绵羊。或许是因为我们都比较善良，所以很快走到一起，但身材差异很大，极其不协调，随后渐行渐远直至从彼此视线消失。

刚开始我和他还经常一起上课、下课、上自习，慢慢地我就不喜欢有人黏着我了，而且大家学习风格和水平确实有些差异，渐渐就不喜欢一起学习了。

后来，我经常都是按部就班地背着书包上课、上自习，而回到寝室，除了有课之外，经常都能看到他中午还斜躺在床上，偶尔露出白皙纤细的长腿，完全是一根竹竿躺在床上的画面。特别是周末，已经到了中午十二点，他依然不起床洗漱，更别说学习，只是和在寝室的同学海谈阔论，口才相当了得，没吃早饭也不饿，甚至也不去食堂吃饭，经常让其他同学帮他从食堂打饭回寝室吃。

可想而知他学习成绩不会很好，也没有因为个子高就和其他同学一起打篮球、踢足球，我也不知道他在忙些什么。后来他喜欢班上一位内向的浙江女生，表白无数次人家都无动于衷。有一次也不知道是不是感情受挫，把我叫到一栋还没入住的教师宿舍楼梯间，酣畅淋漓地痛哭了一场，然后告诉我没啥事，搞得我完全摸不着头脑，可见这个高个子北方汉子内心还是很敏感脆弱的。

他的懒也体现在不爱收拾床铺和清洗衣服上，同学们在背后议论过，是不是他家里那边缺水所以他不爱洗漱。有几次他远在千里之外的父母坐火车来看他，还给他洗衣晾被。有一次他的父母看着我晾着的裤子那么短。不经意就流露出了不屑，随口问这是谁的裤子那么短，我当时在心里也默默还击了一句：可惜你们的高而不大的儿子是“山大无柴，树大无桠”。

后来大家就彻底陌生了，只有偶尔在寝室里碰面，基本不在一起学习了。毕业后大部分同学都读研或者工作了，他还留在学校考研，偶尔在学校碰到，也不像以前那样亲近了，大家各忙各的。因为数学成绩不好，他一直想绕道考法律专业研究生，结果两年后还是无果，最终回到新疆老家县城工作，从此再无联系。十周年同学聚会时他也没露面，想必小县城与世无争的安逸生活更适合他。

新疆吕君

相比之下同是来自新疆的吕君要乖得多，个子没那么高，但身材匀称略显魁梧，有张乖巧的娃娃脸，却有与年龄不相配的白发。虽然他也成绩平平，但很少看他老躺在床上不动，也不争强好胜，也不追女孩，与世无争就地过完了四年大学生活。他毕业后老老实实回到新疆县城工作，从此再无消息，好像从我们班飘过四年，没留下多少痕迹。

贵州潘君

这个同学兼室友亮点多多。

首先是姓名，叫潘小安，他因沾光古代美男子姓名就调侃自己貌比潘安，其实长得其貌不扬。他虽然是贵州苗族出身，却没有苗族汉子的灵动，既不能歌也不善舞，满脸络腮胡，略显肥胖苍老，和其他同学相比完全是隔了两代的大叔。最搞笑的是毕业求职面试时，明明早上刮了胡子去面试，却被面试官训斥他不修边幅，差点没气晕过去。不过这样也好，过了很多年后同学都成中年大叔时，他却几乎没变化。但他这样粗犷的外表下面，却一直掩藏着一颗少女心。

他家里也算文化家庭，所以从小阅读过不少书籍，什么都略懂一点，口才了得，夜谈时经常愤世嫉俗地表达对学校和社会的各种不满，不过唠叨久了，大家就慢慢习惯了，对他发育过早的愤青思想不予理睬。

他成绩平平，虽然经常也在看书学习，但是他好像不屑于被这种教育体制奴役，有些抵触和叛逆，所以不知道究竟在看什么书，经常搞出几科重修。

他生性活泼，总是喜欢招惹挑逗班上的所有同学，不论男的女的，同寝室的还是其他寝室的，开朗的还是内向的，但好像只为排解内心的寂寞，并不是善于心计的公关。

我们俩床挨床，在众多同学中他又偏偏喜欢招惹我，无论我怎么恶毒还击他，他都是一副死猪不怕开水烫的不怒不恼表情，让人实在拿他没办法。他酷爱吃辣椒，我不爱吃辣椒，每次吃饭时，我饭菜里的干辣椒，他都会自觉乖乖地挑走吃干净，有时想想还是挺可爱。虽然有时候我会辱骂或嫌弃他，但内心并不讨厌他。

毕业后，他在成都工作一年就去了浙江义乌，从此在那工作成家定居，偶尔在网上冒出来说几句无关痛痒的话，不知道发展得怎么样。最让我吃惊的是，上学时英语四六级考很多次都不过、专业课各种重修的他，居然去沿海做起了外贸，并且以此为生计，确实让我大跌眼镜，从此不再鄙夷他了。

贵州黄君

与其他几位来自少数民族地区的同学相似，来自贵州少数民族地区的黄君也享受了加分政策，学习成绩平平，学习态度也不是很积极，所以大学四年在班级中的存在感不是很强。上课时经常看不到他的身影，无声无息，偶尔去对面寝室会看到他，要么忙于打游戏，要么打牌打麻将。我几乎没和他说过几句话。

最后自然也是跌跌撞撞勉强毕业，但是毕业后他居然回到老家某高校当专业课老师了，然后在小县城安安分分结婚生子，这倒是很让人意外的，估计他上学时也未料想到自己会当老师，上班后肯定恶补不少。

福建许君

来自东南沿海福建的许君，长着东北汉子魁梧粗壮的身材，却有着南方男子的少女细腻心。

他虽然成绩平平，但表现却比较抢眼，长得算是一表人才，而且相当朴实亲和，对谁都很爱笑，也很健谈，乐于参加班级的各种活动，和大家关系都很好，所以存在感极强。

不过，最让大家津津乐道的是他的痴情。自从大一认识某班级的重庆美女后，从此再也忘不了人家那张白皙玲珑的脸。

虽然向人家表白无数次遭拒，但他依然愿意委曲求全地围绕在其周围，知道人家有男朋友这个事实后，频频地在喝醉酒后诉说对她的情意甚至哭哭啼啼。关于他的那些痴情醉酒痛哭的故事，班上几乎人人皆知。所以大学四年，他一边阳光明媚，一边阴雨绵绵，就这样开心又残缺地读完了四年大学，随后回老家工作结婚。十年后同学聚会，他居然还在念念不忘地打听那个美女的情况，让人佩服他的痴情。

内蒙古黄君

虽然黄君来自内蒙古，但也不是地道的蒙古族汉子，长得白白净净、斯斯文文，和南方男子无异，不豪爽也不张扬，安安静静地学习，给人一种不易接近的孤冷感觉，所以毕业后这么多年，让我来描述他，我都找不到更多可以落笔的东西。

浙江江君

江君是来自浙江的女子，都说江浙出美女，其实我是在很久很久之后才觉得她漂亮。她也不算班上男生公认并且关注的美女，或许是因为她美得低调，为人也太低调。

但是后来，听说班上有两个男生对她喜欢得不得了，表白多次无果都愿意像苍蝇一样围绕她，所以我才偶尔关注她，发现她确实透着一股子江南女子的清秀温婉，但她的内心却是孤冷又叛逆。

对于不喜欢的男生和女生，她基本不爱搭理，除了和同寝室的有些同学比较亲近，很少看到她和其他人在一起。刚开始还默默、乖乖地上课学习，到了大三、大四，就开始迷恋网络，上课都看不到人，经常在网吧通宵，本来不胖还节食减肥，这样一折腾就感觉更是没多少精神。再后来就跟班上的同学都疏远了，不仅上课不见人影，班级活动也不参加，毕业前班级的各种聚会也不来，连毕业合影照上也没看到她的身影，确实是很特立独行的女子，毕业后就回到浙江老家，从此消失得无影无踪。

江西李君

来自江西的李君是个很出众的女子，倒不是美貌气质很出众，而在于其他方面。她个子比较高，身材有些曲线，属于略胖，用她自己的话说喝水都能长胖身体。她的五官不算很漂亮但也不丑，一个大脑袋配着娃娃脸，偶尔收拾一下，看起来也不错。

她性格非常活泼开朗，又不算很张扬造作，和谁都能畅聊欢笑，经常发出银铃般的笑声，既不油腻也不让人反感。

虽然个子高大，但她还是比较聪明伶俐，成绩不错，也不是那种城府很深的女子。

毕业时，她以比较优异的成绩跨专业考研成功，读研时我们偶尔还能遇到，见面还是那么热情亲切，毕业后她去了北京工作，也便没了联系。

达州冯君

与之前介绍过的班上种种无趣沉闷的男生不同，冯君绝对是班上男生中的一朵奇葩。虽然长得不帅，成绩也一般，口才却了得。

上学时大家都很厌烦他的夸夸其谈，总觉得他有点过有点做作，上课和老师夸夸其谈，下课抓住其他同学畅谈。他虽然成绩不拔尖，但很爱看书，特别关注一些股票方面的信息，而且身材打扮都是满满的大叔范，大家都觉得和他有代沟。听说他好像还喜欢班上两位女生，分别表白之后，结果是显而易见的失败。

不过他的博览群书和夸夸其谈在找工作时好像派上了用场，成功进入了一家上市公司，然后去了河南。

本来上学时我就不爱和他来往，毕业了就更没联系。不过听说他还一如既往在班级交流群中活跃和高谈阔论，传闻干得不错，偶尔还炫富，惹得有些人忍不住巴结夸奖几句，但到底干得怎么样，也没人见过。

遂宁魏君

魏君和我是老乡，但前面说过，四川人在成都上大学都没老乡概念，即使我们俩来自同一个地方，之前无交集，之后还是没交集。

听说他是补习一年才考上的，可见本来成绩不怎么样，上大学也很贪玩好耍，自然原形毕露，各种成绩垫底和学业重修，最后也是跌跌撞撞毕业。

毕业后，他留在成都，没有像其他同学读研、考公务员、进银行，好像也换了不少工作，过得怎么样也没人关注过。

遂宁李君

至于这位遂宁李君，就是笔者本人了，加上我就正好凑够大学同学的三十六记。关于自己，自然是最了解的，也是三言两语说不清的，所以在处女作《逆风飞翔》中用了一本书的笔墨来叙述自己的风格和经历，我的个性、另类、奇特、曲折、优劣都在其中淋漓尽致地刻画和展现了，这里就不再赘述！

收尾感言：

每个人都喜欢照镜子，镜子的作用除了正衣冠整容颜，还可以看到平时自己看不到的头顶和背部。可见人也会对自己好奇，好奇自己控制的这副躯壳和那么复杂的灵魂是否如自己了解认知的那么全面、准确和完美，但这是无法跳出唯心主义缺陷的，所以肯定会想通过别人的视觉来看看别人眼里的那个我和自己眼中的那个自我，到底有何差距。当然，都希望看到更多的美好。

不过，人也怕照镜子，或许看到一个邋遢不完美的自己，或者不认识的自己，从自己美好的想象中幻化出了原形。所以，我们经常能在别人眼中看到很多关于自己的美好，也看到很多自己的阴暗、不足甚至是卑劣的地方，有时难免无法接受甚至勃然大怒，但那都于事无补。既然无法改变自己，注定也无法改变别人眼中的自己，所以大部分人选择无视或忽视。

海燕北飞

我们经常都在感叹戏如人生，却很难或者忘记当自己的观众，看看自己的人生。

一

说到北京，中国的首都，大家首先想到的是它作为政治、历史和文化中心高大上的一面，所以北京在坊间也被称为“帝都”。正在拼搏挣扎和曾经拼搏过的默默无闻市民，静下心来品味北京厚重深沉的味道，有兴奋刺激，更有迷茫失落甚至辛酸苦涩，这就是五味杂成的北漂味道。

当然，北京是人口众多的特大城市，不是个个生活在其中的人都要过北漂生活，比如很多土生土长的原著居民，还有祖上几代在北京辛苦打拼扎根的外来移民。即使是这座围城中最底层的居民，只要有首都户口，在外来人面前，都有强烈的天然优越感，所以很多在北京漂泊流浪的人，为了房子和户口拼死拼活地奋斗着。当然，也不是个个外来人都必须经历这样痛苦煎熬的过程，这其中也有捷径可走，就像古时候女子选秀进宫一样，通过联姻可以比较轻松就获得北京户籍，海燕就是这个队伍中的一员。

海燕的进京过程总体来说比较顺利，但其中也有纠结，并且为北京生活埋下了不少伏笔。虽然在北京的生活不用漂泊，亦不像古时宫廷生活那样寂寥孤独又暗藏血雨腥风，但风光无限的围城中，依然充斥着各种琐碎的烦恼和苦闷。

二

初识海燕，印象很是深刻。

那时候，我正在一家民营公司任高级客户经理，某个恹恹欲睡的夏日午后，她像一阵风一样被我的直接上司带到身边，要求我配合她完成一笔急需操办的业务。

已离开校园进入社会多年，见到陌生人依然会羞涩紧张的我，就只迅速瞄了她一眼，却对她有了鲜活的印象。第一眼就觉得她样貌绝对出众，气质不俗，妩媚却不柔弱扭捏，说话很干练简洁，做事也是这个风格，不是女汉子也不算女强人，却有股不弱的气场。后来熟悉之后仔细观察才发现，她长得漂亮，身材骨骼不像四川女子那么苗条娇小，却像北方女子般粗犷结实，后来我常常调侃她命中注定要远嫁北方。

不过，我可是见多了美人的，天天在网上和娱乐圈各色女星一厢情愿地神交，所以她还没有到惊艳到我的地步。然而，她走之后，迅速有好色的男同事笑盈盈地来追问她是谁，还要求介绍认识，我则以不熟悉为由随便打发了事。虽然知道他一半玩笑一半春心蠢动，但心里还是默默地报以“癞蛤蟆想吃天鹅肉”的不屑和嘲讽。

现在想来，一向不喜欢和妩媚女子深交的我，也不知怎么就和她熟络起来了，而且保持了高度紧密的联系。这样的女子，在我的世界里是绝无仅有的，虽然我一向女人缘好，但很多人即使投缘，也很少联系，只是有事联系时大家还能真挚如初。

虽然我不是“高富帅”，不是让女生一见钟情的人，但至少不让人讨厌。偏偏她又喜欢有点才华的男子，所以看了我在 QQ 空间里留下的只言片语或者调侃八卦，还有从她认识的我的同事口中听到不少对我的赞许，她就对我比较感兴趣，想继续做朋友。我后来才知道，喜欢和有才之人交朋友，是她的一项爱好，或者说是才能和优势比较确切。而我呢，一直将别人的肯定和赞许视为别人的礼貌，并不真的因此受用，但至少能感受到对方的真诚和尊重，所以并不像对待其他妩媚女子那样反感或回避，于是就两相呼应，为后来的交往奠定了基础。

我和她联系紧密，首先归功于发达的网络技术，网络便利了人们交往，拉近了人与人的距离，否则以彼此都比较保守内敛的交际风格来看，我和她只能成为一笑而过的路人。因为工作联系需要，我们互相留了 QQ 号码，处理完工作之后，大家也会有句没句地闲聊，都是比较浅显通俗的话题，从工作到生活，感觉比较投缘。

三

其实大家真正开始交心，是她嫁到北京去之后，之前都是泛泛而谈，对她的私生活情况我并没多问。

大约过了两三个月，突然有一天，她在 QQ 上找我聊天。

她说："我要去北京了！"

我很好奇地问道："出差吗？"

"不，我去北京工作！"她答道。

我本能地回应："恭喜你哦，飞向北京了！"

她说："谢谢，我也要结婚了。"

我也只能礼貌性地道以祝福。

短短几句话，信息相当丰富，我一时都反应不过来了。虽然之前并没过多询问她的工作状况，但感觉她在一家民营投资公司干得不错，领导很重用她，她也表现得很出色，后来才知道她和我们公司诸多高层领导都有接触，档次高了我几级。

而对于她的情感历程，我更不会窥问。

她要离开成都，我还是觉得有点不舍，虽然不算很熟，但人心总是伤离别。

虽然对她并无任何非分之想，但听说比我还小的她要结婚了，自己还光棍一个，心中难免有些失落，而且还是去北京结婚，当时不知道她的未婚夫是北京土著还是北漂成功人士，所以多少还是有些担忧。虽然北京繁荣发达，但风光背后阴影也多，气候干燥，冬天寒冷异常，还时不时有沙尘暴、雾霾困扰，而且北方食物粗糙，所以对会吃、会耍、会生活的四川人来说，北京并不是完美的天堂，虽然她不用去做艰苦的北漂，但各种不习惯和不适应肯定难免。

但事已至此，人家只是来告知我，又不是找我咨询征求建议，我也只能想象他们两人是瓜熟蒂落的美好结合，因而抱以祝贺。

在以后的交谈中，我渐渐了解她的婚姻情况，居然有一瞬间觉得海燕在玩“政治联姻”，虽然这样有贬低她的人品、亵渎她的真情之嫌，但好在即使有这样的成分，那也只能是促成因素，而不是诱发因素，首先还是基于两人的感情程度和婚姻时机成熟，才在事业上加以考虑和周全，这都是人之常情。

所谓政治联姻，听起来高级其实很露骨，其实在谁的爱情和婚姻中没有这些权衡抉择呢？两个人结合，双方及其家庭除了看重对方长相、身材、人品、学历这些个体因素，又有谁不看重对方的门第、职业和资源呢？这样的优势因素自然是和谐婚姻的催化剂。

除了以上那些乱七八糟的联想，那一刻仿佛还思考过她以后的发展，以当时对她不深的了解看来，她这样出众的长相、气质和能力，具备像影视剧中可以嫁入豪门的资本，但是现实中哪里有那么多豪门，况且以她的个性，估计也是不甘于被豪门的幽怨和浮华束缚的人。最后还是觉得她穿过大半个中国去投奔那样一个男人，更多是因为爱情。

我就是这样超级敏感，在别人眼里很小的事，我都要消化和畅想半天，然而过了那一会儿，也就不了了之。毕竟当时还不是很熟悉她，也谈不上多深的友谊，在成都都没深交，远嫁北京之后，大家自然更是形同陌路，从此杳无音讯也是很正常的。所以后来我也没主动关心或关注过她的动态，准备在记忆里从此以风光北上的远嫁女的形象将她尘封。

四

大约又过了三四个月，已经是第二年的春天了，明媚的阳光掩映着春天才有的花朵，春光无限好，成都这边风景独好。但那时的北京，依然十分寒冷，草木枯萎，城市毫无暖意和生机，这样的反差让一个初嫁京城的女子很不适应，更添思乡忧愁。或许就是因为有这样的落差，让看似风光北嫁的海燕又想起了我这位南方的明媚男子。

有一天，她的 QQ 头像又闪烁起来，让我好生意外，因为我已料定她从此不会再联系我。

“你好，好久没联系了，还好吗？”她很热情地关心道。

“挺好的，你呢？”我也热情地回应道，但仅限于礼貌性回复，并没有要进一步打探她近况的意思。

“终于安顿下来了，以后我们又可以交流了。”她说。

原来一晃这几个月，她已经完成了北上。

“挺快的嘛，恭喜你哈！”我响应道。

“谢谢，我现在在××部下面一个事业单位，工作比以前轻松很多，有大把时间可以聊天。”她主动交代近况。

在不了解她结婚背景和动机的情况下，我对她能在京城谋得一份铁饭碗职业很意外，因为她非名校应届毕业生，要在北京找到有人事编制、收入稳定、轻松闲逸的工作很不容易，顿时觉得这个女人不简单。

大家就这样有一句没一句断断续续地聊着，后来每天上班她都会找我聊天，看来工作确实轻松悠闲，而且肯定也有思乡的情绪，所以渐渐地把我当家乡人倾诉。我也偶尔呼应着，你来我往就渐渐熟悉了，聊天也随便起来也更加深入了。后来，我也习惯了每天和她聊天，天马行空，高谈阔论。最终我们成了闺蜜，我和她的沟通事无巨细，她更是家长里短都要倾诉，于是经常有海燕北漂生活的各种画面在我脑海里上演。

五

海燕出生于四川某市下辖的一个小县城下的小山村，和我的生长背景非常接近，只不过她的家乡离成都更近，也在成都平原上，比我老家的小山村地理位置和自然环境要优越很多。她只比我小两岁，也是典型的“80 后”带头人，生活环境接近加上年龄相仿让大家有了更多交流基础和共鸣，后来她经常感谢上天让她认识了我，这样一个几乎可以无交流障碍且交流很愉快的人，这是她老公都无法带给她的和谐默契。

与我不同，她是家中独生女，但因为生在农村，既没有享受到公主般的待遇，也没享受到独生子女的多少专利，因为父母都是农民，我小时候干过的农活、做过的家务，她一件也没落下。而且她的父亲当过兵，退伍后还当过村支书，响应国家号召只生一个孩子，所以把她当儿子一样粗糙地养大，并不像其他父亲那样把女儿视为掌上明珠，宠爱有加，而是从小就让她经历各种历练。从她的名字也能看出，她的军人父亲估计当兵时看过高尔基的书，所以希望她像海燕一样坚强勇敢，即使逆风也要展翅飞翔。总之父亲的种种用意和磨练，确实对她的性格产生了很重要的影响，既有农民的淳朴热情，也有当代女强人的些许坚韧不拔、力争上游，为她后来飞黄腾达奠定了性格基础。

就这样，海燕和其他农村孩子一样，在半放养式的生活和学习中度过了童年和少年。到了高中的时候，有军人背景的父亲希望女儿能出人头地，开始重视教育，海燕也努力学习考上了大学。虽然不是国家重点大学，但在成都也是赫赫有名的，对于小县城的女孩子来说，能考上这样的大学已属不易。

考上大学的海燕，终于觉得松了一口大气。这些年在农村生活，父母每天都勤劳辛苦地忙于劳作，自己也没吃过好的穿过好的，如今考上大学，终于开启了脱离农村生活的序幕，心中禁不住各种激动和兴奋。

高中毕业的这个暑假，是海燕最轻松的暑假。

以前放假，总有干不完的农活，地里的玉米、棉花、红苕、辣椒、花生等农作物好像总也收不完，家里的猪啊牛啊羊啊鸡啊鸭啊，睁开眼就吵个不停、吃个不停，有时海燕累得甚至会傻傻地幻想：去你的风调雨顺，收成不好反而轻松点，巴不得下点大雨好好耍几天，但很快就止住自己这种愚蠢恶毒的想法。

电视里演的那些城市孩子的暑假生活却是这样的：父母带着到

处旅游、自己逛街看电影买衣服、和同学朋友聚会玩乐，海燕只能羡慕嫉妒，从不敢奢望。

这个暑假，因为如愿考上了大学，父母也不再像以前那样总是催促她干各种农活。毕竟孩子大了，如今也考上大学了，跟着吃苦了这些年，以后就是城里人了，所以父母的心态发生了微妙的变化，将她作为有出息的大人看待了。而且城里孩子考上大学后父母都是各种奖励，作为农民父母，不能给她什么，就让她少干点农活好好耍耍，也算是奖励。

这个暑假海燕要么躲在家里，帮父母干些轻松的家务，煮煮饭，喂喂猪牛羊鸡鸭鹅，也整理下自己的衣物和书籍准备开学。海燕想着自己以前都像乡下男孩一样，留着短发、穿着随便，这样去上学肯定会被城里同学笑话，该注意下仪表打扮了。皮肤也不能晒黑了，不然别人一看就知道是从农村来的，所以海燕就这样成天在家咿咿呀呀哼着歌干家务，尽量躲避夏日的骄阳炙晒。偶尔去参加下高中同学聚会，或者问父母要点钱去县城买两件好看的裙子，开学前也刻意把头发蓄上。短短三个月，以前短发的女汉子不见了，一个出落得很漂亮的大闺女跃然眼前。父母也开始觉得有点惭愧，以前都把她当男孩子养了，以后可不能这样了，但转念一想，这样也好，以后出去自理能力、生存能力强，不会吃亏。

美好的日子总是在期待和留恋中一晃而过，海燕一开始天天盼着早点开学去过崭新的大学生活，但到了开学时，心中又充满了对父母和乡土的不舍，即使离得不远也很留恋。

由于大学离得不远，母亲没去送她，父亲把她送到学校就回家忙农活了。地里黄澄澄的稻谷充满着成熟的诱惑，再不收割就自行堕落了。看着其他同学都是父母亲提着大包小包送子女入学，望着自己简单的行李，只剩孤身一人收拾行囊的海燕，心中难免觉得有些冷清伤感。

六

不过，青春怒放，阴霾易散，昨日风雨惆怅瞬间遗忘。大学生活总是美好的，没有父母和老师成天的督促，没有繁重的课业，闲暇时间很多，学习方式也很自由。在熟悉了学校生活后，海燕也不怎么想家了，很快就卸下了之前的各种忧虑包袱，生活得很轻松惬意，偶尔放假也回家一趟，大学四年一晃就过去了，转眼就要毕业了。

在这四年里，海燕过得相当快乐甚至骄傲。高中时海燕成绩只算中上，大学也只是一般本科，其他同学成绩多是中等，加上很多人上大学后都放任自流无心学习，而海燕时常想到父母在田间辛苦劳作供自己上学，所以很珍惜来之不易的大学生活，依然认真学习。因学习的是经济法专业，没有太多高难度学科，多是死记硬背，愿意下功夫的海燕自然就名列前茅了。

海燕认真学习，既是刻苦学习的习惯使然，也是家庭条件所限的自然驱使。海燕经常在心里提醒自己要对得起父母的血汗钱，也要对得起自己的青春，取得好成绩拿到奖学金，既可以缓解家庭经济压力，也让自己很骄傲、很有成绩感。刚入学时，自己还时常因为其他同学家庭条件好，可以成天吃香的喝辣的还搽脂抹粉，心理有些不平衡，但想到自己成绩好又有内涵，也就不那么羡慕那些小妖精似的肤浅女子了，甚至心里还有些不屑与她们为伍。

其实论长相、身材和气质，海燕在班里甚至同年级也算佼佼者。虽然穿衣打扮朴素些，但依然挡不住青春美丽的魅力，所以身边一直不乏追求者，除了有同班同年级的，还有不少其他专业的师兄闻名而至，但海燕一直没敞开心怀接受他们，更多的是保持朋友的友谊。虽然海燕是农村孩子，但家教相当严格，父母经常叮嘱强调女孩子要自尊自重。父母更不允许过早恋爱荒废了学业，而且海燕自己也觉得要珍惜机会多学知识和技能。可能从小独立惯了，她并没有上大学只为找个好老公结婚生子这种“干得好不如嫁得好”的传统思想，而且事实证明，这个时代上大学谈恋爱结婚的概率确实越来越小了。但海燕也会青春萌动，也会被一些翩翩男子吸引或者被富家公子诱惑，但她一直都坚守着底线和原则：学习第一，友谊第二，爱情等大学毕业后再说。

到了大学毕业时，海燕的综合成绩排名依然很靠前，还有了保送研究生的机会，但面对保送和就业的抉择，海燕内心充满了纠结。

按照原来的打算，海燕很想毕业就去工作挣钱，给父母减轻点负担。但到海燕大学毕业时，大学早就扩招并轨不包分配了。大学生遍地都是，工作都不好找，自己所学的经济法专业和本科学历在就业竞争中也没多少竞争优势，所以她很想继续深造充实自己。

但继续攻读硕士研究生，参加统招考试难度大、耗费多，保送比较节约还保险，但保送的地方她不是很满意。即便是这样，依然很多人哄抢保送机会，也激发了有些争强好胜的海燕的斗志，所以左思右想最终还是决定先争取保送机会，如果不行就去找工作。

保送竞争中最大的对手就是同寝室的室友。虽然大学四年的成绩已成定数，但两人差距不大，况且保送还涉及学院的态度及面试，这其中就有很多变数。海燕的优势就是自己分数稍微领先，而对方家里条件好，是成都本地人，父亲是公务员，母亲是大学教师，背景比自己确实优秀得多，换句话说在变数中可以操纵的机会多，占据非正式博弈的优势。

说来也巧，海燕和这位竞争者平时的关系也很微妙。

这位室友有成都本地人的天然优势，虽然长得不如海燕漂亮，但是更舍得花钱用来穿衣打扮，经常不住寝室而是回家过夜，和同学关系也比较疏远，总给人高高在上的感觉，无声无息地昭示着自己是成都人。她平时也不怎么爱学习，到了考试前才加班加点抄笔记，求重点，偏偏每次考试成绩还都不错，所以海燕心里更是有些不平衡，并不待见她，瞧不上这种学习风格。

更要命的是，班里一个很帅的男生一直在追求海燕，百般示好，但海燕并没有和他确定恋爱关系，却也没明确拒绝，于是大家稀里糊涂地成了好朋友，一直比较亲密，在别人眼里甚至有些暧昧。而这个条件优越的成都女生偏偏喜欢这个男生，如痴如狂，经常给他送礼物、请他吃饭等，无奈这个男生对她不感冒，只把她当普通朋友。她早就对海燕有些怀恨在心，曾从其他同学口中传来八卦，说海燕站着茅坑不拉屎，两人虽然没有进行真刀真枪的战斗，但暗地里明争暗斗，关系相当微妙。

好在海燕平时不仅学习认真，而且农村孩子对人热情，和班里同学关系都不错，在老师心中印象也很好。除了学习之外，海燕还积极参加各种课外活动，表现很活跃，也在学生会担任重要职务。所以综合之下，学院还是力保了海燕，最终她如愿获得保送资格去某科研机构攻读硕士研究生。争取保送名额成了海燕四年大学学习中最大的插曲，也让大学生活画上了圆满的句号，一步步夯实着海燕独自在外打拼需要的知识和技能。

七

但是，人生往往并不如想象和设计那样从此就一帆风顺了。

海燕本以为十二年寒窗苦读考上大学，从此就改变命运了，但大学毕业后并没有顺理成章被分配到好单位，从此过城里人衣食无忧的生活。高校扩招，大学毕业生井喷，让海燕大学毕业时在茫茫求职人潮中十分苍白无力，于是她想深造从而获得更高学历，赢得竞争优势，几经权衡和周折，被保送去某研究机构攻读研究生，谁都知道这不能算是更上层楼，反而有点进了围城、进退两难的感觉。

本来之前说好保送是免费攻读硕士学位，而且国家确实下拨了补贴给这些机构培养研究生，但是开学报到后，研究院居然要求学生每年交六千元学费。每年六千元学费让海燕觉得压力很大，但此时已经没有退路，只能硬着头皮又求父母支持。好在父母很开明，虽然是农民家庭，但因为海燕是独生女，而且父亲当过兵也干过几年村支书，还是很看重知识和文凭，所以对于海燕自费念研究生这事并无异议和抱怨，依然积极支持。倒是海燕自己有些愧疚，只能暗自发狠学习，发誓以后要加倍回报父母。

保送去的研究院听起来高贵大气、上档次，其实有些浪得虚名。海燕所学的是经济法专业，属于社会科学类，比较抽象空洞，加之这种机构研究能力很一般，不像理工类科研机构那样有创造力和生产力，与正规高校研究生相比实力和待遇差距很大。很多用人单位在招聘时直接屏蔽或不予认可该研究院，就业处境有点尴尬。早知道这样，海燕当初也不挤破头皮进来了。

而且，大学毕业时就业机会稍多，相对好找工作，不少同学考上了公务员或者进入国企，从此端着铁饭碗衣食无忧，其他在公司打工的同学三年时间也挣了些钱，至少吃穿用度自己解决还有结余。而海燕日子依然过得紧巴，导师没什么课题做，也不带自己赚外快，除了高昂的学费之外还得问父母要生活费，攻读硕士研究生这三年海燕过得相当憋屈和压抑。

甚至好些女同学这三年期间还结婚生子了，每次聚会聊的都是老公孩子，海燕和她们的共同语言越来越少。依然形单影只的她心里难免失落，也有点不服气，自己无论外貌、能力、学历都不比她们差，反而混得不如别人。

八

攻读硕士研究生的时候，海燕已满二十三岁，女人一生中最黄金的年龄，虽然还在上学，但也有七情六欲，到了该考虑感情和婚姻的年龄。

上学时海燕身边一直不乏追求者，海燕却一直坚持大学毕业后再考虑这些事情。但是念研究生的时候班上同学不多，整个研究院学生也不多，而且好些是已经结婚生子的，合适的对象更少。偶有追求自己的，海燕也看不上眼，倒是以前那位大学同学一直对自己穷追不舍、不离不弃，这份执着感动了海燕，而且对方条件确实不错，海燕其实早已心动。

这个男生叫魏斌，成都本地人。他的五官帅气俊朗，皮肤白白净净，身材高挑匀称，虽然不是很明显的那种傲娇的官二代、富二代，但从气质打扮中也看得出家境不错，和海燕的外形相当般配，在学校也是诸多女生追逐的对象。

或许是因为海燕一直没有答应交往，但也没彻底拒绝，让对方觉得有挑战而且有希望，所以大学那几年两人一直保持比较模糊甚至略带暧昧的关系。

之前海燕担心这样的男生没安全感，因为经常有女生主动追求，传闻好像也和其他女生相处过，不过没有成功。但毕业了他还经常出现在自己面前，加上自己本来也很喜欢，所以刚上研究生不久，海燕就和他确定了恋爱关系。

原来，魏斌的父亲是某局的一位副局长，光这一项优势就决定了他在各方面条件不错。母亲是位不大不小的商人，不属于女强人那种，但长得挺漂亮，有点名媛的气质，打扮时髦漂亮，口齿伶俐，善于交际应酬，一来借着丈夫的背景和资源，二来凭着自己的聪明练达，生意做得还不错。

夫妻两人对这个独生儿子自然是百般宠爱，虽然没有刻意溺爱，但是条件优越，各种好的条件和待遇肯定是让儿子享受够。而魏斌呢，不算十分顽劣败家，但其他资质确实平平。魏斌虽然在父母的安排下上了成都最著名的中学，但无奈成绩垫底，最终只念了成都本地的二流大学。

大学毕业后，魏斌在父母的安排下进了一家待遇不错的国企，工作自然很轻松。为了方便儿子上下班，父母给儿子买了辆车，虽然不是影视剧中富家公子的那种豪车，但也价值不菲。魏斌有了车，出行很方便，于是下班和周末经常去找海燕吃喝玩乐，两人更是日久生情，感情发展迅速。

和富家帅公子谈恋爱的日子是潇洒快乐的，不用为钱操心，但是海燕一直坚守底线，除了魏斌主动送的礼物，从不开口向魏斌提钱财要求。可能是从小父母就灌输独立自主的思想，自己对那种矫情妩媚黏人的女子一直嗤之以鼻。再者，这几年进城念书，无论在现实中还是书中、影视剧中，海燕也了解了不少男女感情的事，认为不现实也并不希望找个男人养活自己，所以一直坚持自己的学业，希望以后能有份不错的工作和收入，才能稳定自己的地位，才能好好报答父母。

虽然双方的家境悬殊，但海燕马上就要毕业了，自身条件也不错，所以并没有心生怯意，或者刻意要去巴结讨好男朋友的父母。

两人交往一年多的时候，魏斌主动带海燕去家里见父母。魏斌父母没有像电视剧或小说里那样对海燕的出身家境有明显的微词和异议，而且海燕的外貌气质和谈吐确实也配得上魏斌，所以还算比较尊重魏斌的选择。虽然还算客气，但态度和言语之间依然有些冷淡，并不像普通家庭儿子带女朋友回家那么热情激动。海燕很敏感地感觉到这种情况，心中诸多疑虑，要么是介意自己不门当户对，或者是魏斌之前带过人回家，父母习以为常，海燕心里很没底。后来又断断续续去过他家几次，无非是吃吃饭、聊聊天，没有特别的生疏也没有特别的融洽和睦。

九

一晃就到硕士研究生学习的最后一年，虽然海燕不着急结婚成家，但心里还是在考虑和绸缪就业及婚姻问题，于是邀请魏斌去乡下见见自己的父母，为以后结婚做准备。

谈恋爱这几年魏斌对海燕也算不错，但觉得双方年龄不大，压根没考虑结婚之类的事情，对海燕毕业去向也没过问或提出建议。或者富家子弟习惯了被父母安排生活的方式，但农村出来的海燕什么都只能靠自己，自然要想得长远些。

关于谈恋爱一事，海燕之前半正式地给父母汇报过，当然也是找好听的说，不过，魏斌那些优点在父母眼里并不完全是优点。比如，父母和其他乡下人不一样，从不向往达官贵人的家庭，希望她找一个和自己及家庭条件差不多的对象，过门当户对的生活，或许辛苦些，但至少不受气、看脸色，过得自在。但毕竟还没涉及结婚，况且正在热恋中被幸福甜蜜滋润包围，海燕自然听不进父母的意见。父母也没过多干涉、强硬阻止，但对这位城里达官贵人家庭的公子并没太多幻想和期待。

魏斌应允了海燕的邀请，如约开车去离成都不是很远的乡下，拜见在自己字典中还算不上准岳父母的女朋友父母。魏斌虽然是在父母伺候下生活惯了的公子，年龄也不大，但毕竟也大学毕业工作两年了，也应该多少懂得些人情世故，但海燕发现车里空空如也，他居然什么东西都没准备。虽然自己不贪图他怎样去讨好自己的父母，但起码的礼节应该有，农村人也很看重这些。就算魏斌不懂，他父母是交际达人，知道儿子要去女朋友家，也没指点提示，这让海燕心里顿生不悦，但也不好立即发作，只能暗忍怒火从长计议。

到了县城的时候，海燕还是忍不住旁敲侧击加明提暗示，魏斌才勉强在小商店买了两瓶几十元的白酒和一些糖果糕点。海燕心里一直在猜测，到底是魏斌不谙世事，还是对这次拜见不看重，家里那么多名酒和礼品，他都没随便拿点，这种不满的情绪在心里继续暗暗滋生。

车驶入郊县乡村，刚开始魏斌还很兴奋激动。虽然游览了不少名山大川，但乡下清新的空气和风景还是让人轻松舒服，海燕也不想煞风景影响心情，对魏斌的疏忽未做追究。

但是到了海燕家里，魏斌就像变了个人一样。他看着打扮朴实的海燕父母，低矮的平房，清洁但摆设简朴的室内，室外泥泥洼洼、鸡鸭成群，穿着锃亮皮鞋的脚都不知道往哪搁。

海燕向父母简单介绍了魏斌，父母也礼节性寒暄几句，海燕就忙着进灶房，帮母亲生火做饭，让魏斌陪着父亲在堂屋聊天。

看在海燕第一次带男朋友回家的份上，父母还是准备了不少好吃的，有昨天就宰杀好的鸡和鸭，还有父亲在河里打捞的野生黄辣丁及地里现摘的菜蔬，这些都是海燕最喜欢吃的，也是家里款待客人的最高规格了。

父亲和魏斌坐在堂屋里都沉默无语，气氛有些沉闷，小伙子人长得还算精神，但是状态有些心不在焉，估计是不适应，或者看不惯这乡下。父亲一边清理着自己的渔网，一边简单寒暄，问了几句魏斌的基本情况，但都不是很敏感的话题，看魏斌有句没句地回答，便不再多问，两人陷入一片紧张又尴尬的沉默。

魏斌坐立不安，看海燕在灶房烧火忙乱，自己也不想进去，便说要去河边逛逛，留下父亲一个人在那。

大约四十多分钟后，饭菜准备就绪。海燕来堂屋安桌备椅准备吃饭，结果看到父亲一个人在那，便问了父亲魏斌去哪了。父亲也不冷不热地回答说出去转了，海燕看着父亲稍有不悦的脸色，心里又想着魏斌也确实太不懂事和自由散漫了，像个孩子似的，但还是出去呼唤魏斌回家吃饭。

四个人围坐一起吃饭，在海燕和父母眼中，饭菜是极丰盛的，过年过节有贵客也不过如此，但在魏斌眼里，也算不上山珍海味，只是应付着吃。席间气氛比较沉闷凝重，海燕夹在中间都能感觉到压抑，时不时地有事没事找点话来说，调剂下尴尬气氛，那顿饭海燕自己都吃得食不知味，父母和魏斌估计更不自在舒坦。

饭后海燕陪父母坐在堂屋拉家常，魏斌就在旁边摆弄手机耍游戏。大约又过了半小时，魏斌提议回城，父母礼节性挽留，海燕想到大家都不自在，就顺势说学校还有事要早点回去，父母便不再强留。魏斌就这样结束了这次拜见，从到家至离开不过两小时。

回城的路上，魏斌沉默地开着车，海燕佯装犯困眯着眼打盹。其实海燕根本没有睡意，心里各种滋味，一来怕男朋友尴尬难受才早早离家，还没来得及好好陪陪父母；二来对他今天各种表现非常不满意；三来父母本来就略有异议，从今天见面的情况来看估计更不满意了。海燕心里有点生气，也没和魏斌做更多交流，就这样完成了心里盘算已久的带男友拜见父母之旅。

十

回到学校海燕打电话回家，父母比以前更加强硬地表达了反对，这让她很为难。而魏斌这边后来的反应，也有些不冷不热。虽然魏斌不是很在乎自己的家世家境，但也没什么期待和满意，对于未来两人发展的问题一直没做太多探讨，这让海燕有些心灰意冷，又不能也不想主动开口去催促对方早做结婚打算。

后来的日子，两人还是这样不咸不淡地交往着，但见面次数稍微少了些。研三最后一学期，海燕既要忙着准备毕业论文，又要操心就业找工作，有些心烦意乱，便不再主动约见；而魏斌呢，也说工作忙，两人的感情就这样进入瓶颈期了。

就这样耗了一个月，海燕虽忙着写论文和找工作，但想着感情也是大问题，不能总这样稀里糊涂，所以准备和魏斌开诚布公地谈谈。

但就在这个时候，海燕从一个好朋友那里得到了一些模糊提示，言外之意就是注意自己男朋友和她的感情，估计是发现了什么迹象。海燕也觉得魏斌最近对自己冷淡了不少，到底是对上次回家不满意呢，还是另有隐情，总之一直摸不透对方的心思。

一次海燕和魏斌在外面吃饭，魏斌手机摆在桌上，突然来了条信息。海燕本想顺势瞄一眼，其实根本什么也看不到，但魏斌相当紧张，这让海燕对他如此强烈的反应有所怀疑，追问了几句，魏斌遮遮掩掩应付过去，但海燕心里却打了结。

没过多久的一个周末，海燕想着最近太辛苦，想出去逛街买衣服、看电影放松一下，于是让魏斌陪她，谁知道海燕一问他周末是否有空，自己还没说什么事的时候，魏斌就满口答应周末有事出不来，海燕只好作罢，约了闺蜜周末一起去春熙路买衣服。

都说无巧不成书，偏偏两人就在春熙路尴尬地相遇了，或许魏斌少根筋，以为海燕还在寝室准备论文，结果就去春熙路这样的公共场合了，而且偏偏身边还有个妙龄女子，长相打扮可是比海燕洋气多了，虽然两人没有手挽手，但感觉相当亲近随便。

看到他们的那一瞬间，海燕简直气得肺都要炸了，自己做梦也没想到魏斌会背着自己和其他女孩约会。虽然不能确定他们是否有私情，但魏斌扯谎说没空陪自己，结果在这遇到了，偏偏还被闺蜜看见这场面，如此种种都让海燕的自尊心很是受伤。但她是要强也有素质的人，不想在大街上撒泼发作，于是扭头就走。

魏斌此时也着急了，想要拉着海燕解释，但又闪烁其词，那个女的好像也在状况之外，被这一幕惊到了，而且面露不悦，海燕挣脱他的手，头也不回走掉，魏斌也没再追。

回到寝室海燕没有号啕大哭，只是气得咬牙切齿，联想起自己最近经历的如此种种，海燕心里也开始动摇了，虽然还有留恋不舍，但还是想如父母所愿趁早了结这段恋情。

接下来的剧情如同电视里泛滥的桥段，魏斌打电话、发短信、海燕不接不应；登门认错，海燕闭门不见。海燕心里很纳闷，以魏斌的条件，确实可以找到比自己优秀的女朋友，何必像电视里那些老掉牙的桥段一样死缠烂打呢。或许是魏斌还念及旧情，或许自己还是有很吸引他的地方。

就这样断断续续闹了好几天，有天夜里魏斌喝完酒来寝室楼下叫嚷，海燕既怕影响其他同学也担心对自己影响不好，还想看看魏斌到底酒后会吐什么真言，所以干脆下去会一会，一味逃避也不是办法。

谁知海燕不听他解释还好，听了更是气得肺炸，都不知道魏斌的解释是对自己的认同还是亵渎。魏斌痛哭流涕地对海燕说，自己最爱她，和其他人最多只能是玩玩，海燕是最适合过日子的结婚对象，只是现在还小，不想太早迈进婚姻的坟墓。

海燕听了解释后那个难受劲，真的很想暴打魏斌一顿，这算哪门子解释和道歉，谁稀罕和你结婚生子，与其以后结婚就变黄脸婆，成天看他在外面沾花惹草地玩，还不如趁早了断。看他以前还算真诚老实，但毕业后这几年变化确实不小，不知道以后还会怎么样。海燕心里越想越气，去你的富家，去你的帅哥，老娘都不要了！她恶狠狠地大骂了魏斌一顿，并且提出了分手。

虽然这是海燕此时最真实的想法，但心中还是有不舍和痛苦。随后几天魏斌一直碰壁，屡屡受挫，最终原形毕露，要求海燕将这些年送的礼物和花销还给自己，完全成了无赖，以前的潇洒阔气荡然无存。

看着魏斌如此死缠烂打和无理取闹，海燕想尽快了断，于是咬咬牙，向朋友借了两万块扔给魏斌。虽然自己也囊中羞涩，但不想因为这些事让父母添堵，最终满心伤痕地结束了这段曾经骄傲的恋情，从此身心疲惫，几年都不想再碰感情。

十一

虽然海燕一向独立好强，但还是为这段感情颓废了许久。毕竟这是自己的初恋，也一起度过了几年美好青春，而且自己是准备和他结婚生子组建家庭的，如今竹篮打水一场空，难免倍受打击。

好在这段时间论文基本完成，学习压力不大，主要就是筹谋毕业后的去向。伤心两个月后，海燕逐渐走出了失恋的阴影，不断鼓励自己要尽快走出来，毕竟走到今天这一步相当不容易，不能辜负了含辛茹苦的父母，自己的个性也不允许为了一个已成过去的男人沉沦，生活还得继续，事业需要自己去打拼，也相信自己的光明前程才刚刚开启。

硕士毕业时就业形势大不如从前了，导师也没什么合适的机会推荐，认识的师兄师姐们毕业后发展也很一般，既然没什么东风可借，也没有什么捷径可走，海燕只能准备好简历，随着毕业大军一起到处赶场跑招聘会。

海燕长相姣好、学历不低，所以对单位和岗位要求也不低，但是偏偏自己毕业的地方不是大学而是科研机构，每次投递简历时招聘人员都会对她的毕业院校表示不了解或者不感兴趣，即使说破嘴尽力展示自己的优秀，别人的成见依然很难迅速化解。

跑了两三个月招聘会，投递了诸多简历，各种面试均受挫遭拒。毕业期限临近，第一次找工作的海燕，也开始修正自己的预期，希望能尽快找份工作安置自己，否则毕业了无着落，自己都无地自容，更无颜面对江东父老。

最后，海燕无奈之下选择了一家民营投资公司。

这几年民营投资公司如雨后春笋般冒出来，但良莠不齐，其中不乏有实力的公司，也充斥着各种皮包公司。虽然海燕是勉强选择这家公司，因为没有遇到央企、国企这种稳定单位的好岗位，考公务员也难，但海燕还是根据自己所学的法律专业知识，好好考察了这家公司，以免误入陷阱。

当时招聘会上人流如织，这家民营投资公司情况介绍相当简单，因为有房地产开发项目，所以招聘销售和建筑类岗位且需求人数较多，展台前挤得水泄不通，海燕好不容易才挤到前排投递简历。海燕看重了综合法务岗位，和自己的专业比较对口，虽然没有要求必须是硕士学历，但学历高点竞争力自然强些，而且这种单位不会很计较自己的毕业院校出身，果然招聘人员觉得她比较合适，很快收下了简历，并告知筛选后再联系。

当时海燕瞄到了两位招聘人员旁边还坐着一位中年男子，一直很沉默，只是偶尔看自己几眼，这人看起来像是高管，但是冷冷的让人捉摸不透，有点像影视剧中黑帮老大的派头。后来又经过两轮面试后，终极面试时海燕才知道这位神秘人物是公司老板，居然亲自前往招聘会，而且他最终也没问多少专业问题就拍板录用了，海燕也搞不清楚这位老板葫芦里卖的什么药，但毕业临近，这是自己最为满意的意向，所以决定签约。

十二

工作落实了，海燕心里一块大石头着地。虽然单位不是很出名，但是没有靠关系，全靠自己努力找了份工作，毕业后有个去处，也勉强算踏实圆满了。

毕业后海燕就前去报到上班，希望通过自己的努力成就一番事业，也多赚些钱让生活富足起来，多补贴家用，减轻父母的负担。

正如海燕之前了解到的，这家公司还算有一定实力，目前正在成都南三环外一块土地上开发楼盘，虽然位置不算很繁华，但也算在做实事。

海燕从事的法务岗，隶属于总经理办公室，虽然总经办主任是上级领导，但法务方面就只有她一人，没有直接领导。海燕的主要工作是审核公司合同、起草协议和文件以及公司法律事务外联和内部协调等，工作不算很难和很忙，但还算充实，也能学不少东西，很快让自己从学校融入了企业的工作氛围。

平时工作中时常会有文件需要老板直接审核拍板，海燕便和老板有了更多接触交流，还通过其他同事之口，对老板的背景也有了更多了解。

难怪当初海燕见到老板时会觉得这个人有黑帮气息，他确实有暴发户的经历。他最早在新疆倒腾矿产发了大财，后来回到成都，正好遇到房地产市场繁荣，于是用自己的第一桶金投资房地产，还做一些其他投资业务。和那些做生产加工或者贸易多年才发家致富的民营老板不一样，这位老板在企业管理方面风格比较粗犷，公司很多管理制度和企业文化都是在后来发展中，由其他一些职业经理人逐渐引入和完善，但依然没有彻底改变企业管理中诸多不规范和随性的地方。

果然，随着接触越来越频繁，海燕和老板的关系以及被分配的工作也不断发生微妙的变化。本来法务岗的工作不算饱和，老板又看海燕办事利索、负责严谨，所以交代了越来越多的非岗位内的工作，甚至私人事务也让海燕打理。老板还是冷冷酷酷的，但已把海燕当得力助手了，她的地位好像超越了岗位待遇及上级领导，变成了老板的直接助理和心腹了。这难免让其他同事眼红，仅仅半年时间，海燕就得到了老板的重用，待遇有了提升，公司里这样那样的传闻自然多起来，其中不乏一些狐媚惑主之类的流言。

但海燕不以为然。一来自己行得正站得直，并没有刻意巴结或者魅惑老板，工作后生活条件改善了，适当在打扮上下点功夫，既是悦人更为悦己，无可厚非。二来虽然自己确实被重用、发展得快，但并不趾高气扬，对领导和同事还是一如既往地亲和自然，全然没有小人得志的张狂和浮躁，同事虽然私下有羡慕嫉妒，但表面至少还维持一片和睦，不会面露不悦，更不敢作梗为难。

老板对海燕很信任，经常交代处理一些个人事务，让她代表自己去和朋友、客户打交道，甚至还有人情世故的打点维系，交际圈子都是富商高管，老板自然会多发些福利，海燕也增长了见识、增加了人脉资源。

但有时候海燕也会很烦恼，一个女孩子总是这样抛头露面、交际应酬，既有诸多不便，也有各种尴尬和辛酸。虽然海燕都能巧妙化解，既不让自己吃亏，也不趋炎附势去讨好别人，更不会得罪权贵，毁了老板的关系和生意，但这种战战兢兢、谨小慎微的感觉让人很是压抑，而且也觉得这种事情专业性不强，虽然扩大了人脉、锻炼综合能力，但还是希望做一些专业性强的工作。

更让海燕觉得压抑甚至是惶恐的就是，因为老板信任自己，个人资产打理也让自己涉足，特别是民间拆解和借贷事务，都是很棘手的事，虽然用尽各种法律手段回避风险，还是经常面临失信失约。海燕经常要带着人上门催收，有时候甚至熬夜蹲守，这种身心煎熬、担惊受怕的日子让海燕不堪重负。

十三

就这样努力努力再努力，纠结、挣扎、彷徨，海燕毕业三年就在这个公司扎根工作，前期是各种福利收入增加和深受重用很风光，但后来涉足事情越多越乱，她开始打起了退堂鼓。

短短三年时间，海燕就在成都按揭买了两套房，有一些存款，买了一辆十几万的车，在周围朋友中也算混得不错的。但自己深知这一切得来不易，也不是长久之计，眼下应该见好就收尽快收手，寻找新的出路，不能越陷越深。

时间匆匆如流水，一晃海燕就是二十八岁的大龄剩女了。

因为初恋很受伤，海燕这几年一直尘封内心，将重心转移到工作上。这几年工作应酬中，不时会遇到一些爱慕者，但要么是富商达人的暧昧橄榄枝，要么就是油嘴滑舌的诱惑，农村出来的海燕心中依然保持着纯真，不想被这些纸醉金迷的爱情诱惑，破坏别人家庭是不可能也是自己不愿意的事，而对那些富商公子哥的信誓旦旦，海燕心里早就有了防备，甚至有些反感，这些都不会是自己的情感归属和未来家庭生活的依靠。

海燕的工作中还有一个很大的尴尬和炸弹，那就是来自老板的诱惑。

虽然这些年海燕一直恪守本分，与老板关系划分得很清楚。他也算有风度和素质的人，并没有以势压人而做对自己有摸摸搞搞的轻薄之举和苟且之事，但是早先就有明里暗里的影射，后来甚至是理性直白的摊牌。

原来这位暴发户老板的情感轨迹和他们圈子里的富商老板们并无两样，一如影视剧中所写，很早就结婚生子，发达之后自然是嫌弃糟糠，离婚多年，至于有没有其他拈花惹草的事，海燕也睁只眼闭只眼不去想，但老板居然表白说愿意和海燕共结连理，让海燕措手不及。

其实当初在招聘会上老板就对海燕另眼相看，认为她长得漂亮有气质，能撑豪门场面，后来接触觉得海燕办事利索，更是觉得她可以当贤内助帮自己打理生意，并不像外面那些妖媚女子以讨好男人过软日子为生，所以一直对海燕以礼相待并无轻浮冒犯，再者自己也是早就离婚的单身，海燕无需背负小三破坏家庭之类的舆论压力和其他负担。

但是海燕骨子里就对这种富商不感冒，老板长得其貌不扬，比自己还大十多岁，结过婚有孩子，加之对他的生意也比较熟悉，于是心生厌倦。总之海燕觉得一万个不合适，完全没有被诱惑所动摇。老板一摊牌以后彼此相处就变得很尴尬，加上海燕心中早有离意，他的坦白更是将自己彻底推出去了，彻底不再留恋不舍。

十四

其实海燕也开始暗自物色不错的对象。

确实年龄大了，是该考虑归属问题了，父母也开始操心和催促了。

但对周围同学、朋友主动的爱慕，海燕却不动心，这时海燕急切希望找到一个合适的对象，摆脱眼下感情空窗和工作纠结的现状。

海燕自己都觉得，以前跟着感觉走结果受伤了，现在完全理性地对待爱情婚，多少显得有些功利，但这就是现实。

海燕每天在心里盘算着合适的人选，左右权衡之后重点考虑赵阳，但也是诸多纠结。

要说赵阳有多大优势也谈不上。虽然赵阳是北京城里人，但长得其貌不扬，不高不壮，并不像北方男子那样健壮豪迈，还有点南方男子的柔弱纠结。

海燕觉得这样也好，自己是南方女子中少见的独立自主甚至稍微有些好强的，如果再找个大男人主义的男人，估计摩擦很多，日子不会好过，但后来海燕才知道，当初自己的揣度和侥幸选择，有合理之处，但也有让自己苦不堪言的地方。

赵阳其貌不扬的长相在别人眼里是缺点，在海燕这里却成了优点。虽然爱美之心人皆有之，但海燕有过之前和帅哥谈恋爱的经历，把帅哥视为猛兽，华而不实而且容易伤人，很没安全感，将对帅哥的天然好感自动屏蔽掉了。反而长得朴实的让人有安全感，至少自己主观推测这样的人拈花惹草让自己操心婚姻危机的概率要小很多。

但赵阳在北京工作，是政府某部门的正式员工，不可能为了自己南下成都。想到远嫁北京，看似各种风光，其实各种纠结郁闷，但好处是可以让自己离开成都，与这里的纠结彻底告别。而且赵阳的父亲是一位局级干部，海燕学历能力不差，可以为海燕物色保全一份旱涝保收的正式稳定工作，从此端上铁饭碗。经过几年在民营企业的动荡和辛酸，这一点对海燕很有吸引力。

还有个致命的实际情况让海燕一次次打退堂鼓，那就是赵阳是离婚男，还有个六岁的女儿，这其中的劣势和忧患可想而知。

但纠结的现实就摆在眼前，自己很想摆脱单身状态和尴尬的工作状况，成都又没什么合适的人选，赵阳又穷追猛打，可以让自己一举摆脱这两大尴尬。但赵阳的家境是把双刃剑，官宦人家和农民家庭差异大，南北生活习惯和性格文化差异大，离异还带着拖油瓶，让自己脸上无光，结婚就当后妈的尴尬背后更藏着各种风险和辛酸，如此种种的不利，让海燕选择的天秤摇摆不定。

海燕彻底被人生中这次巨大的转折性选择打蒙了，只能求助于父母。父母虽然也不是很同意选择赵阳，但作为农民的他们，既没法给女儿更好的参考和建议，也不想女儿一直耽搁下去，只能将问题推回海燕。

海燕给亲近的闺蜜透露此事，征求意见参考，大家自然是说好不说坏。坏处海燕自己都清楚了，而且以后还得慢慢品味，至于好处就是赵阳年龄稍大离过婚，应该会照顾比自己小的女人，而且这种人有过经验更会经营感情，会更珍惜婚姻。

一位富商朋友更是找了位“国学风水大师”帮海燕算命，说海燕命里注定要找离异男，否则婚姻不稳定。

海燕一听这个就吓晕了，经过前面那段感情折腾，海燕再也不想经历这样的噩梦。大师的话倒是有意无意给海燕吃了颗定心丸。如此之下，海燕宁愿选择一个离异的男人，用他的不完美来保全自己的完美。

于是，海燕就这样顺理成章又千辛万苦地北上了。

十五

虽然海燕做了最终的选择，答应了赵阳的求婚，但心里还是有些半推半就的勉强和无奈，而且接下来北上也是一个庞大的系统工程。

赵阳的性格比较内向低调，没有太多花前月下的浪漫和甜言蜜语的承诺。而海燕呢，虽然是首婚，却像别人再婚那样理性淡定，不像有些小女生那样扭捏矫情，两人结婚就少了很多浪漫美妙。双方把很多实际问题罗列出来，按部就班地处理推进。

虽然两人已经决定结婚，父母无法左右，但总还得先履行见父母的流程，特别是见赵阳的父母尤为重要。

一方面，因为海燕是嫁人，以后和赵阳父母接触更多，先有所了解和把握对于婚后的适应和相处很重要；另一方面，海燕进京落实工作和户口等问题都得仰仗赵阳的父亲出手解决，所以征得公公的同意并让他满意很重要。

没多久海燕就飞到北京，按照和赵阳合计的方案去见父母。

海燕对赵阳父亲的印象非常好，典型的机关干部风格，长得不帅气也不算有型，赵阳其貌不扬的长相和他如出一辙，但很平和低调，完全看不出北京机关干部的做派。赵阳父亲对海燕也算热情，就像许多家庭中公公对儿媳如对女儿一样有礼有节，后来海燕无数次庆幸遇到了这样的公公。

而赵阳的母亲，虽然海燕在见面之前听赵阳说得不多，也有过各种想象，也有各种婆媳相处的顾虑和应对准备，但现实情况还是让海燕措手不及，成为后来家庭生活的重要痛苦来源。

之前赵阳已将准备结婚及海燕的情况向父母做了交代，但父母态度迥然。父亲为儿子能再婚感到高兴，而且听起来人品、能力、长相也算中上，多少有些期待，希望这个离异剩男能找到一个靠谱的人过日子就行，准备好好接纳甚至包容这个未来儿媳。而母亲呢，依然把这个从小溺爱又将他管束得没个性、离婚还带着拖油瓶的二手儿子当个宝，对准儿媳持有各种质疑和挑剔。真不知这是机关女人和管家太太的通病，还是婆媳天敌争宠的社会传承，或者同性相斥的人性使然，估计都有。

总之，在还不是很了解这个未来婆婆的情况下，海燕就接收到从她那传来的满满负能量。

家里收拾得还算干净，可见女主人善于打理家务，但感受不到见再婚儿子未婚妻的热情和喜悦，仅剩的交流沟通也是出于礼节和窥探的需要。

赵阳母亲六十多岁，退休在家照顾一家人生活起居，长得不算漂亮，但打扮却很花哨，花哨得海燕觉得有些过分，超过了六十多岁这种年龄阶段的风格。未来婆婆表情相当丰富，各种要表达的讯息都能从眼神和表情里一目了然。未来婆婆有些高傲，想要一开始就树立自己的威望让儿媳有所畏惧；有些挑剔，追问着各种很直接又实际的问题；有些冷漠，估计想看看这个准儿媳是否真的喜欢自己这个并不抢手的儿子；有些敏感，不断窥探海燕是否另有所图。

赵阳的女儿不折不扣遗传了奶奶的趾高气扬，看来是一向被奶奶娇生惯养的。赵阳让她叫海燕阿姨，她坚决不叫，说不认识，然后直接无视，让赵阳和海燕都下不了台。从见面到离开的几个小时，海燕和小女都没有直接的交流和接触，虽然海燕之前做好各种准备拉近距离，终究徒然，都没派上用场。

虽然这次拜见准公婆只是例行公事，改变不了两人的婚姻进展，但海燕还是进一步探知了自己未来的婚姻冷暖。暖心的是，公公云淡风轻地承诺了海燕北上的工作和户口落实都没问题，并且交代了海燕需要回成都完善的事项。有些心灰意冷的是，这样冷漠挑剔的婆婆和刁蛮任性的继女，以后夹在赵阳和他们中间，不定要生出多少事端、受多少气，想想都觉得压抑。但事已至此，也只能走一步算一步，见机行事了。

十六

两人在北京就待了一天，没来得及在北京逛逛或者规划下未来的生活，就马不停蹄地赶回成都，然后又折腾回海燕乡下老家拜见自己的父母。

这些年海燕跟着老板学习了不少人情世故和应酬技巧，去拜见赵阳父母时，自己主动给二老都准备了礼物，虽然他父母并没引以为然，但至少自己做到了应有的礼节。但是在这方面，赵阳这种官宦子弟，而且年龄也不小了，却依然有些木讷被动，还是赵阳的父亲主动仔细交代了赵阳相关事宜，临走还让赵阳拿走不少家里的好烟好酒带给海燕父亲。

这次海燕带男朋友回来，与上次已经隔了四年，父母心态也发生了很多变化。虽然之前女儿汇报过赵阳的情况，父母也不算很满意，但今时不比往日，毕竟海燕渐成大龄剩女了，如果非要阻止女儿嫁给官宦人家的离异男，万一耽误时机毁了姻缘就追悔莫及了，所以心中也试着接受了，只求这次准女婿能靠谱些。

父母一见到赵阳，分分钟就完成了他和魏斌的比较。在外形和气质上，赵阳确实与魏斌相差甚远，女儿与之相比出色不少，但或许这样女儿的婚姻生活天秤才平衡。如果赵阳样样出色，以后海燕的日子不见得好过。言谈举止中，虽然赵阳也有些木讷，但还算成熟稳重，对乡下环境颇感新鲜，并无多少势利的不屑和嫌弃，吃食也不挑剔讲究，父母心里就更踏实了。

看到准女婿带来不少名贵烟酒和礼品，为人老实憨厚，官宦家庭子女能如此平和，也算难得，父母心里也比较满意，把之前对准女婿的种种成见，甚至以后可能遭受乡亲舆论质疑的担忧都抛弃了。

赵阳在海燕家里待了一天一夜，大家相安无事，看着父母也还满意，海燕心里又落下一块大石头，也多了进京的决心。

随后赵阳回北京，张罗准备两人婚后的小窝，并且配合海燕落实工作和户口，海燕则抛弃各种杂念，一心准备北上。

首先就是辞职。

虽然老板于公于私都对海燕不舍，极力劝说诱惑，但海燕之前已经做了充分的准备，对老板的各种理由和说辞都应对自如，最终老板不得不放她走。

最后一个月，海燕把手头上的工作以及之前遗留的工作都挨个仔细交接，一来善始善终，二来也不留什么后患。虽然交接过程还是诸多阻力和纠结，但因为有了后路，海燕都挺过来了。

随后就是打理在成都的资产。除了在外面还有少量的投资，大部分都已转变为存款。赵阳对海燕的资产并没过问，而且也是婚前财产，但海燕并无私心，决定以后见机行事用于家庭经营中。

另外，海燕在成都还有两套房。一套二居室是按揭贷款买的，已经装修好了，自己住过几个月，暂时也不准备变卖，既可以留作升值，偶尔回成都也可以落脚。另一套小户型按揭已经还清，也没装修出租，暂时放在那投资，以后时机成熟再处理。那辆十几万的小轿车，现在只值几万了，反正老公条件不错，不缺这几万块钱，于是暂且留着以后回成都方便出行，将它停在车库尘封。

十七

一个月之后海燕就把自己在成都的事务打理妥当，然后准备北上了。这一个月里海燕还来回跑了两次北京，把工作和户籍问题基本落实，就等来年开春报到上班了。

结婚扯证很容易，半天搞定。婚礼是海燕北上需要纠结的最后一个问题了。

赵阳是家里的二儿子，又是再婚，所以父母不建议大操大办。赵阳本就不喜欢闹腾，海燕北上进京也无亲无友，也没操办宴请的必要。后来海燕才慢慢知道因为自己是外地乡下的，不门当户对，所以婆婆不支持办婚礼。但当时海燕的想法也是能轻松就轻松，自己折腾大半个中国嫁过去，已经够累了，也没心思计较那些，最后赵阳宴请两桌亲戚朋友吃顿饭，通知庆祝下两人的婚事就礼毕了。

但无论如何，海燕还是要在老家办场婚礼，虽然不能像其他农村家庭嫁女那样大操大办，走农村婚嫁习俗流程，但一顿婚宴是免不了的。

父母就自己一个女儿，又供养上了大学念了研究生，如今要到北京结婚工作，是风光无限为父母长脸的好事，所以必须要办场婚礼，算是给父母的回报，也是给乡亲一个告知和交代。虽然不会像其他村里女子出嫁那样，期待电视电影里那种浪漫婚礼也不现实，但自己的婚姻大事，还是想有个仪式性的见证。

既淳朴又很爱八卦的乡亲们，之前多多少少对海燕嫁给京城官家离异男的事有所耳闻，虽然听起来嫁得好，也没牵扯什么小三插足之类不光彩的事，但狭隘的农村人还是对首婚嫁再婚男、一结婚就当后妈的事颇有微词。

这也难怪，村里的乡亲受教育水平和素质都不高，平时不关心国家大事，特别是那些妇女，偶尔扎堆，无非都是闲聊别人家的是非长短来消遣娱乐。海燕从小在这样的环境里长大，自然是早有预料见惯不惊，但更想用一场上档次的婚礼，来为自己看似不完美的婚姻挽回些颜面。

因为时间仓促，自己也不想家人辛苦，所以海燕没有安排在家里杀猪宰鸡大肆操办，而是在县城最好的三星级酒店大摆三十桌庆祝，既省事又风光。反正海燕是做好准备花钱赢人心，对利用婚礼来赚钱不抱希望，后来海燕才知道这种想法有点太傻太天真。

海燕把乡里乡亲及亲朋好友请个遍，这些人都举家来县城吃酒席，每家送礼五十、一百不等，甚至还有二三十的，但来的都是一家大小。不过海燕早有心理准备，不指望赚钱，他们难得来县城高档酒店奢侈一回，也算自己成全了他们，想想还很有成就感和荣誉感。

海燕让赵阳在北京买了上好的茅台，耗资不菲。但是农村的人哪里识货，还是把它当几十块一瓶的白酒海喝。

在海燕的游说下，赵阳也邀请北京的父母来参加了婚礼，算是为海燕长长脸。但是公婆第一次来海燕老家，双方条件悬殊，婆婆眼里充满嫌弃，在县城三星级酒店的婚宴公婆也见惯不惊。虽然是海燕自己掏钱办，但估计婆婆心里想着还是儿子掏钱。而且还见识了农村人吃婚宴现场的众生百态，更是对农村来的海燕没多少好印象，有意无意总会流露出些嫌弃和不屑。

事后海燕有意无意收到的反馈，几乎没人对这场自认为豪华的婚礼有所赞赏和认同，自己花钱也没买到人心，依然有人背地里说三道四，自己夹在中间里外不是人，海燕听到这些更加气急败坏。

十八

操办完婚礼，已是腊月，农村年味渐浓，海燕还是不得不放弃与家人团聚，满心不舍，急急忙忙北上，去操持自己未来的婚姻生活。

第一次体会在北京过年，既有对父母家乡的眷恋，也有对新生活的期待向往。

但事实上并没有多少浪漫和新鲜刺激，海燕很快就进入了赤裸裸的家庭生活。虽然比起许多北漂青年，海燕从此在北京的生活有工作、有丈夫、有住房，完全没有居无定所、奔波操劳的漂泊感，但这一切看似安好的背后不知道是否藏着围城里的无奈和悲哀，海燕一时半会儿还想不到那么多。

赵阳父母住六楼一套宽敞明亮的三室两厅，在北京中心地段的这套房子价值六百多万，在其他城市绝对算豪宅了。但偌大的房子就只是父母带着孙女住，婆婆不喜欢和儿媳住，海燕也乐得解放和少约束，夫妻俩就住一楼四十多平的一居室。说是有房住，也只是不用交房租，但房屋产权并不属于赵阳，也不宽敞。赵阳在机关工作这么多年，遇到分房改革迟迟没分到房，依然住着父母的小房子。

因不带孩子，两人的窝虽然有点小，也算温馨，赵阳每天跑上跑下伺候婆婆、照顾女儿和陪老婆都挺方便。

虽然不算租房，但公婆并没有说要将小房子给儿子儿媳，也算寄居。而且这房子终究太小，以后生了孩子，或者乡下父母偶尔来，都拥挤，只能暂住。但北京房价高昂，换房只能从长计议。所以海燕只是简单布置了新家，温馨舒适就够了，没一味添置装修，然后就等着来年上班生活就步入正轨了。

然而，海燕在北京的第一个年过得相当索然无味。

小女放寒假跟着亲妈去西安玩了，公婆嫌北京冷去南方深圳大伯子家里过春节，只剩海燕和赵阳二人世界了，本该开心，却又太冷清了。

平时人潮拥挤的北京城，到了过年时间，农民工退潮般离去，加之北京本来就高墙阔路，许多店都关门了，更显得空荡冷清，生活也不便利。

窗外洋洋洒洒飘着鹅毛般大雪，南方来的海燕刚开始感到很新鲜刺激，满足了南方一年甚至几年都见不到一次大雪的渴望，但天天这样下，出门就是凛冽和冰冷刺骨的寒风，穿得厚重臃肿行动不便，对于大雪的期待和浪漫幻想渐渐幻灭。

每天大部分时间都关在暖气屋子里，赵阳又是个话不多也不浪漫爱玩的人，海燕想出去玩又因太冷和不熟悉，在家除了偶尔做点饭菜，就只能看电视、玩手机。

北方饭菜粗犷清淡，海燕想折腾点川菜，有时候都买不到调料，也做不出那个味。

海燕心里前所未有地思念千里之外的父母。打电话时听父母说要杀猪过年，自己马上都能想到热腾腾、香喷喷的杀猪汤，嘴里直吞口水。电话里偶尔还听见鞭炮轰鸣，儿时在乡下过年的所有欢乐场面一幕幕浮现。想着如今嫁到北京，只能守着电视里的春晚过年，夫妻生活也平淡无味，海燕简直快要流泪了，虽然不像北漂回不了家那般凄楚悲凉，但心中也是各种失落郁闷，只想着快点结束春节，期待上班来调剂自己的新生活。

但是在海燕迎来满心期待的机关职场生活之前，还是赤裸裸地感受了京城婚后生活的残酷现实。

因为新单位要三月份才正式报到上班，大约是正月二十五之后，但过完春节赵阳的小女和父母都回来了。

虽然海燕没有和公婆及继女住在一起，但因为结婚不久，小家的生活设备还没添置齐全，暂时没单独开火做饭，而且公婆出去过年那段时间每天还得上楼看看屋子，所以每天就上楼做饭吃，晚上下楼睡觉。

过年期间海燕赵阳新婚小两口的日子很是乏味，赵阳这个北方男人性格有些大咧却内向，而且是再婚，所以并没有觉得新婚生活多新鲜刺激，而海燕也不算那种扭捏作态撒娇的小女子，所以两人并没有多少碰撞自然也没火花，最多算相安无事。海燕初来乍到，也不好对赵阳有太多要求和抱怨，但是婆婆和小女回来了，海燕的生活瞬间从乏味变成紧张。

赵阳去机场接公婆回家，海燕就在家忙里忙外准备晚餐接风。因为并不是很熟悉他们喜欢吃什么，赵阳也没提示，海燕就按着自己在老家学会的一些川菜随便准备了几样。

刚到家的婆婆并没有对新儿媳这几天看家和料理家务报以慰问，很快就摆出一副不悦的表情，而且还明里暗里抱怨海燕没把家里打扫干净，厨房弄得有点脏。

虽然海燕早有心理准备接受现实生活中婆媳关系的尴尬和残

酷，但当这一切真的来临时，心中还是各种冤屈郁闷。

公婆离开的这半个月，海燕也只是每天上楼做饭吃，和赵阳的活动范围仅限于厨房和客厅，这些地方自己都是用心打扫过。至于几间卧室，海燕根本没踏足，因为想到是私密地方，自己随便进去不好，万一有东西乱了或者掉了，更说不清。看到婆婆如此严苛甚至有点不留情面，海燕忍不住想辩驳，但想想还是算了，否则只能激发矛盾和产生尴尬气氛。但心中还是各种不满，心想要是找到那些城里娇惯的儿媳看你又怎么办，真的有点欺负农民出身，但自己也是有才貌、有工作又不是吃软饭的，总之心中各种不是滋味，与婆婆的首次正面接触就变交锋，很是郁闷。

令海燕郁闷的不止是婆婆，还有接下来的继女。

没过两天，八岁的继女也回来上学了。虽然这小女孩长相随赵阳，长得并不漂亮乖巧，但海燕还是发自内心要去接纳和喜欢她，结果偏偏人家不领情。

小女父母离异四年来，一直由奶奶照料，无论生活起居还是学习都是奶奶照应，奶奶的各种高傲在小女身上都有传承。而且爷爷奶奶觉得小女父母离异早，心生怜悯，自然各种娇惯，使得这小丫头更添骄傲。

因为婚前确实没太多相处，海燕也是第一次结婚便直接当母亲，自然不熟悉和不适应，但还是对小女喜笑颜开和顺从，买了不少玩具和新衣服给她。小女并不以为然，反而随时不忘炫耀亲妈在西安带自己住豪宅坐豪车以及买的各种名牌衣服等，还说妈妈说不要后妈买的东西，海燕好生失落，更感慨这么小的女孩居然有这么明显的势利气，渐渐心生隔膜。

海燕之前听赵阳隐隐约约提起，当初是前妻闹着吵着离婚。虽然赵阳家境不错，但也不算多富贵，而且赵阳长得不帅，还不解风情，而前妻爱漂亮、擅长交际，性格和需求差异大，所以坚持离婚。后来前妻离开北京回西安，嫁给了富豪。赵阳还有意无意提到前妻好像越变越漂亮了，见海燕面露不悦，立即说可能整容了。总之海燕虽然和前妻不是情敌，但对这位前妻也没多少好感，而这位浮躁的母亲虽然不嫉妒她这后妈，但担心海燕对女儿不好，有所防备和敌意也是正常的。

赵阳教了很多次让小女叫海燕妈妈，但她还是坚持喊阿姨，不知道是否心里认定了自己亲妈在西安的天性使然，还是亲妈有所排斥和教唆，海燕也不想去猜测和追究。奶奶也不责备孙女，反而不太耐烦地回呛赵阳，孩子还小，干嘛非要强迫，婆婆这种态度让海燕很受打击。后来海燕无意中听到孙女给奶奶解释为什么不愿意叫海燕妈妈，因为她一直觉得海燕是乡下来的保姆阿姨，听得海燕都快气晕过去了。如此一来，海燕决定和继女保持距离，反正有爷爷奶奶溺爱照料，自己也不用多费工夫已是幸运，做到不苛责虐待她、不担恶毒后妈的骂名就行了。

后来几天，海燕每天上去做饭、吃饭、收拾，就很快下楼回到自己的小窝打发时间。而赵阳下班后，被婆婆呼来唤去跑腿，饭后要辅导女儿学习、洗漱、就寝，每天下楼都快十点了，随后就是倒头呼呼大睡，哪里有新婚夫妻的甜蜜温存。这一切都让海燕觉得自己像个外人，被排斥和寂寞的感觉越来越浓，为自己这本来就不甜蜜浪漫、理性胜过感性的婚姻奠定了枯燥乏味甚至扭曲哀怨的基调。

十九

事已至此，即使各种负面情绪袭来，海燕也只能在心里宽慰自己，现实生活就是这样，自己之前是有准备的，而且也没多糟糕，要加油过好自己的日子。于是心里更期待上班，有了工作，生活重心转移，日子将会丰富多彩起来，再逐步解决房子、孩子的事情，有了自己真正意义上的小家庭就好了。

在不适的煎熬期待中，海燕终于迎来三月上班报到的日子。

北京的三月，春意全无，满眼枯树败草，一片荒凉的景象，与阳春三月时节早已春意盎然、花娇草绿的成都完全没法比，反差太大，投射在心里就成了忧伤，但因为海燕心中有期待，还能勉强用希望来驱散阴郁。

毕业这几年，海燕一直在民营企业工作，忙碌而充实，丰富又多彩，但从没去机关单位上过班，而且是北京的机关，所以早就心生敬畏和期待，还一直担心能否干好，不能丢公公的脸，也让自己发挥价值、有所成长。

但这期待已久、充满各种幻想的新职场生活，却渐渐让海燕回到冰冷的现实。

海燕所在单位是某部的附属事业单位，办公场所外面大气里面简朴，同事们仿佛都是在这熔炉里烙印过一样，虽然长相、身高、穿着各异，却都有一股浓烈的标准化气息。工作气氛冷清不热烈，大家打扮也比较低调，说话处事风格偏冷，都操着标准的京普，与精心打扮和带着川普口音的海燕有点格格不入。

海燕的岗位就是办公室普通职员，每天守着电脑，偶尔接接电话、打打文件、开开会，大部分时间无所事事，让一心想有所作为的海燕大受打击。

大家其实都不是很忙，却都装出很忙的样子敲打着键盘，具体在做什么，大家心知肚明，有人忙着炒股看新闻，有人聊天看八卦解闷。同一个办公室的四个同事之间很少交流，既有性别差异也有职位差异，大家都觉得沉默是金，多说无益，其他办公室的同事也很少串门，同事关系都是冷冷淡淡的，全然没有以前工作过的民营企业那种活泼热闹的氛围。

有人的地方总会有八卦，虽然大家不会经常叽叽喳喳三五成群聊天，但私底下还是要结盟组建自己的小团队，不然无法在漫漫机关生活中打发无聊，在深宫围城中，孤立无援也不利于巩固地位和争取利益。

虽然是沾光了公公的关系才进得了这个单位，但海燕自认是有学历和能力的，然而这样的机关高墙中，遍地都是能人，要学历有学历，要背景有背景，还早已习惯或学会了机关生存法则。大家都做着并不饱和的工作，与他们相比，海燕就太稚嫩和苍白了，也只能认命这样苍白乏味的工作。这是多少人梦寐以求、自己也曾心生向往的地方，但进来之后却是压抑枯燥的围城生活，海燕只能慢慢妥协和接受，之前几年的工作经历顺利又混乱，如今换到这冷清的天地，也只能当作人生的另一番尝试。

海燕就这样习惯和忍耐着，虽然没多少机会让自己展示和学习，但依然小心翼翼做好分内简单的工作，然后放眼望去，看看有哪些人是可以结交入队、哪些是要小心提防的，既让这深宫生活略有调剂，也寻求一丝安全感。

家庭生活又是那般之味，海燕寻思着晚上和周末去报点兴趣班从而打发时间和学点东西，于是在家附近报了英语班和游泳班，虽然确实没多大用，但海燕也在努力去适应这不艰辛却也不是滋味的京城生活。

二十

虽然家庭生活和职场生活都有些不如意，但即使百无聊赖也无法阻挡光阴的流逝，转眼来北京生活就半年了，不服输不消停的海燕又要开始筹划新生活了，因为自己怀孕了。

婆婆和继女给自己婚后生活增加了难度，都在意料之中，赵阳虽不完美，两人相处却还算和睦。而且不知不觉中，海燕对赵阳的感情有了微妙的变化，与日俱增的同情蚕食了本来就没多深的爱情，同情这个男人在婆婆太后和小女公主的夹缝中生存不易，同情这个有些老实的男人被狐媚的前妻抛弃，所以她不会也不想让这个男人变得更悲惨，虽然这种所谓的悲惨更多是海燕自己臆想的，其实他本人完全不这样认为。

怀孕是女人特别在意的事情，自然很敏感，赵阳对于怀孕的态度却让海燕十分不满，两人分歧较大。赵阳不想再要孩子，至少不想这么快就变成两个孩子的父亲。他不是很喜欢孩子，现在照顾小女花费了他太多心思和精力，因为孩子是女孩而且自己还早早离异，所以对女儿多几分偏爱。其实当初生女儿也只是结婚之后顺理成章的事，赵阳并没多迫切和喜悦，如今再生，本来就不期待还徒增顾虑，自然表现不积极，更谈不上惊喜，这种冷漠的反应让海燕很受伤。

而且赵阳有这种想法，某种意义上还源自婆婆的游说。公公虽然是北京干部，但也是乡下出身通过上学走出农村的，骨子里还有点农村根深蒂固的多子多福思想，但是婆婆一向强势，不仅在家庭生活小事上有绝对权威，即使大是大非也很霸道。比如说，赵阳两兄弟都不跟公公姓，而是跟着婆婆姓赵，婆婆只是答应让孙儿辈跟着爷爷姓，这一点就让海燕对婆婆在家里的霸主地位刮目相看。即使是在中国最普通的平民家庭，几千年来子女随父姓的传统都是不容破坏和侵犯的，何况这样的高干家庭，和婆婆是同班同学后来又是同事最后是夫妻的公公，居然在这个问题上让步了，确实让海燕震惊。

对于海燕怀孕的问题，婆婆虽不极力反对，但也是可有可无甚至希望无限推后。一来赵阳两兄弟，哥哥已经生了个儿子，也算照顾了家族香火传承；二来赵阳已经有个女儿，再生属于超生会罚款甚至还会影响工作；三来还担心再有孩子，赵阳重心会转移，对女儿照顾不够，海燕作为后妈难免厚此薄彼。所以海燕是否怀孕，婆婆从不关心，还希望等孙女长大些更好，这些看似合情合理，但对于海燕来说有些不近人情。

海燕也是三十岁的人了，再等就错过最佳生育时机。几乎所有的女人都想完成结婚生子的经历，况且自己是家里唯一的女儿，虽然孩子不能跟着自己姓，但有孩子也是父母的心愿。所以在怀孕这个问题上，海燕虽然没有刻意强求，但至少要顺其自然。

赵阳一家对她怀孕的态度让海燕第一次对自己嫁给赵阳的选择产生了后悔。这种悔意，即使面临离家遥远和思乡心切的煎熬，即使之前在遭到婆婆的挑剔冷遇和继女的刁蛮任性时，海燕都竭力将它扼杀在萌芽状态，不想让自己未来活在后悔中，一直禁止自己有这种可怕的念头。

赵阳在和海燕明里暗里置气之后，海燕很坚决，最终他只能妥协。毕竟怀孕生子是女人的重要问题，不能因为自己再婚就剥夺了海燕生养的权利，还让海燕帮助自己全心抚养女儿。尽管赵阳最终妥协了，但这事还是在海燕心里多多少少留下了些阴影。

二十一

头次怀孕，海燕反应很强烈，但婆婆并没有对此给以宽慰或者传授经验加以安抚。赵阳偶尔心情好就照顾下海燕的感受，心烦意乱的时候也不会殷勤关心。加上北京吃食清淡粗犷，海燕心里更是难受，很思念远在南方乡下的父母，想念妈妈做的可口的川菜。

海燕父母听说女儿怀孕，自然万般欣喜，又听说女儿反应大，母亲更是巴不得进京亲自照顾，但担心人生地不熟不适应。海燕虽然也想母亲在身边，但留父亲一个人在乡下，也不放心。况且自己现在居住套一的小房子，母亲来还无地容身，海燕可不想让年迈的母亲住客厅睡沙发，让势利的婆婆鄙夷歧视，所以也只能自己忍下去。

工作本就轻松，大家都得天过日，也正适合海燕适应新环境和安胎养生。

十月怀胎的艰辛，加之家庭生活的嘈杂压抑，工作清汤寡水，这些都让海燕北上的日子过得并不如自己预期或别人想象的那么风光。有时候虽然不是后悔，但也抱怨自己当初为什么要那么执着跑大半个中国来折腾。

虽然日子有些乏味，但有了孩子，海燕又有了新的希望和寄托，时间也没那么难熬了，而且随着临盆时间越来越近，海燕需要安排的事情和准备的东西很多，也没时间胡思乱想了。

海燕自己联系的医院，按照安排一个人去做产检。赵阳白天要上班，早晚要接送孩子，还要辅导功课，海燕只能自己逛超市准备婴儿用品。最闹心的是，一来婆婆的态度和性格自然不会让坐月子的人舒畅，二来婆婆也多次明里暗里说自己要照顾孙女没时间照顾孕妇小孩，请保姆一时半会儿也不见得合适，只能辛苦妈妈大老远来照顾。

但是妈妈来了，住宿又是问题。虽然婆婆楼上的大房子空着房间，但她肯定不愿意乡下土亲家打扰，妈妈更也不想看婆婆脸色，只能委屈妈妈住客厅睡沙发，自己也开始准备厨具等妈妈来了就在楼下开火做饭，免得每天上下跑，弄得麻烦又不自在。

在海燕临盆前几天，从未出过远门的母亲，独自赶火车，从老家来到了北京，带来许多老家的土特产，甚至连地里鲜嫩的小葱生姜都带了一大包。第一次在北京见到自己的亲人，加之又将生产，见到母亲时，海燕像个婴儿一样哭得很伤心，自己以前从不在妈妈身边撒娇哭泣，没想到结婚生子了反而脆弱了。随后几天，有亲妈的陪伴呵护，海燕吃着老家的食物，重温记忆中妈妈的味道，享受妈妈对女儿关心照顾，过着进京以来最舒心的日子待产。

二十二

还好生产过程并不艰辛，海燕体格健壮，一直注意运动，很顺利就生产了，没有受剖腹的疼痛和煎熬。生下一个儿子，海燕母女倒是满心欢喜，赵阳并没有多少激动，婆婆也没觉得孙儿比孙女好，倒是爷爷欣慰又多了一个香火传承，当即给了海燕一万块钱用来坐月子。

坐月子的时候，赵阳每天晚上还是楼上忙完跑楼下，几乎都是海燕自己和妈妈照顾孩子。半夜换尿布喂奶，海燕看赵阳睡得香也没叫醒他，偶尔让他帮忙也是稀里糊涂，还不如自己亲自动手。海燕虽然嘴上没多少抱怨，但觉得赵阳越来越不实用，婚前想象的离婚男再婚照顾嫩妻的幻想完全破灭了。

海燕坐月子期间，婆婆的表现让海燕寒心甚至彻底厌恶。以前婆婆对孙女疼爱有加，没想到对这个小孙子，并没表现出多大的热情和喜爱。明明就住在楼上，每天下楼几次都会路过，居然可以几天才来看一次。而且自己的妈妈初来乍到，不熟悉周围环境，加之乡下人来北京本就生怯，开始赵阳还带母亲去过几次菜市场和超市，但后来赵阳上班去了，母亲还是走错几次路，差点找不着家。婆婆每天买菜也没叫上亲家母，任凭这对母女折腾。而海燕母亲向来硬气，宁可问路人或者找小区的邻居和保姆，也不想巴结或纠缠亲家母陪同。海燕知道大城市人与人关系淡漠，婆婆是官太太，骄傲可以理解，但冷漠至此以至不可理喻，让海燕心中十分不悦。

赵阳也经常抱怨自己母亲严苛挑剔，海燕却不对赵阳抱怨婆婆，因为这个儿子在母亲面前已经被调教得相当软弱，自然无法改变母亲。如果再被赵阳误解为挑拨母子关系，岂不是反而惹来一肚子气，只能作罢。

本来海燕只想让母亲陪伴自己坐完月子就让她回老家，因为母亲在北京很不适应，加上日夜操劳，消瘦了不少，海燕看着很心疼。而且父亲一个人在乡下，既要种庄稼，还要照顾家禽，自己做饭洗衣，既很辛苦，也很寂寞，连个说话的人都没，更让海燕于心不忍。

于是海燕向赵阳建议请婆婆帮忙照顾孩子。反正婆婆也退休在家，女儿每天由赵阳接送，而且自己还要休几个月产假才上班，可以一起照顾婴儿，恢复上班后每天中午也可以回去照应孩子。但是婆婆坚决回绝，说要照顾一家大小很辛苦，坚持让海燕母亲留下来照看孩子。原来婆婆在自己坐月子期间就冷冷淡淡、无事不登三宝殿，就是怕给自己惹事上身。婆婆居然如此有心计和如此冷漠，想到自己和儿子在这个家庭如此不受待见，海燕心都要碎了。

一时半会儿也请不到合适的保姆，只能委屈母亲在北京照管孩子，每晚睡沙发，还让父亲一个人在乡下操劳，海燕心中很是愧对父母。

在别人眼里海燕是风光北嫁，虽然在北京没漂泊、没辛苦打拼，但依然有寄人篱下的酸楚。让父母老年分居操劳，海燕除了悔恨，也暗暗下决心尽快自立门户，至少让母亲在北京有个安稳睡觉的地方，还可以把父亲接来一起过日子，让自己在北京的生活也不至于那么孤立无援。

二十三

但是，短时间内想在北京买房不现实。

即使现在一家四口蜗居的 40 平小房子，在北京也是价值两百多万，这个价格可以在成都换豪宅了。如果要在北京买下 90 平左右套二的房子，即使位置再远几环，也要两百多万，眼下要靠海燕夫妻的财力购房，还是有很大难度。

赵阳离婚虽然没有分什么财产给前妻，但是结婚这几年的收入几乎全部花在老婆孩子身上，基本没有储蓄，所以一直暂住父母的房子。现在赵阳每个月工资一万多，看似挺高，但要负责女儿所有开销，还得时常给母亲零花，自己的开销不小，也是月光族，海燕的工资差不多一万，除了供养孩子和负责家庭开支，还得偶尔贴补农村的父母，也所剩无几，所以两人拿不出太多闲钱供房。

就在这个时候，海燕听说单位可能要福利分房性售房，就像打了支兴奋剂瞬间有了希望和激情，于是通过各种途径打听相关消息是否属实以及相关政策，但又不敢表现出太关心、太渴望，毕竟自己来这里还不到两年，让别人看出自己的奢望难免落人笑话。

后来赵阳也通过自己的方式确认了分房性购房政策，海燕的工龄太短不能享受这个待遇，赵阳已有十年工龄，可享受六十平的待遇，但因为赵阳已婚，而且海燕也在同一系统，可以累加争取到 90

平的房子。而且这个楼盘位置离现在住的中心地段不算很远，按市场价要卖到四万多一平，单位给的内部福利价仅仅一万一，海燕听了这些消息就非常兴奋，下决心要抓住这次机会完成购房计划。

一方面，海燕托退休的公公及赵阳找关系，一定要保住赵阳的名额。这种好事肯定人人都想争取，但名额不多，万一符合条件的很多，赵阳被挤下去或者只能买六十平，那自己就空欢喜了。

同时，海燕还得操心首付的事。

赵阳对买房的态度就如同当初怀孕生子一样，不反对但也不积极主动。父母有套大房子，自己住的小房子也是父母的，虽然现在都不在自己名下，但终究都会给自己。哥哥在深圳安家立业，父母已经给了不少钱买房置业，所以这两套房不出意外最终都会给赵阳。况且岳母毕竟不是自己的父母，所以赵阳对岳母每天睡沙发带孩子也无动于衷，并没有觉得不妥，也就不急于换房。

但海燕可不想熬到公婆不在了才能有自己的房子，那是猴年马月的事了；她也不想为了最终得到房子，再低眉顺眼被婆婆以各种不屑和挑剔对待，想尽快有自己的房子，让父母偶尔来也有个住处，尽早享享福，所以海燕态度很坚决，赵阳也不好辩驳反对。

总价一百万的房子，需要首付 50 万，海燕提出夫妻各出一半。一来赵阳确实也没多少积蓄，二来自己也要展示自己的经济实力，不要继续被婆婆瞧不起，自己也是在挣钱养家，买房也出钱出力了，以后自己小家庭的大小事务，自然也有发言权，不会完全被婆婆遥控和操纵。

之前海燕在成都积蓄了十几万存款，这两年在北京怀孕生孩子贴补了几万，所剩无几。海燕还买了些股票基金，做了点理财投资，这部分钱不能动，以备不时之需，一个人在北京身边不能没点活动资金。海燕在成都那套小房子几年前买成三千多一平，现在涨到七千多，已经翻倍了，况且房价也到了瓶颈，暂时不会再涨，继续投资价值不大，相比之下北京这套房买了就翻几倍。海燕决定出手卖掉这房子，除去剩余贷款大概还剩三十万，足够首付，还可以增加点流动资金。

既然海燕志在必得要买房并且主动承担了首付的一半，以后夫妻两人的公积金足以供房贷，所以赵阳也不可能再有异议，但是自己这二十五万又怎么办呢？思来想去，还是只能找母亲支持。

一来父母存款丰裕，拿出二十五万支持儿子买房完全没问题，这种时候不能让自己在老婆面前太掉价，否则以后在家里更没话语权。二来这些年母亲拿一百多万让赵阳炒股和投资酒店，所有的回报赵阳都如数交给母亲，没有截留一分，母亲拿出二十五万补贴自己买房也是合情合理。

赵阳只能去说服母亲。

母亲开始很反对，觉得这又是媳妇挑唆的事，所以很反感。但赵阳把海燕的态度和计划以及自己的想法告诉母亲，又请父亲出面给母亲做工作，三番五次的纠缠之后，赵阳终于拿到了二十五万首付款，买房的事就是水到渠成了。

经过上次怀孕再加上这次买房，海燕对赵阳的感觉和变化越来越大了。婚前对赵阳仅存的各种幻想，在婚后两年多时间里，都逐渐破灭了，如今海燕对于与赵阳的相处，都已经变成了习惯，不再有太多的幻想和依赖。

平时赵阳对母亲和女儿的要求都是唯命是从，回到家就懒懒的，要么打游戏要么玩手机，对于儿子的培养和教育，只信奉顺自然、无为而治，任凭海燕母女怎么折腾。海燕偶尔抱怨赵阳不积极主动热情，他还不耐烦。有时海燕也会火冒三丈歇斯底里地与他吵架，发泄淤积心中已久的各种不满，但赵阳依然无动于衷。

海燕自己都迷茫了。回头想想当初赵阳离婚，除了前妻要求高，赵阳婚姻生活不积极估计也是重要原因。自己当初一心想离开成都，代价成本很大，到北京遭到各种冷遇，如今怀孕生子、买房置业，自带嫁妆还各种贴补操劳，心中各种悔恨。但如今也折腾不起了，权当自己伟大，抱着对赵阳的同情过日子，尽管对方并不会感恩戴德，只是海燕的自我安慰和救赎。

二十四

随后的日子里，海燕逐渐习惯了京城的生活，依然有各种不如意和郁闷不满，但都开始习惯和麻木。

对于千挑万选帮助自己逃离成都的丈夫，一开始也谈不上多爱，毕竟过了因为爱情和激情才结合的年龄了。婚后，丈夫表现出的种种不如意，海燕也逐渐习惯和接受，还谈不上爱情转化为亲情的平淡，只是一种夫妻生活模式的习惯性相处而已。丈夫还是一如既往地奔波于单位、婆婆家和自己家，没有太多脾气和性格甚至主见，哪头拉得重就往哪头跑，所以海燕加大力度把他往自己和儿子这边拉，但婆婆和女儿那边力度渐长，自己也没占到多少便宜。渐渐地海燕甚至还习惯了丈夫不在家的清静，回到家反而看着丈夫不顺眼。丈夫常常抱怨母亲和女儿烦人，以变相暗示海燕不要再折腾他。这个经常不修边幅、形象邋遢的北方男人，连洗澡、换衣、理发、买衣这些琐碎小事都要海燕提醒甚至反复唠叨，很不让人省心。做这一切的动机，海燕并不是出于关心体贴，更多是让自己看着稍微顺眼一点，或者出门不想让老公给自己丢脸掉价。

对于刁钻的婆婆，海燕也总结出对付法则：惹不起就躲，躲不了就忍，忍不了就在心里默默地抱怨。六十多岁的婆婆依然爱美，成天倒腾各种护肤品、时髦服装，还经常出游，海燕虽然看不惯这种生活方式，但也没有干涉的权力，人家又不花自己的钱。至于不愿意帮自己照看孩子，只能委屈自己的母亲，然后在婆婆面前求个理直气壮。等到儿子三岁上了幼儿园，自己和老公可以接送，母亲可以回乡下，也不用麻烦婆婆。

婆婆还经常在自己面前抱怨儿子多么没出息、多么没能耐，但海燕绝不能帮腔，一来也看不惯婆婆太强势，二来帮腔后自己也会被婆婆反呛、被老公埋怨，自己里外不是人。在偶尔相处的时候，婆婆还干涉海燕的生活方式。比如婆婆自己手机没坏，见了新款手机立马换，但是看到儿媳妇也换手机，就会忍不住唠叨儿媳妇不会过日子，海燕只能在心里默默地骂道："你个老妖精都知道赶时髦，我为什么不行？我花自己挣的工资又没问你和你儿子要钱！"但表面上还是装着不急不气，把她的话当耳旁风；丈夫一直玩游戏，婆婆从不批评，自己多看几下手机、回回信息，婆婆就会唠叨她太依赖手机，会给孩子带来不良影响，海燕也只能敢怒不敢言。

对于继女，因为一直由婆婆照管，大家相安无事。偶尔做好吃的了，偶尔出去玩，海燕不主动赵阳也会叫上女儿，海燕也不反感生气，反而极力支持。刚开始自己还偶尔给小女买点衣服，后来总被婆婆嫌弃档次太差，所以渐渐放弃讨好继女。而关于小女的学习和放假安排这些大事，一般由赵阳和婆婆安排，完全不用自己参与，海燕也落得清闲，不用自己料理操劳，也不用担恶毒后妈的骂名，已是万幸了。

二十五

家庭环境已无力改变，或者改变的成本太大了，海燕完全没有信心去改变，但是却动着打破铁饭碗的心思。

这几年在机关工作，对海燕来说就像喝白开水一样淡而无味。

虽然已经熟悉了机关工作的各种生存法则，也熟悉了领导和同事，并结交了一些所谓的朋友，但是海燕不喜欢这样的工作内容和氛围。日常工作难度不大，没多少技术含量，做人比做事更重要、更微妙，所以男女老少、领导下属都演着现实版宫心计。才三十多岁的海燕不想延续一眼望穿一生的职场生活，也不想每天看着大家演戏，自己也跟着演戏，最后泯灭本心成为虚伪的“演戏”高手。

要打破这些，就只能另谋高就。但这是很多人都羡慕，挤破头皮也想争取的旱涝保收的机关工作机会，也是北京很多人的生存方式，海燕要突破谈何容易。

这些年海燕也有意无意结交了一些朋友，加上自己的学历和专业背景，出去谋份职业不难，获取更高收入倒是其次，海燕更想挑战自己的能力，积累更多的人脉、经验和资源。有段时间海燕居然真刀真枪重修简历在网上投递，期间还出去面试过几家单位，其中有一家不错的公司面试通过，让她去上班的时候，海燕才又陷入痛苦纠结中。

去民营企业工作优势显而易见，但劣势也很明显，工作任务重，时间不自由，不稳定且没安全感，要占用自己大量精力，最主要是挤占照顾家庭的精力和时间。

对此，赵阳依然是一副不紧不慢、事不关己的态度，既不支持也不反对，只抛出一句“我都无所谓，只要你能说服老爷子，只要你能兼顾好家庭”就不再过问。婆婆通过儿子嘴里得知这个消息，据说当场暴跳如雷，并且扬言绝不帮忙照管孙儿。其实这些早在海燕的预料之中，对于这个没主见的丈夫以及那个很精明的婆婆，海燕压根就没想过尊重他们的意见，但不得不过公公这一关。

自己能进机关工作，是当初公公颇费周折促成的。这些年公公在儿媳妇面前，完全是慈父形象，没有像婆婆那样挑剔唠叨，偶尔还出面主持公道，自己有几次从成都回北京，懒惰的丈夫找借口没去接，都是公公深夜亲自开车去机场接，所以海燕对于公公点点滴滴的好处都铭记在心，也一直很尊重公公。而且公公纵横职场、官场几十年，肯定比自己经历得多、看得远，更能给自己中肯的意见。

海燕不想在家里当着婆婆的面与公公讨论这件事，所以把公公约到茶楼，非常坦诚正式地请示。对于如今海燕职场的不适和焦躁，公公给予了充分的理解，并且首次正视了儿子有些懦弱无能，也肯定了海燕这几年的付出，所以很尊重儿媳的主见。但最后还是劝解儿媳要慎之又慎，机关围城生活虽然苦闷但也有很多好处，去民营企业闯荡看似很诱惑，但也有各种辛酸无奈，望她好生权衡和珍惜。

公公这一番看似体贴周全的言论，反而让之前雄心勃勃、态度坚决的海燕没了主见和动力。

海燕思前想后，折腾了一个多月，最终还是放弃了。虽然在后来的工作中依然有各种抱怨不满，但有了这次经历，海燕不再动其他念头了，只能妥协和认命。

但海燕不想日子过得不温不火，还想业余折腾点小生意，既挣钱又丰富生活，于是想把四川老家的风味小吃搬到北京来，甚至还去成都考察了小吃，并联系了几位亲戚以后来帮忙，然后自己午休和周末就大街小巷找铺子。结果是铺子难找，赵阳也完全视而不见，自己的劳累在赵阳眼里都是自讨苦吃，想想自己也是为了让家里人过好日子，他却这么不给力，最后各种无奈，海燕又只能放弃了。

如此种种折腾未遂的经历，最终让海燕彻底迷失在这北京不漂的生活里。不漂，看似安稳祥和，其实也无惊无景无劲。风平浪静的北京生活背后藏着各种纷扰不满的无趣，海燕还是会时不时忍不住抱怨，转而不断宽慰自己，但始终无法麻木和麻痹。海燕可以努力习惯和适应，但不想麻木，觉得那太可怕了。于是想各种办法充实自己的生活，学习各种用得着用不着的东西，像其他京城妈妈一样各种折腾儿子，然后还学习佛家理论来宽慰和救赎自己的心灵，去弱化或者屏蔽环境对自己的困扰。

海燕还有一个隐忧，很怕自己老了也变成婆婆那样势利精明、挑剔冷漠的人，想要保持自己的热情善良、平和宽容。婆婆也不是生来就这样的，也是在北京耳濡目染、被生活历练打磨才变成这样的。海燕也知道人有时会不知不觉变成自己最不喜欢的那种人。俗语说：不是一家人，不进一家门。难道冥冥之中这就是自己的缘分和归宿？每当想到这点，海燕不禁后背发凉。

从此，海燕将在这众人向往的北京强颜欢笑，也会偶尔在这高墙围城中哭泣，在这里寻找，在这里失去，在这里祈祷，在这里迷惘，在这里活着，也将在这里死去。虽然她人生绝大部分光阴注定将在北京度过，虽然这里不见得有多少人在乎她的存在，自己却眷恋贪婪，又承受了太多鄙夷不屑，所以如果有一天她终于解脱离去，不希望人们把她埋在这里，还是希望叶落归根，回归故土的清宁。

黄葛树之恋

山不在高，有仙则名。水不在深，有龙则灵。我的家乡没什么大山大河，所以不觉得有什么美景，更没什么仙气灵气。我生在一个叫龙塘的地方，却从没听过这里有龙的传说，只有一个小河塘，山也不高，亦无庙无仙，只有一棵黄葛树耸立山顶，在树影山下，一群农耕人为生活劳作，演绎着乡村悲欢离合！

小时候，家背后山顶的这棵黄葛树枝繁叶茂，每次回家，无论从哪个方向回来，很远都能看到它岿然耸立在山巅，看到它就知道了家的方向，是风景，更是航标灯塔！

1. 情系黄葛树

唐代著名文学家刘禹锡的经典作品颇多，但《陋室铭》最负盛名，其中开篇两句“山不在高，有仙则名。水不在深，有龙则灵”流传最广，于是很多人向往有仙风道骨气场的地方和有龙的传说的地方，所以很多地方以仙或龙来命名，沾点仙气灵气。

我生在天府之国四川，却不在最富庶的成都，而在川中丘陵中的一个偏远小山村，甚至整个市都不算是闻名遐迩的地方。我所在的乡镇曾经在我眼中也一无是处，山不算青，植被只在无法耕种的土地之外零星点缀；水也不秀，没有大江大河，偶尔有小河小溪夹在山坡间，也总是很杂乱小气，没有江河的汇入，最多是积累了些雨水，总是死水微澜、了无生趣。

但我们乡却有一个看似大气的名字——龙塘。龙是炎黄子孙的图腾象征，以它命名的地方很多，但龙应该遨游在大海、大江、大河，一个池塘岂能容它翻腾？所以这个名字终究是沾光未遂显得小气不堪，也只能做一个小乡的名字。我也从没在这里听过龙的传说，而且地方太小，又不出名，没什么史料记载，也无从考证这个名字的来历。

丘陵地区的地貌很尴尬，比一览无余的平原多了些小山坡和几分凹凸曲线，却没什么美景和风情，交通也不便捷，道路崎岖蜿蜒、九曲回肠，行路难，耕种难。

丘陵小山坡上总是乱七八糟地开垦出大小不一、层次不齐的耕地，我家房屋后面靠着两座山坡，没啥特殊景致，农村人也不会舞文弄墨来取名，只根据大小分别简单命名为大坡、小坡，以示区分。但小坡其实不比大坡小，反而多了几分风水和灵气，山都不高，山顶无庙无仙，只有小坡上有一棵黄葛树耸立山顶。

小时候，小坡上那棵黄葛树枝繁叶茂，很远都能看到它耸立在山顶，像是鸡冠凤尾，为这座不起眼的小山增加了很多灵气和风情。它是风景更是航标灯塔，看到它就知道了家的方向！

在文化贫瘠的小山村，这棵树无意中成了周围村民的魂，它在光阴荏苒的春夏秋冬中枯荣，人们在光阴流逝中体味着生活的酸甜苦辣，这棵看似强大却很弱势的黄葛树命运多舛，折射和见证着几代人在几十年岁月变迁中的黑白善恶和兴衰得失。

2. 神奇的黄葛树

如果不是要写黄葛树的故事，我对它的了解只有记忆中那一抹蜿蜒模糊的印象，其他一无所知。查阅了资料之后才发现，这种树背后的历史和文化背景博大精深，难怪那么多村民如此看重甚至尊重它，但目不识丁的他们，其实并不知道它有那么多讲究和来历，只是单纯被它的魅力感召，却冥冥之中有了很多巧合。

关于黄葛树，由于各个地方口音和习惯差异所以叫法差异较大，黄桷树、大叶榕树、马尾榕、雀树等都是指它。更神奇的是，它在佛经中也有很高的地位，在佛经里被称为菩提树。旧时风俗中，在我国西南一带，黄葛树只能在寺庙、学校、山顶或垭口等公共场合种植，家庭很少种植。之所以有此风俗，估计也是源自对黄葛树的敬畏，它枝繁叶茂气场强大，在庭前院后种植，肯定会被它的气场压制，再加上它佛缘深邃，所以大家只能敬而远之。

黄葛树属高大落叶乔木，茎干粗壮，树形奇特，悬根露爪，蜿蜒交错，古态盎然；树叶茂密，叶片油绿光亮；枝杈密集，大枝横伸，小枝斜出虬曲，划上一刀，伤口会分泌出白色的黏糊糊的液体。其寿命很长，百年以上老树比比皆是。

难怪在丘陵地区诸多树种中，唯有黄葛树鹤立鸡群，堪称树王，只有它的气势才配坐拥山巅，如画龙点睛。确实也只在一些垭口或者寺院能见到它沧桑刚劲的身姿和遮云避雨的身影，即使对它的背景底蕴一无所知，也会被它的怀抱和魅力折服。

据说黄葛树还有一个神奇之处，就是什么时候栽种，就什么时候枯黄落叶换季，和其他植物都忠于春天发芽、夏天茂盛、秋天枯黄、冬天落叶的四季更替自然规律完全不一样。如果是夏天栽种，那它就夏天枯黄落叶，同时又发新芽孕育新的轮回，这样的特点在植物界相当罕见。

对于儿童来说，一棵黄葛树就是一座游乐园。黄葛树根系枝干发达，盘根错节，比其他直立生长的树容易攀爬，而且小伙伴们可以在各个枝干间穿梭嬉戏，如同在母亲的怀抱里顽皮，夏天还可以躲避酷暑纳凉。很多树都会开花结果，但黄葛树不会，不过新发的嫩芽，却能食用，酸酸涩涩，口味特别，在零食缺乏的时代是孩子们难得的零嘴。

3. 黄葛树之缘

大坡、小坡是仅限于方便山下村民区别的叫法，外面的人并不知道，但这个地方在方圆几十里流传着一个响当当的别名“高楼房”，即险要的意思，虽然不是登记造册的官方称呼，但这个名字在七村八乡都很有名气，因为这两座山相对周围绵延起伏的小山坡要高不少，地势更加险要，与其他山坡之间的沟相比也显得更窄更深。两山相连的一前一后两个半山腰的山坳里，零散住着几十户村民，走路种地都爬坡上坎，进出需要爬一段很陡的高石梯，所以其他地方的人都觉得这里条件不好，都不愿意将女儿嫁到这里，而这里的女孩，都希望嫁到更平坦开阔、交通便利的地方去。

山下几十户村民合成一个行政队，历史不算很悠久，不过百年。“湖广填四川”的时候，有个大家族分家，有几房兄弟带着子女来到这没人愿意开垦居住的地方生根发家。据流传下来的说法是，当祖宗们准备在这安营扎寨时，孩子们就好奇为什么选择这穷山恶水的地方。祖宗认为好生活要靠勤劳的双手创造，越是在艰苦的地方，人越踏实、勤劳、肯干，越有出息，条件好的地方反而容易出游手好闲子弟，有点“自古英雄多磨难，从来纨绔少伟男”的意思。可见先祖还是很有生活智慧和先见之明，后来事实证明了，住在半山的这群人，确实比其他条件相对优越的地方的人更能干、有出息。先祖们于是就在这里安顿，从此慢慢开枝散叶兴旺人丁，虽然队上的人都姓李，但随着人口绵延增多，亲疏关系也逐渐分化，除了比较近亲的家族，其他彼此之间就只是乡亲而不是至亲关系了，一起生活，难免有摩擦、冲突、争斗，但表面上也维持着和谐。

小坡上这颗巨大的黄葛树，并不是一开始就长在山顶，而是被移栽到那里的。而这棵树的来历已经无从追寻，但在移栽前却发生了不少故事。

爬上先祖们在悬崖边修建的一座陡峭歪斜的高石梯，可以到达一片平地，而这一大片平地却是在一块巨大的有缝隙的岩石上，大家称之为破岩，不过几十年了这个破岩都没因为山洪再继续破裂过，上面的人们安然无恙地生活着。

在破岩上面修建的晒场四周住着七户人家，一家有两个儿子，小的叫之才，在他六七岁的时候不知道从哪里挖来一棵黄葛树苗栽在屋旁的菜地边，居然栽活了，两年之后就长成了一棵大树，在拥挤的院子边很是扯眼，仿佛这里已经容不下它的气场。

有一天，之才去田边割草喂猪，由于高石梯陡峭歪斜，本来就容易重心不稳，加之雨后湿滑，结果就从石梯上滚下去了，躺在田边一动不能动，只剩哇哇大哭，哭声在山间回荡，大人们迅速赶来。仔细一看，他手脚脸上都没明显伤口，只有轻微擦伤，但一碰他还是痛得大叫，一通检查之后才发现，是前胸后背的脊椎受了重伤，只能用简易的木板将他抬回去。

那是二十世纪五十年代初，百废待兴，出去的道路崎岖坎坷，人不能也不好抬，每一步对行人都是考验，对伤者更是折磨，公社没有医院，镇上有家医院也只有两个老中医，完全没法救治，之才只能在家中忍受疼痛折磨，只请来乡村行走的赤脚郎中，给配了些草药，等伤口自己愈合。

几个月的病痛折磨终于结束，之才的前胸后背却从此再也无法直立，脊椎前后成了拱形，仿佛驼峰，从此他成了驼子，个子也再没长高过，即使成年了依然只有九岁孩子的身高，还弓腰驼背，算是被毁了。

偏巧隔壁家住着一位长辈是风水先生，在当地小有名气，还通晓一些道士法术，后来给之才算卦，就说他家旁边的黄葛树不能栽种在院子边，但又不能砍伐。于是周围人只能设法将它挪走，想来想去，还是小坡的山顶平地最合适，于是众人齐心协力将它移栽山顶，从此这棵黄葛树在山顶生根发芽、开枝散叶，越发茂盛壮大。从此，高楼房的小坡上有了画龙点睛的风景，更显灵气。

之才肩不能挑背不能扛，无法务农，父母只能让他去学点手艺谋生，最终跟着隔壁这位长辈学习风水法术，从此皈依佛教，机缘巧合的冥冥之中，他真的就因为这别名菩提树的黄葛树结下了佛缘。

至于这棵黄葛树，在更开阔的山顶生根，可以享受更多阳光雨露，自然开枝散叶越发繁茂，气场越来越强大，成为方圆几座山上的树王，守护着这一片土地上耕种的村民，伴随着他们度过一年又一年的岁月，有风调雨顺，也有风雨飘摇。

而且据风水先生说这小坡的山形如猛虎，有了这棵黄葛树，更是如虎添翼，于是大家对它更多了几分敬畏，但从不在这里有任何迷信的膜拜，从没见人在树下烧香拜佛、挂红祈祷。它清清静静屹立在山巅，也在来来往往的居民和过客的心里。

4. 开枝散叶

都说黄葛树不适合栽种在院子周围，因为气场太强容易抢了村民的运势，但栽在山顶，却可以庇佑村民，有帮助大家开枝散叶的好兆头。但也不见得是雨露均沾，离得远近和房屋风水朝向不一样的人家，有的好像更加昌盛，有的则表现平平。村民之间发展不平衡，自然难免心生嫉妒，虽然这些实质上和黄葛树并没有多大关系，但大家总会找这些由头来发泄挑衅。

大坡小坡下这个队几十户人家上百号人，分布在三块比较集中的区域。一块就是前面提到的破岩上面的晒坝周围的十几家人，这块区域比较开阔，树木不多，显得比较敞亮；另一块就是小坡与大坡接壤、往大坡半山腰平行延伸的山坳里，零零星星住着十几户人，这里树木葱郁，但地势没那么敞亮，院子显得有些阴冷，住在这里的人身上也有股阴冷的气质；而在大坡小坡接壤的山背后，与前面两个大院子一个垭口之隔的弯弯山坳里，别称小弯沟，住着同姓且一个宗族下来的两大家子，也有好几户人家。

当初几兄弟从几十千米之外的地方分家来到这个山高路陡地不平的“高楼房”地界安家，就在这几个队驻扎兴家，后来各自开枝散叶发展壮大，虽然是同姓，也论着辈分，但彼此关系已不再那么亲近了。有一房兄弟就选择在这小弯沟安扎，后来生了两个儿子，大房儿子后来娶亲结婚生下三个子女，二房儿子娶亲生了一个儿子。

但这两兄弟后来想摆脱这里贫困的现状，远走他乡谋生，从此再没回来过。至于原因，后来失去联系，也无从猜想，只有大哥在几十年后从云南来了一封信，说是已经在云南成家，但人没回来过，小的则生死未卜、杳无音信。

当初走的时候，大房媳妇眼睛不好，后来长期哭泣更是雪上加霜，一个人带着七岁的大儿子、五岁的女儿和两岁的小儿子艰苦度日；而二房媳妇虽然聪明能干，但孩子尚在肚子里没有出生时，老公就一走了之，也是命苦，从此这两妯娌相互扶持关照，把孩子们拉扯大，将这家的香火传承下去。

二房媳妇一个人拉扯一个儿子，虽然辛苦，但年轻能干，有娘家帮衬，倒也把日子过得下去；但大房媳妇无法从娘家获取补贴，有三个孩子要抚养，自己眼睛又不好，自然处境艰难些。所以大房的大儿子之晏七岁就只能去给地主家当放牛娃，挣点零花贴补家用，帮着母亲抚养弟弟妹妹长大，从小就尝尽了生活的酸甜苦辣，也学会了勤劳持家。

后来好不容易熬到长大成人，将弟弟妹妹们拉扯大，也赶上了中华人民共和国成立的好时光，从此可以当家做主人。但因为从小家境清贫、负担重，虽然之晏身强力壮、勤俭持家，也拖到二十七岁才结婚成家，在现在也算晚婚晚育了，在当时算绝对的大龄未婚困难户。

之晏是队上出名的劳动能手，也很热情平和，谁家有事都积极帮忙。当时之才家那个大黄葛树移栽到山顶的时候，之晏已经二十岁，就是移栽队伍中的主要劳动力，忙前忙后。可能是从小就接触自然，对土地、树木感情较深的天性使然，也想着黄葛树种在山顶，离自己的院子也很近，借着这个好兆头开枝散叶、壮大家族，总之是积善行德的大好事，所以表现很积极。

因为从小就没有父亲在身边，之晏很小就懂得生活的艰辛和无助，结婚成家后，也很想好好壮大自己的家族，当时又正赶上鼓励生育时代，所以伴随着屋后山上这棵黄葛树的茁壮成长，之晏的小家庭也开枝散叶、迅速壮大。十多年时间里，陆陆续续养育了六个子女，分别是大儿子、二女儿、三儿子、四儿子、五女儿和六女儿。从此之晏在心里好像也更敬重爱惜这棵黄葛树了，队上的人也觉得这棵黄葛树对之晏的庇佑最多，难免心生妒意。

但之晏的日子其实过得越来越累，农村普遍缺衣少食，上有老母亲，下面有弟弟妹妹要扶持，自己又有六个子女要抚育，妻子又总是病快快分担不了重活，只能操持家务，所有生活重担都落在了他一个人头上，艰辛程度可想而知。但之晏从小吃苦长大，仿佛对生活的艰辛早已麻木，更加努力拼命劳作，养活一家人，这就是他的唯一使命，根本没时间抱怨和忧郁。

5. 抱女未遂结怨

之晏结婚后陆陆续续养育了六个子女，全国上下砸锅卖铁大炼钢铁，要赶英超美，粮食生产统计数据直线飙升，农民却食不果腹，而这时候人口已经膨胀很多，经常饿死人，日子前所未有的艰难。那时候粮食产量低，实行按劳平均分配，吃大锅饭，挣工分多的家庭也只能勉强度日，劳动力少孩子多的家庭就很糟糕了，外面能吃的几乎都被弄进了嘴里，依然不能饱腹。之晏一个壮劳动力要养一大家子人，虽说大儿念了一年初中辍学，二女儿、三儿子早就没上学，都能跟着出去干活、挣半个工分，但家里还是经常揭不开锅。

这时之才也已经是二十好几的人了，由于脊椎受伤从此再没长高过，看起来身材很别扭，又不能干重活谋生，自然很难婚嫁，注定打一辈子的光棍。但之才因为跟着师傅学了些风水法术，倒也能挣些钱贴补家用，哥哥结婚生子分家，自己跟着老母亲单过，且母亲也还年轻体壮，所以两人的日子过得倒还算滋润。但他母亲还是很为小儿子将来操心，即使不能结婚生子传承香火，至少想法抱养一个孩子为他养老送终，不至于老了孤苦伶仃。

之才和母亲左思右想合计许久，想到之晏家这些年生了不少孩子，现在世道艰难，想从他家过继个小女儿，既能帮他们减轻负担，还能给小女儿更好的生活条件，这样想来他们没有不答应的道理，于是便怂恿母亲先去试探下之晏夫妻的态度。

之才母亲肖大娘挑了个阳光明媚的日子，取出家里攒下来的十个鸡蛋，又抓了几十个秋天刚从院子旁核桃树上收获的核桃，装在小篮子里，用布盖上，想着劳动力们都去地里准备秋种了，自己索性不去开工，神神秘秘提着篮子去之晏家。

翻过垭口还没下去，就听见之晏媳妇兰英在屋里一边咳嗽一边招呼着孩子，想必家里没有其他大人，都去地里干活了。

到了家门口，肖大娘看见眼睛不好的之晏妈坐在屋檐下的小板凳上，旁边两个小女孩正在嬉闹，大的约七岁，小的不过五岁，一看就是营养不良，头发枯黄，形容消瘦，但长得是眉清目秀也算机灵。肖大娘给这位嫂子打了个招呼，给了两个小女孩几颗核桃，她们就高高兴兴去找石头砸开吃去了。肖大娘推开虚掩的堂屋木门向里面望去，虽然是大白天，屋内也暗黑一片，只有靠近里墙边的一片亮瓦渗透出一点光亮，她叫了几声："兰英！兰英！"直到对方回应，她才看见有人斜躺在床上。

兰英气喘吁吁地问道："哪个？是哪个？"

肖大娘立忙答道："是我！肖大娘！"

"是你啊，你怎么有空来了，快过来坐！"兰英欠了欠身子招呼道。

原来兰英本来就体弱多病，嫁过来这十几年，家里日子艰苦，又不断生儿育女，身体更是虚弱了，稍不注意就感冒咳嗽了，偶尔能看病抓药，大部分时间是硬扛，队上人都知道她是个病秧子。

肖大娘走到床边，关切地问道："最近天气变冷了，你又生病了?"

兰英又是一阵猛咳，稍微停顿下来之后，有气无力地说："就是啊，三天两头地生病，没几天好日子!"

肖大娘把篮子放在地上，然后说道："我给你拿了十个鸡蛋和一些核桃来，你回头弄来吃了，也补一补身子!"

兰英很不好意思地应道："怎么好意思嘛?你还是长辈，这样岂不是折煞我!"

"你啊！嫁过来就没过几天好日子，现在家里负担这么重，你还年轻，也要好生照顾下自己。"肖大娘嘴里说着，又帮兰英拈了下颈边的被子。

兰英也觉得奇怪，平时肖大娘很少得空翻垭口过来耍，这大农忙的时节怎么突然来了，于是问道："大娘，开始农忙了，你怎么没去出工挣工分呢?"

肖大娘不想再绕弯子，早点说完也好回去忙农活，但话到嘴边却也难开口，欲言又止很不自在。

虽然兰英称她为肖大娘，但因为不是挨着住的邻居，自己不常出工，更不会翻垭口去串门，和她也算不上好熟悉，见她这般殷切又吞吐，更不知道来者何意了，只得继续安慰道："你有啥子事哇?你说嘛!"

肖大娘见兰英把话递过来，也只能兜底了，于是笑着说："我有一件对你对我都好的事想找你商量一下!"

“我们俩还有啥子好事呢?”兰英更是觉得莫名其妙了。

肖大娘顺势往下说道:“你看你身体这么不好,你们家负担这么重,你有没有想过抱一个孩子出去给条件好点的家庭,给家里减轻点负担,也让娃娃过好点!”

听了这所谓好事的事,兰英本来就没精神,更是被打击、羞辱了一般,心想真的是无事献殷勤原来果然有猫腻,现在哪家不是子女成群,谁还有能力抱养别人的孩子抚养,但一想到肖大娘家有个单身的驼子,就猜到她是在为小儿子算计,自己肯定是不答应的,丈夫更是不会允许。

但兰英又不能不回应,僵持安静了一会儿,只得装不知道回答:“抱哪个孩子?现在哪家不困难,哪个有闲心养别人的孩子!”

肖大娘见兰英话里有话,也没把话回死,于是趁热打铁地追述:“你看你家幺女,都五岁了个子还那么矮,长得也枯瘦如柴,你本来身体也不好,家里人多,更是顾不上她,不如把她抱养给我们家之才。一来隔得也不远,以后也可以认你们;二来我们家负担也不重,之才又有手艺,能给她更好的生活,只求给之才做个伴,以后能养老送终!”

肖大娘一股脑就把心里的盘算都说完了,听起来确实不算件坏事。

但兰英还是倔强地回答:“大娘呢!哪个孩子都是父母的心头肉,虽然日子艰难,但也不可能抛弃子女啊!”

肖大娘打断兰英:“你先别急着决定嘛,晚上你和之晏再商量下嘛!”

“他虽然管得严,经常打骂孩子,但肯定舍不得的,他从小就被抛弃，自然不会抛弃自己的孩子。”兰英继续解释道，但不容她把话说完，肖大娘就急着辩驳：“这算啥子抛弃嘛，离得近，大家知根知底的，对大家都好，你晚上和他商量下嘛，我还要回去割猪草，等两天我来拿篮子再来问你哈！”

肖大娘心里还抱着侥幸希望之晏能想通，于是想尽快结束对话，此行主要是表明心意，但此事肯定要从长计议，再多说大家难免尴尬，于是快刀斩乱麻地说完要回去。

兰英想拉却没拉住，只能说道：“肖大娘，你把东西提回去嘛，有空再来耍！”但她头也不回就走了。

晚上肖大娘将下午过去打探的情况告诉儿子，之才自然不死心，说：“这么大的事，肯定没那么容易，再说一个女的怎么能做主嘛，他们家是男人当家，你过几天再去问哈嘛！”

而这边的之晏家，一家人围坐在一张小桌子旁边，忽明忽暗的煤油灯闪烁下，大家都安静地吃着饭，只有小女儿在哼哼唧唧说碗里没有米饭全是红苕不好吃！

之晏听烦了就骂过去：“你再不吃红苕，连皮子都没得吃了，养到你们这些收账的还叽叽歪歪！”

要是换成大点的孩子敢这样闹腾，估计他早就耳巴子下去了。其他哥哥姐姐们看见爸爸发火了，自然吓得更不敢出声，坐在小女儿旁边的姐姐用手掐了下妹妹提示她不要闹，结果被掐疼了她竟然索性哇哇大哭了，旁边的奶奶赶忙把小孙女拉倒怀里哄，躺在床上没吃晚饭的兰英远远地威胁道：“幺妹崽，你哭啥子哭，再哭哪天把你送给垭口那边的驼子！”

幺女一听果然止住了哭声，吓得直往奶奶怀里钻。虽然才五岁的孩子，但对垭口那边的驼子却有很深的印象，因为长得有点奇形怪状，队上的小孩子都有点怕驼子，而且偶尔也见驼子在其他人家里做法事，跳来跳去像个巫婆，更让人害怕了！

但以前从没人用驼子来吓过孩子，之晏听兰英这么一说，就知道有蹊跷，于是转过头问床上的兰英："你刚才说啥子喃?"

于是兰英一五一十地把下午肖大娘来过的事告诉大家！

之晏一听就鬼火冒，发脾气吼道："他们想啥子呢，痴心妄想，就算再穷，老子也不得给他养！你没答应嘛！以后少和她来往，让他们趁早死了心!"

然后指着桌边的孩子们说："篮子里的核桃不许吃，哪个吃了老子把牙齿给他打脱，明天大妹崽给肖大婆把东西送过去!"

旁边的大哥伦宽也补充道："我们都逐渐长大了，会给家里分担一些，用不着他们瞎操心!"此时的他已经十六岁了，虽然个子也很娇小精干，但已经在村上农机站打工，平时家里重活也都能做，很有父亲的风范，管弟弟妹妹也很严格。但他也没想到，其实自己也马上到了谈婚论嫁、成家立业的时候了，还有更重的负担在等着他，这个家族的命运会因他而发生改变。

第二天，之晏大女儿按照兰英的指示，趁中午大家都回家做饭的时候，将鸡蛋和核桃都送回了之才家。肖大娘看到这筐鸡蛋和核桃就明白了之晏一家心意已决，便不再好去追问，倒是之才还不死心，必要亲自再去试试。

又隔了几天的一个傍晚，之才趁着天还没黑尽，摸摸索索来到了之晏家院坝，大家都才收工回到家，刚放下锄头背篓。对于之才的到来，在院子里玩耍的幺女反应最强，前不久那天晚上心里就有了阴影，看到驼子就吓得大哭赶快跑进屋里躲起，以为驼子是真的要来带走她了。其他兄弟姐妹知道驼子来意，也不闻不问各自进屋。之晏也知道驼子的来意，但也不能不理，只是礼节性地问道：“才兄弟，这么晚了，你来有事吗？”

之才见院子里只有他们二人，更是鼓足勇气说：“晏哥，前几天我妈来给你们商量的事，你看还有没有走展的余地？我也是出自一片好心，对你们也没啥损失！”

之晏想发火，但不好一来就打笑脸人，有点反嘲地回应道：“不劳才兄弟费心了，这件事你还是别想了！”

之才既然下定决心来，自然不会那么轻易死心，继续游说道：“晏哥！大家都姓李，隔得又不远，多一个人帮你照顾娃娃对你是好事，你家庭负担这么重！”

还没等之才把话说完，之晏自尊心仿佛受到了羞辱，强忍的怒火按捺不住爆发：“我娶得起老婆生得起孩子就有本事养大，你个驼子心眼真多，不是说你和你们那边那个工人的老婆打得火热吗，喊她给你生一个嘛！”

之才听了，瞬间脸红脖子粗，又羞又恼，也翻脸回道：“饭可以乱吃，话莫乱说，人家可是有男人在外面当工人挣钱的，而且按辈分我可喊她当妈！”

之晏说：“晓得这些就好，你们那些摸摸搞搞的事队上哪个不晓得?!”

之才彻底被激怒：“你洋啥子洋，要不是当初我家院子边的黄葛树栽到你们坡背后，你们能开枝散叶、人丁兴旺？”

之晏答道：“那也是上天保佑，和你有啥子关系？”

听着他们两人大声吵起来了，周围邻居就来看热闹，也有劝架的，最后将驼子一边劝一边推搡着送上垭口，大家才消停。但从此这件事在之才心里有了结，两家攀亲未遂反倒结了仇，之才虽然抱养人家的幺女未遂，也不能马上就把黄葛树砍掉灭他们威风，但将它和这件事有了联系，对这棵树有了其他的想法。

后来之才无法，只得和母亲商量，将大哥的大儿子名义上过继给自己，以后可以养老送终，但平时仍然由哥嫂抚养，自已贴补些家用就是。

6. 黄葛树之争

队上惦记和幻想着黄葛树对之晏一家特殊庇佑的人不止之才，还有一个叫光强的，虽然比之晏年轻不少，但却比之晏高一辈分，按照辈分之晏还得叫他一声叔叔。

光强已经是结婚生子的成年人，虽然不算矮小侏儒，但个子很娇小，比很多女人看起来都苗条轻巧。长得也算机灵清秀，但好像机灵过了头，经常让人搞不懂他脑子里在算计着什么，一个男人却比女人还伶牙俐齿，厉害到经常和队上很能撒泼的妇女吵架都能占上风，平时也总是在碎碎念，所以不仅女人们看不起他，男人们也有点瞧不上他的风格。

光强很会过日子，小小个子也能干重体力活，而且敏捷灵活，还能在外面与人争名夺利，把老婆应该的公关工作都做了，而且在家里是十足的好男人，对老婆言听计从，全然没有在外面的凌厉牙尖。

他们两兄弟因为家境不好，很早就独立了，后来也较早结婚生子，分家过日子。光强一直也想多生儿育女壮大自己的小家庭，但偏偏老婆生下两个儿子一个女儿后就再没怀孕了，这让光强有些郁闷，也就想起了离黄葛树更近的之晏家子女多，而自己住在大坡下面的半山腰，离黄葛树更远，仿佛没享受到它的庇佑，从此在心里就对这棵其他人很敬重的黄葛树不待见。

1970年初，正是“文化大革命”时期，那时候的农村没什么知识分子、资本家可以批斗，穷乡僻壤的丘陵地区，称得上地主可以被批斗的人也少之又少，农村显得反而没有城市那么浮躁和喧嚣，但大家面临更严峻的生存问题。本来人口增加快、粮食需求多，但大集体吃大锅饭平均主义时代的劳动效率不高，生产工具也不先进，种子、化肥、农药等生产资料落后，生产技术也不发达，偏偏又赶上两年干旱，让本来就一直在饥寒交迫边缘的农村人更是雪上加霜。

这时候每天每家都出劳动力挣工分，一块一块地耕种完再换地，许多人在一块地上劳动。其实一个队上可耕种的土地并不是很多，再加上分工不科学合理，大家凑在一起就都有点“磨洋工”的侥幸偷懒心态，干活拈轻怕重，甚至有人偷奸耍滑、滥竽充数，谁都不想多干和干重活，反正挣的工分都是一样的。

这样的集体劳动自然有些懒散应付，也能看出众生百态。老实内敛的人沉默地干活，不多言多语；聪明的挑轻活忙不停，既避免落人口舌又不吃亏；奸诈的就到处张罗充当指挥，其实也是瞎折腾，看起来好像很忙却什么都没干，还把记工分的人巴结得很好，好像自己很勤劳一样；还有一种就是懒惰的，到处搬弄是非找人聊天、说笑、打闹，一会儿要喝水，一会儿要解手，完全是在混日子，大部分人都看不惯，却都不说破或指责他们，反正都是挣公家的工分，偶尔有胆大嘴厉的，半开玩笑半挑衅地指责，人家还是恬不知耻地无视或者嬉笑怒骂回应。

有一天，一群人在小坡顶上黄葛树下的一亩三分地上栽种包谷苗。一直碎碎念的光强正挖着地，突然挖不动了，用力挖了几下才发现下面是延伸过来的黄葛树根，于是心里很不爽，嘴里冒出这样一句："这棵黄葛树越长越大，枝桠越来越多，占的地方越来越宽，荫的地也越来越多，靠近树的地方收成少好多，现在又这么缺粮食，不如把这棵树砍了！"

他这席话一出口，吵闹的劳动场面突然安静下来了，基本没有人附和赞同。

有大胆的妇女忍不住怼了他一句："人家长得好好的，哪里惹到你了，又不是你家的地！"

光强和妇女斗嘴从来都不嘴软，马上就嗓回去："你当然哦！成天好吃懒做哪里晓得这些！"

这个妇女本来就是有名的泼妇，立马暴躁起来，指着他的脸就骂回去："你个龟儿子，你说啥子呢？你给老子说清楚，哪个好吃懒做了，吃你屋头的了？"

光强也不示弱，你一句我一句就跟妇女吵起来了，周围有劝架的，也有煽风点火唯恐天下不乱的，地里人迅速聚到一起围观。这时候之晏正从坡下挑着一大挑猪尿粪水上来浇地，累得气喘吁吁，看大家凑在一起很是热闹，放下担子过来一探究竟，听了几句就知道了事情的原委，原来有人在打黄葛树的主意，人高马大的之晏迅速就火冒三丈，扒开人群就冲到光强面前质问。

“你说啥子呢，你休想鼓捣打黄葛树的主意，它哪里惹到你了?”

光强已经被妇女激怒，也没看之晏的表情，又把自己的观点带着怨气陈述了一遍!

看光强越说越有劲，之晏生怕他的想法鼓动了大家，迅速打断：“我看你矮子心多，成天不认真干活，就惦记这些蝇头小利，又不是你家的地，有棵大树在山顶，大家都沾光享福!”

之晏这话反而更激怒了光强，他本来就对黄葛树有成见，也撒泼起来：“哪个沾光享福了，我看就你一家得了好处，难怪你跳得这么凶!”

两人就这样你一言我一语互不相让，最后还爆粗口，本来之晏就不擅长吵架，光强越骂越嚣张，最终彻底激怒了之晏，也顾不得他是长辈，抡起拳头就想砸过去，幸好被旁边的人拉住。而个子娇小打架要吃亏的光强见之晏被拉住，没挨打却更泼了，也做出阵仗要干架，又被人拉住，就这样乱作一团，大家把光强推搡劝下坡回避一下，从此就因为这棵树两家结仇了。

7. 无独有偶

队上人多口杂，大家因为是是非非吵架很正常，都见惯不惊了。吵完架还得一起干活，不过从此心里打了结，有的见面也不打招呼，要么把对方当空气视而不见，要么臭着脸，让别人多远都能嗅到自己身上强大的敌意，从而彼此绕道而行；也或者久而久之大家就放下了，至少表面上恢复正常沟通，但在心里是给对方记着一笔的，虽然不见得恨得咬牙切齿，但对方在自己家族有了一个黑点或污点，偶尔背后说起吵过架的人，对他依然嗤之以鼻，表达不屑或不爽。

大家又恢复了往日的劳作秩序，虽然劳作的耕地换了一块又一块，但场面都差不多。有一天下午，大家都在大坡上一块面积颇大的土地上劳动，太阳有点大，烤得人没啥精神，地里少了往日的喧闹，只有临近的人相互嘀咕家常。突然有一个平时就喜欢没事找事、哗众取宠的男子半开玩笑半带挑衅地对着大家嚷道：“狗日的光强怎么现在还没来上工?”估计平时习惯了有他碎碎念，今天他不在太清静了大家反而不习惯，或者看不惯他平时油头滑面讨赏卖乖争表现，今天难得抓住把柄，也奏上他一本。这问话是对着所有人说的，并没具体问谁，自然也只有好事者才接话继续煽风点火。

在一个角落里他邻居家一个妇女搭话了：“他刚才好像来过一会儿，后来被他儿子叫回去了，估计是家里有事吧!”

那个发问者说：“他婆娘也没来开工，两口子都学会偷懒了，大白天在家亲热哇?!”

这个妇女马上吐了她一泡口水骂道：“光天化日的你说这些，你才不要脸呢!”于是周围男男女女都跟着起哄大笑。

没过多久，就听到坡下传来一声声悲天跄地的大哭，大家循着声音望去，好像就是从光强家传来的，于是大家都放下手里的锄头和其他工具，纷纷跑去看热闹。

一行人跑到他家院子周围，听见哭声越来越大了，而且是成年男子伴着两个小男孩的声音，于是加快步伐赶快去一探究竟。当大家到了他家堂屋门口，都傻眼了，两架凉椅上躺着一个妇女和一个小女孩，好像已经人事不省。大家定睛一看，原来是光强的老婆和小女儿，于是赶忙围过去，用平时知道的急救方法帮忙，有的妇女掐人中、掐老虎穴，夹着慌乱叫喊，男人们也忙着问怎么回事，商量着应该赶快送医院去，有的赶快拿竹竿、绳子准备绑滑竿抬人去公社医院。那时候坡高路陡，没有公路更没车子，这是大家最常见的急救办法。

但是一阵慌乱之后，帮忙急救的几个妇女摇头说，已经没了呼吸了。而旁边瘫在地上的光强已经哭得昏厥过去了，大家赶快急救，好不容易唤醒，断断续续才问了原委。

原来当下正值蔬菜不多的季节，本来食物也不充裕，于是很多人家把平时给猪吃的一种厚皮菜拿来煮菜吃，也没多少肉和油可以拿来煮菜，所以光强和两个儿子不喜欢吃这种菜。但老婆和女儿吃得多，不知道是吃太多，还是没煮熟，或者又吃了什么东西相克，饭后不久就不舒服，还呕吐不止，光强后来去坡上干了会儿活就被儿子叫回去，回来折腾了一些办法，最终还是无济于事。

这样的一次变故，不仅对光强父子是打击，周围人看着也无不落泪怜悯，从此很多人对这个菜敬而远之，要吃也必定煮得很透，多放油盐。毕竟这种经常种来给猪吃的植物本身无毒，祖祖辈辈也都吃过，只是不算家常蔬菜，只有菜荒的时候吃点，所以真正中毒的原因也没人知道，从此成了一个谜。

本来还想开枝散叶的光强，却遭遇了如此变故，颓废沮丧了很长一段时间才走出阴影。从此他一个人，既要当爹又要当妈，家里家外都靠他操持，确实也够辛苦。因为家庭负担重，他从此也没能再婚，独自将两个儿子抚养成人，本来就对没得到黄葛树庇佑的他，从此对这棵树有了更多阴影，更不敬重这些了。

虽然很多人也很同情他的遭遇，但他平时得罪不少人，总是嘴碎心窄惹人厌，所以久而有之，还是有人背后议论他是遭了报应。

8. 土地分下户

“文化大革命”结束后，虽说农村人本就没什么文化，很多家庭和个人受到的冲击比城里那些知识分子少很多，但这些年经济没怎么向前发展，对农村的影响和拖累也很大，依然采用落后的农业生产技术和生产资料以及按劳分配吃大锅饭的分配方式，使得农业生产效率低下，加上人口膨胀，农村生活条件恶化。

在这样温饱困难的低谷，想改变贫穷压抑生活现状的农村青壮年开始思变，不能再拘泥束缚于吃大锅饭、养不活一家人的生活模式，一些胆子大的纷纷走出农村，走向远方，出去寻找打工赚钱的机会，以此来改变家境，开启了四处漂泊的创业历程。那时候依然是计划经济时代，城里人生活都困难，农村人更无法进入城里务工挣钱，他们只是从一个农村走向更偏僻更需要劳动力的地方创业，艰辛程度可想而知。

而这时候，中国也在慢慢地发生着翻天覆地的变化，经过“文化大革命”时期，政府拨乱反正，将经济建设提到最重要的议事日程，各种改革都在思考和践行中。中国面积最广大、人口最多的农村，对改革更是渴求，农村经济建设中最重要的就是劳动组织形式和分配方式改革，土地是农民生存的根本，核心的改革自然要触及土地制度改革。在政府各种筹谋和试行之后，最终确定了家庭联产承包责任制，打破吃大锅饭的模式，农民在当家做主的基础上，更能发挥自己的聪明才智和积极性，从此真正决定和改变自己的命运。

在中国最基层的农村，村民也在欢欣鼓舞迎接这项开天辟地的巨大改革，从以前租种土地到后来耕种集体的土地，虽然所有制发生了本质变化，但能承包责任到户，更大程度上让村民与土地亲近，从此更是视之为生命用心呵护，于是农民因土地产生了更多爱恨纠葛。

在土地承包的过程中，各个地方差异却很大，即使是相邻的村子、相邻的队差异也比较大。“高楼房”所属的五队，比其他几个队的条件都差，住在半山腰，无论是耕种山上不平整的旱地还是山沟里的水田，都路途遥远坎坷。更要命的是，上面划拨给这个队附近的总土地面积比其他队都少些，而这个队人口并不少，所以土地分割到户的面积自然更少。这样一来这个队就成了周围最困难的村子了，也为村民之间的土地之争埋下各种伏笔。经常有村民为了田边地角发生争执和矛盾，破口大骂甚至大打出手很常见，有些邻居因为土地之争变成了老死不相往来的仇人，有的父母和子女或者兄弟姐妹之间也常常因为土地问题发生矛盾，可见当时土地在人们心中的地位和分量。虽然村民还是有勤劳淳朴的本性，不至于为了土地六亲不认，但家家都很困难，总有些人因太贪婪占别人便宜引发矛盾。

而在划拨土地的时候，虽然面积是按人头均分的，但土地之间也有阴阳、平陡、远近、肥瘦的差异，又是一场场沸沸扬扬的明争暗斗，其中关于黄葛树下的一亩三分地的划分过程更是纠结。

为了平衡土地地势和肥瘦的差异，面积大的地块都会划分成很多小块抽签分配，避免引发更多矛盾。黄葛树下一亩三分地被分成三块，为了保护黄葛树，队长和村民商议后，单独留出三分地给黄葛树成长，不影响周围地块农作物生长。之晏一心想抽到黄葛树下的地，因为对它有太多美好的情感，能在他旁边耕种守护，即使在最高的山顶，缺水而且耕种收获难度都比较大，他也愿意。

谁知道最后抽签下来，之晏并没抽到，却偏偏被光强、之才和他邻居子清家抽到。由于事先已经讲好规则，大家不能私自交换土地避免产生更多矛盾，加上之晏和他们有些过节，自然只能遵守抽签结果，从而在黄葛树下，又衍生了不少曲折故事。既关于黄葛树的命运，也影响他们之间的关系。

9. 三足鼎立

都说“不是一家人，不进一家门”，结果小坡顶上黄葛树旁这三块地的三家人，居然也有很多巧合的相似，他们三家以后仿佛因此成了对抗黄葛树的“同心协力”或者“狼狈为奸”的利益共同体。

之才名义上过继了哥哥的大儿子伦辉，实际上并没有履行抚养义务，除了零花补贴方面，家里比较偏远或者不容易耕种的地块就交给哥哥家种植。因为母亲年龄增加，自己又不能干重活，后来小坡上这三分地坡高路陡又缺水，自然给哥哥家耕种。

土地分下户的时候，伦辉已经年满十八长大成人了，遗传父母的高个子，长得人高马大、一表人才，已经是到了该相亲结婚的时候了。最偏远最难种的地，父母自然是交给这个青壮年耕种，偶尔帮衬一下就行。

虽然伦辉长得高大帅气，但这个队条件差远近闻名，张罗相亲也是难事，后来在亲戚的亲戚牵线搭桥下，伦辉与隔壁镇的圆秀姑娘相亲成功。这姑娘是农村难得一见的高壮个子，但五官也显得粗壮甚至带点蛮横相，与帅气的伦辉并不登对，所以他心里其实并不乐意。谁知道姑娘和父母一眼就相中了这个帅气高大的小伙子，一见钟情之后自然是各种献殷勤。而伦辉的父母也很喜欢这个姑娘，一来姑娘的父亲早些年就因招工出去当工人了，这种铁饭碗的职业当时在农村是非常被羡慕向往的，家庭条件自然比一般农民家庭好很多。这个大女儿从小跟着母亲在乡下长大，个子高大，是一把干农活的好手，是农民家庭父母给子女相亲的最理想对象，而且农村人也觉得个子大不仅能干活能吃苦，更容易生养。最终，即使伦辉不是很满意积极，但在父母的威逼利诱下，也只能半推半就，二十岁就结婚了。

结婚第二年，圆秀就如长辈所愿，给家里添了个白胖儿子，公公婆婆自然是满心欢喜，因为是第一个儿媳妇，又生了孙子，加上亲家隔三岔五来照应或者警示，自然把这个儿媳妇捧上天。而圆秀是家里大女儿，父母一直比较娇宠，出嫁后更是各种心疼爱惜，而伦辉对这个老婆一开始就不热心，婚后自然也不会很积极，按部就班地过日子，碍于家长压力，又是新婚生活，自然没有太多嫌弃。圆秀虽然长得粗笨，但从小个性好强，虽然巴心巴肝爱丈夫，但也能感觉这个男人不是很爱自己，于是经常任性耍脾气，想要这个男人更在乎自己，结果夫妻关系反而更不和谐。

后来等到伦辉儿子两三岁，因为小两口总是吵吵闹闹，加上父母要张罗给小儿子结婚成家，于是让伦辉一家三口分家单过。这个小家庭的劳动分工在农村显得有点另类，虽不说男的负责貌美如花女的挣钱养家，但家里的粗重活确实都是圆秀一个人干完了，伦辉则主要负责照管孩子、做饭、喂猪，后来跟着别人学了木匠手艺。因为这活相对轻巧，不日晒雨淋、肩挑背磨，两口子的分工更是反向了，地里活伦辉基本上不沾手，小坡上这块地自然成了圆秀经常工作的阵地。

而这时候的光强一个人将儿子拉扯长大，大儿子新春身材长相个子像极了父亲，只是看到父亲碎碎念经常得罪人，加上从小遭遇家庭变故，所以不太爱说话，性格也变得有些温柔和善甚至是软弱。这样一个男人拉扯两个儿子长大的家庭，加上地理位置不好，给儿子张罗婚事更是难上加难。虽说这样的家庭没有婆婆折腾少受气，但一个家庭没有婆婆也是一大缺憾，女的嫁进来就要照顾三个男人，诸多不方便，家里家外都要张罗，想到这些，女方及其家长就不乐意。

后来求各路亲戚和邻居帮忙，新春好歹娶了个媳妇。对象自然条件不会很好，虽然长得不算很丑也没残疾，但个子娇小，完全不是干活的料。能娶到媳妇已经很不容易，光强父子已经不敢挑剔，还要把她当宝。而且这些年光强一个人带孩子过日子，除了外面的农活，家里内务也是一把好手，什么都会做，把家里也收拾得干干净净，大儿子受父亲言传身教，也是家里家外一把好手。结婚后，光强父子不仅不让媳妇下地干农活，而且很多家务父子也包揽了，后来生了个儿子之后，这个媳妇就顺理成章以带孩子为由家里家外什么都不管，慢慢就养成了好吃懒做的习惯，是队上女人眼中少有的好命女人。

但没想到光强父子的大度包容最后变成了纵容，一家人把她顶上天，踩着父子一心求家庭和睦的软肋，这个好吃懒做的儿媳妇反而觉得这对父子没气性，一个女人没得到被征服的满足，就变得狂妄自大，经常对父子挑三拣四，甚至打骂自己的丈夫。新春为了家庭和睦，不让儿子遭遇自己小时候的失母之痛，只能关起门来委曲求全，儿媳妇更加得意忘形，在家里都这样骄横，在外面自然更是争强好胜从不让人，大家背后议论这个媳妇没妇德，更讥讽在外面争强好胜的光强又遭报应了。

而子清家庭也有一些类似的特殊性。子清两口子倒是老实巴交、与人为善，在队上口碑很好，但是两人生下两个女儿之后就再无所出，即使寻医问药，也无济于事，可急煞了夫妻。农村人很看重儿子，重男轻女倾向比较明显，一来为了家族姓氏、香火的传承，二来有了儿子，家族在村里才好立足，不会被小看和欺负。

子清大舅子却生了四个儿子，但家境却非常艰难，无奈之下，子清老婆只能从娘家大舅子那里过继一个儿子过来抚养，撑门立户，也帮大舅子家减轻负担。从此夫妻俩把这个过继的小儿子视为掌上明珠，各种娇惯，上面的两个姐姐也在父母影响下对这个要传承香火的弟弟百般忍让，宠溺之下这个小儿子新国就有点目无尊长了。

土地下户的时候，新国也长大成人了，虽然地理位置差，但他家庭条件相比其他人较好。因为父母都踏实肯干，两个姐姐都要嫁出去，作为独子继承家里的所有，负担也很轻。即使新国长得其貌不扬，身材干精，五官甚至有点丑，人送外号“筋骨人”或“瘦猴子”，父母却帮他张罗了一门好亲事，从隔壁大队娶了个大美女回来，在队上新媳妇中是数一数二的标致人才。

这个媳妇叫倾容，虽然脸蛋漂亮个子高大，脾气却不好，加上公公婆婆谦让，丈夫新国把她宠上天，凡事都听老婆的，更是助长她的嚣张气焰。任性老婆说话处事不孝敬父母，新国也跟着起哄，从此这个村子里多了对出名的歪媳妇和粑耳朵。

10. 黄葛树二战

真正是无巧不成书，黄葛树下这块地分给的三家，都出了个歪媳妇，所以三家人的地在一起，谁都占不了谁的便宜，彼此都有顾虑，谁都休想多挖别人几寸土角，反而相安无事。只是光强媳妇命好不用亲自下地，这山顶的地更是很少踏足，倒是光强偶尔来耕种，能遇到倾容和圆秀两家媳妇上坡耕地，都是在外面能说会道的性格，一个长辈居然还能和两个晚辈媳妇边干活边唠嗑，有时候八卦别人家的是非，有时候也彼此开开对方家里的玩笑，居然关系还算和谐。

三家关系和谐了，又都是会算计的性格，居然打起土中央这棵黄葛树的主意了。当时分地的时候，公家单独给这棵树划拨了三分地，就为了避免周围村民打它主意，让它名正言顺开枝散叶。但是三家人种着种着，都把锄头伸向了黄葛树下的空地，还挖断不少细根，到最后都快逼近树的主根了。

那时候村里的孩子学业不繁重，也没什么玩具娱乐，放学了就慢坡晃悠，有的割猪草有的捡柴，有的找点野菜野果子，黄葛树新芽酸酸涩涩也是他们的美味。即使没新芽吃的时节，孩子们来这棵大树上嬉闹游戏，也很有乐趣，所以隔三差五就会成群结伴来山顶的黄葛树上玩，有时候还被干活的光强或倾容呵斥，因为孩子们踩到庄稼了。一些略大的孩子们知道他们侵占了黄葛树的地，便告诉家长，之晏和其他大人听闻了偶尔也去看看，见他们做得有点过分，遇到了也会旁敲侧击嘲讽几句，但终究下面不是自己家的责任地，也不好太强硬干涉。

土地下户后，大家都在积极用心耕种土地，但二十世纪八十年代中期的时候，生产技术依然不发达，温饱问题依然困扰着村民。虽然政府开始实行计划生育，但乡下依然很多人超生二胎三胎，甚至没生到儿子的还东躲西藏生四胎，加上二十世纪六七十年代鼓励生育所以队上的土地依然紧张，好些人家面临口粮青黄不接的尴尬和窘迫，他们三家打黄葛树下面空地的主意，大家也能理解。

黄葛树下的空地倒是被侵占了，但由于黄葛树枝繁叶茂，树荫下面的地既晒不到太阳又淋不到雨水，自然是长势和收成不佳，于是两个小媳妇和光强一合计，想砍掉山上这个大黄葛树增产，碍于之前队上和村民很重视这棵黄葛树，所以不敢轻举妄动，但这个念头一直在心里蠢蠢欲动。

不能直接砍掉黄葛树，他们就在枝椏上做文章，反正平时很少有人来山顶，所以三家一合计，悄悄就对黄葛树进行了修枝，但用力太猛，不仅仅去掉了很多细枝分椏，还一不做二不休，甚至锯掉了几根大枝，结果一颗雄壮威严的黄葛树，被生生搞成了落毛的凤凰，像是一只落汤鸡，呆呆地站在那。后来孩子们上山顶爬黄葛树玩，见心爱的黄葛树变成了这般模样，敢怒不敢言，只得回去告诉了家长。

结果孩子们一回去，队上好几户人家的家长就陆陆续续赶到山顶，好多人都觉得他们太过分了，正好光强还在地里干活，于是大家就对他的行为进行指责批评，山顶顿时就吵闹沸腾了。因为在山顶声音传得远，其他在家里或者地里的村民，听到吵闹也跑过来看热闹，倾容和圆秀两家挨得近，一听说大家在为黄葛树争执，也迅速赶到山顶。

只见人群中，以之晏为首的几个成年男子义愤填膺地指责着光强。

“平时尊敬你叫你一声老辈子，你这种德行，谁还尊重你，你就是个耗子，啥子东西都想侵占!”之晏对着个子比自己小一圈辈分上的长辈光强吼道。

光强自然不示弱：“干啥呢，又不是你家的树，我修理下不行吗?”

旁边有其他妇女给之晏帮腔鸣不平：“也不是你家的树啊，你凭啥子随便动，要动也要经过大家的允许!”

“它遮到我们的庄稼了，当然要修理枝椏!”光强停下手里的活，撑着锄头气势汹汹地回道。

之晏更是气愤地说：“什么叫遮住你们的庄稼了，当初分地时，队上单独给黄葛树留了三分地，没有挤占你们的地影响你们的庄稼，是你们自己不要脸，挤占公家的地，还好意思说他遮住庄稼了，大家早就知道你们的心思了，以前忍住没说，现在你们倒是得寸进尺，也太贪婪了！”

光强见确实有点不占理，指着旁边的倾容和圆秀说：“又不是我一家做的主，是我们三家商量的！”迅速将矛头指向这两个年轻媳妇。

圆秀回娘家经常往之晏家门口过，平时经常招呼，又是长辈，不好马上翻脸，就假装劝和道：“晏伯伯，你们消消气，我们只是休整了下，又没砍死，来年自然又会长出来！”

之晏对着这个笑脸相迎的晚辈媳妇也没客气：“你们也太过分了，成天跟着这只耗子，就知道算计这些小便宜！”这一说倒让圆秀满脸通红不好应对了。

这时候倾容倒是站出来了，仗着自己有几分姿色，公婆和男人都让着自己，他在外面从来都不怕人，即使这位是长辈面前，她也不甘示弱地吼道：“你们一群人跑到我们地头干什么，踩到我们的庄稼了，你们还凶！”

之晏本来就在气头上，见又来一个泼妇，正好要灭灭她的嚣张气焰：“倾容妹子，你说清楚，黄葛树下面这块地是你们家的吗，你还真的不害羞！”

倾容见说不出道理，只好撒泼道：“我就是不害羞，我又没偷没抢，我有啥子害羞的！”

旁边有另外的成年男子看不下去了，于是帮腔说：“你们就是变相在偷!”

这样她就不高兴了，跑过去抓住那男的衣领撒泼道：“你龟儿子说清楚，老子偷啥子了，老子偷男人了吗?”

男子被突如其来的抓扯慌了神，赶快闪躲，结果倾容自己没站稳，倒在地上，干脆撒泼打滚，自己在地上哭叫起来：“你们一帮男人欺负老子一个女的算啥子本事?”

之晏看这么年轻的女人就如此蛮横泼辣，恨得牙根痒痒说：“你还有没有点家教，蛮横不讲理还撒泼，你以为我们都是你软弱的公婆任你欺负，你打错主意了，老子今天就要帮他们修理下你!”佯装准备过去教训她，周围人见状赶忙拉住劝架，一些人也去劝地上撒泼的倾容，场面更加混乱了。这时候新国从人群中走出来劝自己老婆，却被她一泡口水吐在脸上，还被骂道：“你个龟儿子缩头乌龟，看老子被欺负也不帮忙，还来拉老子!”新国被羞辱得颜面尽失，手足无措，本来就是自家站不住脚，也不好跟这些长辈兄弟撒泼，人群中还有人在嘲笑他炽耳朵，只得硬着头皮拉老婆回家。

最后大家好不容易把之晏劝走，又指责光强他们几句陆续离开，留下光强、圆秀呆呆站在那，还有一片压塌的庄稼。

虽然这一闹，也不能让黄葛树枝椏变回去，但大家倒是表明了态度，增加了压力，让他们三家从此不敢再过分伤害到黄葛树的生命。

11. 转机

这时候之晏的大儿子伦宽二十好几，早就该结婚生子了，也是艰辛的外出创业队伍之一。

刚成年的伦宽个子不高，看起来黄皮寡瘦，很不起眼，但干活利索，口齿伶俐，人很聪明又热心，胆子大，敢说敢做，成为队上青年中的代表者。但他面临的处境，与父亲成年后相比也没改善好多，上面有眼瞎的奶奶和生病的妈妈，家里就只有父亲和自己是成年劳动力，下面还有五个兄弟姊妹要抚养。而他已经二十岁，在农村已是大龄未婚青年，同龄人都在相亲结婚成家生子，而自己的处境与他们相比更困难一些。

很多人都不愿意把女儿嫁给这个大家庭的老大，一进门就要养老扶幼，上面有婆婆奶奶要孝顺，下面有兄弟姊妹要照顾，公公持家管人也是极其严格的，这样的家境媒婆都不待见。加之他看起来个子不高，人也清瘦，很容易被人忽视和轻视，都害怕女儿嫁给他日子不好过。还有前面提到的这里是远近闻名的“高楼房”，不是因为这里地理位置优越出名，而是因为条件差得让很多人望而却步，更不愿意把闺女嫁到这“三步没平路”的地方吃苦受难，这里的小伙子婚嫁更是难上加难，再遇上这样的家庭条件，伦宽的婚事成了家里的愁事，之前到处求人张罗介绍过两个，人家了解情况后都退亲了。

最后一个远房亲戚介绍了一门亲事，家境和这边差不多，也是兄弟姊妹多负担重，但父亲有主见，看着伦宽人虽清瘦，但长得机灵，行事敏捷，吃苦耐劳，跟着这样的人过日子不会太艰难；至于条件差家境差，那时候也是很普遍的情况，也没有太多选择和顾虑，加上两家子女互相也比较有好感，最终促成了婚事。

伦宽结婚后有了两个儿子，一大家人自然负担更重，最后之晏只得将伦宽一家四口分家单过。

守在封闭的农村，靠挣工分过日子，自然没法改善处境，既不能让小家四口过好，更谈不上帮衬父母兄弟，所以聪明思变的伦宽，也跟着队上两个长辈外出打工，即使后来土地下户也是如此。平时农活基本上由妻子一个做，还得照顾两个儿子，但为了改善家境，他也只能走出去。

伦宽刚开始出去打工那几年，过得比在家务工还潦倒艰辛。二十世纪七十年代末八十年代初，城里还没有农民工一说，都是公务员和工人的天下，农民出去打工的人也不多，去的也只能是边远山区、人烟稀少需要劳动力的地方。

开始几年伦宽跟着两位前辈在云南西双版纳等山区游走，云南很多地区森林资源丰富，经常需要伐木的劳动力，他就学习拉大马锯。虽然伦宽个子小、人消瘦，但舍得吃苦学艺，加上人聪明，很快就学会了要领。但是云南天气气候和四川差别很大，热带雨林的地方，饮食差异很大，加上本来体质弱，所以隔三岔五地拉肚子，人越发消瘦。不仅如此，好多地方给的工钱不多，还经常结不到账，所以那几年很少往家里寄钱，即使回去，经常也是两手空空，每次出发还从家里拿路费。

本来家庭负担就重，如此一来，之晏更是觉得伦宽不务正业，还不如在家老老实实干活。偏偏伦宽不服输，却又确实没挣到钱，总之那些年与父母矛盾摩擦重重。妻子虽然不抱怨，但看到小家庭两个孩子嗷嗷待哺、枯瘦如柴，妻子家里家外什么都干，自己内心也是各种忧虑，但只能坚强，继续打拼，才能有一线生机。

去了云南两三年之后，伦宽发现那里没发展前途，后来一行人又转战四川山区，在阿坝州的黄龙、南坪、九寨沟地区打零工。那时候经济不发达，还没退耕还林、保护森林的意识，旅游业也还没开始发展，这些山区地方人烟稀少、经济更落后，森林木材成了最大的资源，好多地方都有伐木业务，由林业局等机构管理。伦宽一行人就在这些冰天雪地的地方伐木锯木挣点零花钱，除了生活开销，偶尔寄点钱回家贴补家用，虽然比以前略好，但家庭处境也没改善太多。

后来，由于接触到的招工包工头多，渐渐地伦宽又从阿坝州转向甘孜州，最终来到四川青海接壤的边境县城色达县。

这个县城是四川最偏远的县城之一，海拔四千多米，地理环境和气候比较恶劣，每次从老家要花一天时间到成都，然后在成都又转车几次，如果路上不堵车不遇到塌方，花三四天时间才能到达，如果遇到堵车塌方有时候会辗转十多天才能到达。

这里是藏族居民聚集地区，风俗习惯和语言文化差异都很大，在这里打工求生存，也是相当艰难的。

因为干了几年的伐木锯木，伦宽早已熟悉业务，也深知出外谋生不容易，更加踏实谨慎，将包工头交办的事情都尽心尽力做完做好。林业局一个领导常下乡来检查工作，与伦宽有不少接触，交办的事情他都做得尽善尽美，领导对他颇有好感，后来越来越认可他，就偶尔带回县城帮忙干些活路，一来二往伦宽就和这位领导及其家人熟络。因为踏实聪明，又能吃苦耐劳，为人忠诚耿直，伦宽有了更多机会，渐渐地自己也可以承揽一些业务了，自然锻炼更多，收入也有起色，只是更加辛劳和操心了。

由于需要大量劳动力，伦宽经常要张罗招工，每次回老家，都把亲戚中逐渐长大或者有劳力的都带出去打工。一来自己也需要人手，二来农村收入单一，大家日子都不好过，也算是帮衬亲戚们改善处境，反正老家种地人手不紧张，能出来打工贴补家用还节约家里口粮，是两全其美的事。

由于海拔高，气候恶劣，每年能在色达山区工作的时间，只有开春四月到秋冬十月，其他时候这里都是冰天雪地，完全不适合野外劳作和搭帐篷生活。这样伦宽每年回家一次，在老家呆几个月。

这时候伦宽的家境已经改善很多了，利用这几年挣的钱，在家乡大兴建设。首先就是修房造屋，那时候农村很多都是泥巴房子和土石墙，城里已经有砖房楼房了。但老家道路不通，完全没法买预制板回来盖楼房，砖瓦也无法运回来，伦宽只得请了砖匠和瓦匠，用附近的黄泥土做砖做瓦，然后晾干，再造一座大窑，挑些煤炭回来几天几夜烧制成砖瓦，还得请石匠从坡上开凿石头回来做地基。辛辛苦苦折腾了两三年，伦宽终于盖了三间崭新的砖瓦房，告别了以前的土石房，也是村里第一栋砖瓦房。

走出潦倒最低谷的伦宽，兴家立业，激情和干劲十足，不仅在外挣钱回家大兴土木，还在家勤劳致富，将一些荒地开垦出来，种植粮食解决吃饭问题，还买了两头母猪回来，通过养猪增加收入，总之是家里家外各种想法挣钱兴家。

而且，伦宽在外面见了世面，还大老远赶车从城里背回来一台电视机。这在农村可是非常稀罕的东西，好多人家里还没通电，晚上都是照煤油灯，即使通电的家庭也经常停电，都还心疼电费。家里有了电视机，方圆几里的乡亲们特别是孩子们晚上都聚集到家里来看稀奇，伦宽也很大方，从不阻拦拒绝。

总之那时候的伦宽在农村相当出名，虽然为人低调，依然勤劳，从不在外张扬显摆，但镇上很多人都知道他的大名，从他这些修建花费也看得出收入上万了，都称他为“万元户”。但他低调谦虚，自己和老婆踏实肯干，严格管教孩子，对于周围的老弱病残有时候也救济一点，成为这一方口碑很好的成功人士。伦宽的崛起，很好地改善了家族在队上的处境，成了有头有脸的大户。

12. 求助

伦宽致富后也低调不膨胀，不只是因为自己吃过苦，更深知这些表面的赞誉是用辛勤汗水换来的，在冰天雪地的高原挣钱相当艰难。所以他除了主动带家里兄弟或关系很好的亲戚出去打工，在外从不宣传，也不游说村民或其他熟人跟自己出去打工。即使经常有人主动求助想一起出去打工贴补家用或改善家境，他都要给别人讲清楚说明白，很辛苦，而且挣不了大钱，遇到好吃懒做、偷奸耍滑、体力不好的人，人家再怎么说好话他都不会同意。

开始前几年，伦宽只带了几位同族兄弟前往山区打工，大家回来都叫苦不迭。四千多米海拔的地方，即使夏秋，气候也很恶劣，经常下雪，很多人都有高原反应，适应时间长，而且工作的地方都在深山老林，吃住条件都很艰苦。工地随时在搬迁，只能住移动的帐篷，吃的是高压锅煮的食物，更重要的是工作都是体力活，伦宽为了确保大家安全和工作质量，对工人管理都比较严格，所以一般人都吃不了那个苦。

兄弟和亲戚们第一年去都有点受不了，但到了年末也能存下一笔钱，而老家种地依然没出路，所以第二年只得继续跟着出去打工，于是渐渐地伦宽的工人队伍越来越壮大了，很多人都希望跟着他出去打工挣钱来贴补家用，光强也是那些惦记着的人之一。

当然，光强年龄大了些，不适合去高原，而且要操持一家事务，耕地管家都离不了他，但他惦记着把大儿子弄出去打工。一来家里农活忙得过来，二来儿媳妇成天和儿子吵架，骂儿子没出息挣不到钱，就知道守在家里耕地，光强也是听烦了，索性想把儿子弄出去打工，堵堵媳妇的嘴，也让家里清静些，儿媳妇再刁蛮也不能成天找公公吵架。

但光强又很犯难，自己与之晏一家向来不和睦，之前又因为黄葛树的事多次和之晏发生冲突，如今他大儿子出息了，自己想求人家，又担心人家心里有过节不愿意帮忙。但看着媳妇儿子成天吵架，家里经济条件不宽裕，也只能放下之前的嚣张傲慢，低声下气去恳求试试。

山区冬天完全没法工作，所以每年最迟十月底，伦宽就会带着打工队伍回老家，这时候又是农忙秋种季节，劳动力们正好回来收红薯和播种小麦、油菜。这期间伦宽又会慢慢酝酿筹划第二年春天出去打工的队伍，需要多少人，哪些要去，哪些不去，哪些不能再让他们去，或者再适当增加几个合适的。

一天中午，光强收工回家的路上，看见伦宽正在大坡山顶上挖红苕，于是午饭后没先下地干活，将家里的核桃和鸡蛋收拾了一篮子，径直来到大坡顶上。

看见光强往自己地里走来了，手里还提着东西，不像是下地干活的装备，伦宽心里已经猜到了几分，但还是装不知道，很热情地主动打招呼。他一向懂礼数，对周围的乡亲，无论年龄大小，都严格按照辈分称呼，不会因为别人比自己年龄小而无视他辈分比自己高，也不会因为有钱了膨胀到目中无人。虽然光强和父亲有过几次矛盾，但乡里乡亲经常碰见，也会礼节性打招呼，伦宽作为晚辈，更不会因为父亲与别人的过节也跟着不理别人。

“强公！你红苕挖完了？”按照光强在队上的辈分，属于伦宽爷爷辈，所以在名字后面加一个“公”，他很礼貌热情地问候道。

“没有！伦宽，你们今年红苕产量好嘛？”光强笑盈盈地回应道。

伦宽说：“还可以，只是这里坡陡土斜，挑回去比较费力！”

光强走到一堆带土的红苕旁，放下篮子，蹲下来帮忙掰红苕上的土，然后放进箩筐里，就开始访谈交流他们进山打工的情况，伦宽也有问必答，一五一十地说明了山里的情况。

聊了大概十几分钟后，光强只能捅破纸说明来意，他还要去忙自己地里的活计，于是试探性问道：“伦宽，你看明年我家新春能不能也跟你出去打打工？你知道的，这些年我一个人拉扯两个孩子长大不容易，好不容易接了个儿媳妇，还欠了不少账，家里经济紧张，儿媳两口子关系又不好，你就帮帮忙嘛！”

伦宽也是第一次见这个伶牙俐齿的光强如此低三下四求人，但看他说得如此恳切，也不会故意为难别人，但还是很直接地拒绝了。

“强公，你知道的，我们出去挣点钱，冰天雪地的，确实很艰苦，也挣不到好多钱，就怕你家新春年轻吃不了那个苦!”

光强马上辩白道：“你也算看着我家新春长大的，人老实巴交，这些年帮着我种地锻炼，还是有些劳力!”

但伦宽还是很坚决回道：“强公，明年的人已经齐了，确实不好意思，我也不能多带人进去，花费开销大，你让新春叔叔在家再锻炼两年，下次有机会再说好吗?”

光强见伦宽话都说到这个份上了，也不好硬在地里坚持，于是说还要回去忙活就走了，伦宽让他把篮子里东西带走，光强却坚决不同意，说让他带回家给孩子们吃，迅速飞奔离开。

光强虽然吃了闭门羹，但心里却没有很失落，想着伦宽这孩子热情爱帮忙，肯定不是因为自己和他父亲关系不好刻意拒绝，是担心儿子吃不了苦才拒绝，势必让儿子再去求一次，兴许还有希望。

大约又过了半个月，地里的农活都忙得差不多了。在一个傍晚天麻麻黑的时候，新春自己摸黑翻过小山坡来到了伦宽家。上次父亲去求过之后，回来把情况和他说了，希望他自己再去求一次。自己也想出去挣点钱，一来不想成天在家和老婆吵架，二来挣点钱堵堵老婆的嘴，更是贴补家用，把自己结婚欠下的钱早日还上。

新春来到伦宽家的时候，伦宽正和父亲在地坝里折腾一个木工活，虽然大家住得不远，但很少见新春来串门，伦宽自然知道他此行的目的。

伦宽赶快拖了根凳子请新春坐下，并调侃道："新春叔怎么有空来家里坐坐?"虽然新春比伦宽还小几岁，但辈分比自己高，所以还是很尊重地称呼他为叔。

新春不好意思地羞红了脸，回道："这么晚了你还在忙啊，都当大老板了还这么勤劳!"

伦宽也谦和应道："啥子大老板哦，无非挣点辛苦钱!"

新春道："总比在家里强啊!"于是叹口大气，把自己的家境和难处都一五一十向伦宽倾诉。伦宽边忙手头的活边听着，说到激动之处新春还掉下了眼泪，伦宽听得心里也不是滋味。

最后新春说道："伦宽，你是看着我长大的，我平时也不多言多语，干活也很踏实卖力，所以你放心带我出去吧，也算帮帮忙，我从小家道艰难，现在结婚成家了，又遇到个歪婆娘，我是一点办法都没有，出去打工再艰苦，总比在家里清静，还可以挣点钱还债!"

见此情景，伦宽也不忍心再回绝，一来新春为人处世确实不错，像他父亲光强一样能干，但却不伶牙俐齿得罪人，他既然有决心，又都是年轻人，不妨帮一帮，反正自己还缺人。于是答道："那你回去再考虑下准备下嘛，我要走之前再来通知你!"

新春千恩万谢，顿时开心起来，抽身准备回家，伦宽留他吃完晚饭再回去他也不肯。

望着新春不高大还消瘦的背影，一直没发言的之晏对伦宽说："这个小伙子倒是个好人，不像他老汉那样偷奸耍滑惹人厌，从小就可怜，平时干活也勤劳，你就帮他一下吧!"伦宽见父亲不阻反劝，与自己心里想的一样，自然就决定了带他出去打工。

除了光强张罗儿子去，圆秀也想让丈夫出去打工。家里农活都是自己在干，伦辉在家做家务带孩子，到处游走也挣不到钱，圆秀索性让丈夫跟着出去打工。伦辉一向不能吃苦，但想着至少出去看一看再说，总比成天待在家里守着个自己并不喜欢的婆娘强。伦辉父母在队上人缘一直好，他又长得人高马大，看起来像是能干活的人，圆秀也经常叫伦宽哥前哥后，上次黄葛树下土地之争，自己也没胡搅蛮缠，所以夫妻俩找到伦宽一说情，这事就定下来了，倒没费什么周折。

看着大家都在抢这个热门的挣钱香饽饽，一向精明会算计的倾容自然也不会放过。但她对公婆不好，在外对人泼辣，所以嫁过来这几年，大家对她印象并不好，再加上那次在黄葛树下当众撒泼，村民对她更是避而远之。所以倾容不好一来就自己去求人，让丈夫新国自己去求同辈的伦宽哥帮忙。新国本来就笨嘴拙舌不太会说话，平时村里年轻人对他这个粑耳朵也没太好的印象，除了偶尔嘲讽并无半点尊重，再加上长得瘦骨嶙峋，所以伦宽断然拒绝了他的请求。

虽然倾容泼辣霸道大家对她印象不好，但仗着自己有几分姿色，还有脸皮厚的本事，人家不理她，她也能主动倒贴说话，经常和队上年轻夫妇半吵架半玩笑相处。伦宽也很是见不得倾容，有时候遇到了也会带着开玩笑的意味对她的言行进行无情的嘲讽，每次争吵得面红耳赤之后，倾容也不生气，下次见到了依然是宽哥前宽哥后地称呼。丈夫被拒绝在意料之中，没办法，倾容只得亲自出马搞定这件事。于是她厚着脸皮隔三岔五地上门骚扰说情，搞得伦宽夫妇都很厌烦，好说歹说油盐不进，最后没法也只能勉强答应，但还是狠狠地告诫，如果吃不了那个苦中途回来，只能自负路费，最终倾容才罢休。

13. 风平浪静

如此一来，黄葛树下有地的那三家人，与之晏家里关系就缓和了不少。一来碍于之晏等人对黄葛树保护态度坚决，又求着他儿子办事，更不好再因此事起争端；二来家里有人出去打工了，干活人手紧张些了，他们也没那闲工夫来惦记霸占黄葛树下那巴掌大的地了，黄葛树算是暂时安全了。

但是这三人跟着伦宽上高原进山区打工的情况远没有想象的那么理想。

新国从小就是个瘦猴子，没啥劳力，即使结婚成家后也没多大变化。其实他自己是十分不愿千里迢迢来吃这个苦的，宁愿在家守着美妻，受穷受气也能忍受和习惯。在这海拔四千多米的原始森林里伐木，吃没好吃的，睡没好睡的，即使夏天早晚也非常冷，工作又很繁重。新国去了好些天了，大家都适应了，他还是不适应，好歹半个月后身体适应了，体力还是无法胜任，总是叫苦不迭。伦宽批评过他几次，叫他坚强点，既然出来了，就要努力工作，不要辜负家人的期望。他始终不听，到了一个月的时候，实在无法忍受环境恶劣、工作繁重，当然还有对妻子的思念，于是吵嚷着要回老家。伦宽又给他做思想工作，说来这一趟几百公里很不容易，坐车都要三四天，路费也不便宜，一个月还没挣到钱，还得倒贴路费，你家老婆又泼辣，回去不怕骂死你？

可是新国死活不愿意，宁愿回去让老婆指着脑袋骂，伦宽看他确实无心久留，再多劝说也无益。自己当初也说清楚了，如今仁至义尽了，非要来又非要走，只得同意让他走，也让他从此死了这份心。最后伦宽送他去县城赶车回家，借了几十块给他当路费，不至于回不了家。新国回家的遭遇可想而知，更被老婆看不起，也被队上的男人瞧不上，只能窝在家吃软饭当耙耳朵无所事事。

新国让伦宽烦心，另外两位也没让他多省心，与队伍里其他人相比也是格格不入。伦辉人高马大，其实也有些劳力，却是个绣花枕头，中看不中用，总是不愿意努力不愿意卖力，做事拈轻怕重，爱耍嘴皮子，虽然不吵嚷着回去，每天也跟着队伍出去工作，没出什么乱子，但伦宽看得出他心不在焉、滥竽充数。但他既然没主动说要走，自己也不好撵他回去，毕竟来一趟不容易，都是队上乡亲，以后回去也不好见他的家人，好歹让他混完这一年，想必来年他自己都会打退堂鼓，平时只得多叮嘱说道他，不要让其他人觉得不公平就好。果然第二年伦辉就说要在家当木匠，不再去山里了，伦宽也是求之不得，不用自己说出来得罪人，他主动退出。

相比之下，新春倒是新带进去的几个人中表现比较好的，虽然个子不大，但干活很卖力，不挑三拣四说长道短，听安排服规定，表现如当初他求情时说的一样，这种人是包工头很喜欢的类型。但有时候伦宽还是有点同情他，从小身世可怜，如今成家了却被老婆欺负成那样，总是没点男人的气性。而且他个子娇小，人也年轻，确实劳力还不够，而伐木经常都是力气活，他干起来很吃力，即使很努力，也难免让和他搭伙的工人抱怨。所以过年回家结账的时候，伦宽并没因为新春劳力不够克扣他一分工钱，都和其他人一视同仁。但他也告诉新春，山里的工作确实辛苦，所以还是希望他在家好好干农活，不要这么年轻把身体累坏了，新春也是懂事的人，伦宽对他不薄，自己也不能给他拖后腿，也就同意了。

14. 死灰复燃

日子又这样不咸不淡过了几年，跟着伦宽进山打工的人还是不少，大浪淘沙后，剩下来的都是比较老实有体力的，其他要么吃不得苦，要么下不了力气，很多都留在家务农，继续不算很贫穷但也时常囊中羞涩、青黄不接的日子。

时间一晃就从 1979 年到了 1992 年，这十多年间，中国的变化日新月异，特别是 1992 年中国加大了改革开放力度。农村依然实行土地联产承包责任制，生产力和积极性已经解放了，发展比较平稳。但城市却发生着翻天覆地的变化，随着城市建设以及人民生活水平提高，对劳动力的需求也越来越旺盛，给了农村剩余的青壮年劳动力更多的机会，队上的年轻人也不愿再去偏远山区打工，更不想在家受穷，纷纷走向大城市，从底层打工仔做起，寻求创业机会，之晏的二儿子伦方就是其中一员。

之晏家里六个子女，家庭负担重，伦方也没读多少书，生性叛逆的他也不爱读书，所以小学没念完就辍学在家务农，后来年龄稍长一些就跟着哥哥进山打工好几年，多多少少挣了点钱，在父母兄长帮衬下结婚成家了。

之晏从小就当家，性格比较强势，后来子女多，管教也很严格，但几个子女性格差异大，不见得个个都那么听话，伦方就属于比较叛逆的一个。以前在家务农时，经常不满父亲干活持家太严格，所以顶嘴挨打是常事，后来跟着哥哥出去打工，哥哥管得也很严格，他依然有时候犯倔不听话，公然和哥哥顶嘴，为了服众，伦宽自然对他严加管束，有时候拿他开刀杀鸡给猴看，所以打工几年也和哥哥闹了很多不愉快。

后来改革开放了，一个偶然的机会，伦方听说有同学去上海打工了，相比穷乡僻壤、环境艰苦的山区，去上海这座大城市对年轻人的吸引力自然更大，还可以摆脱哥哥的管束，更是求之不得，于是好说歹说要跟着同学去上海打拼。起初父亲和兄长坚决不同意他跟别人去人生地不熟的大城市，不知道具体干什么，又怕在大城市跟人学坏，但伦方自幼叛逆，这次铁了心要自己出去闯一条路，无奈之下，也没人能拦住他，只得祈求他能走出一条好路。

刚开始那几年，伦方也只是在上海的菜市场给人打工，学习卖鳝鱼，这算是很简单的技术活，很快就能学会上手，一年下来就算熟手了。虽然在上海打工收入略高一些，但除去租房吃饭等生活开销，一年下来，倒不如跟着哥哥在山里打工落得多。但伦方很喜欢，因为工作很轻松，大城市的生活更繁华也更滋润，即使挣钱不多，也乐在其中。本来他就爱吃，每年回家来到处捞鱼抓黄鳝给家里做好吃的，看似日子过得不错。父亲和兄长见状，也没太多干涉，毕竟已经成家分家过日子了，只要他知道忙生计就行，总不能一辈子管着。

两年之后，一个偶然的机会，伦方结识了一个顾客，是负责工程机械租赁和操作的，在这个客户的劝说下，他开始跟着这个客户学习驾驶操作挖掘机。刚开始当学徒很辛苦，也没挣到什么钱，但两年之后技术学成，能独立操作了，工资就相当不菲了。不仅比其他外出务工的农民挣得多，甚至比有些城里白领挣得还多，只是工作艰辛，经常都在尘土飞扬的工地上驾驶操作，环境恶劣，工作枯燥，噪音很大，有时候用挖掘机镐头拆除七八层的高楼还很危险。但是这些对于吃苦耐劳的农民来说又算什么呢？金钱的收获和生活的改善远远弥补了那些艰辛的代价。

几年下来，伦方就成了队上继哥哥之后第二个最能赚钱的外出打工者了，之晏一家两个儿子都成为队上的佼佼者，家族地位在村子里继续上升。

于公于私，伦方都要先带领自己家人致富，家中还有个比自己小两岁的弟弟，自然要跟着二哥去上海学艺发家致富。

挖掘机驾驶是一项高难度的技术活，一般都要学上两年，有的甚至三四年，这期间既要有很熟练的人愿意带你教你，不仅没工资补贴家里开支，师傅还得倒贴养着你，所以关系不亲密的一般都不愿意帮这个忙。三弟跟着二哥学了一年多，聪明肯干的他就学会了，然后可以独立操作出去打工赚钱了。

之晏家族三个儿子都很有出息，也带着女婿等亲戚发家致富，队上的人都对这个家族的逆袭刮目相看，即使那些曾经家里条件不错的，甚至有工人吃国家粮的家庭，如今都被之晏家族甩在身后。队上的舆论纷起，仿佛这些又在冥冥中应验着黄葛树对这个家族壮大的庇佑。但大家又觉得不服气，为什么偏偏就只保佑他们这个家族呢，殊不知别人是有聪明智慧更是付出了艰辛代价，并不是真的受到多大庇佑不劳而获。

但大家也只有将这些心理不平衡的闲话放在背后说道，然后吞进肚子里。倒不是说之晏家族财大气粗了惹不起——反而一家人还是很低调平和，从不显摆欺人——因为村民们都在心里打着算盘，无论如何都要求着帮忙学会手艺，也改变家庭命运，自然不想闲言碎语去得罪子晏家。

但学挖掘机与之前去山里打工还很不一样，因为一个师傅只能带一个徒弟，而且学习时间长，人家还要倒贴供养，所以机会更难得，伦方兄弟也只能根据亲疏远近带领徒弟，然后又由这些人去带新徒弟，这样才能慢慢扩散这门手艺，让整个队上的人都能受益。

除了自己家里很亲近的亲戚和堂弟以及隔房弟弟们，才能轮到队上同姓但没血缘关系的村民，所以村民一直很渴求这个机会。

在之晏院子里的青壮年都学会之后，坡背后的村民中，伦辉是第一个占得先机的。因为他和伦方年龄相当，一直熟络，所以教完几个至亲后，一向豪爽的伦方就带着伦辉学艺了。

而倾容再次施展自己的媚术和三寸不烂之舌，每年伦方过年回家的时候，倾容就带着老公天天上门有事没事聊天说情，倾容想着自己这瘦猴子老公既然不能下体力，学这个至少看起来轻松的体力活应该可以。但伦方之前和新国一起在哥哥工地上打过工，知道他没劳力，加上平时一副炽耳朵形象，所以一直不待见，最后还是没同意，从此倾容便怀恨在心。

而对这个大好机会，一心想改变家庭命运的光强自然早有筹谋，故伎重施多次之后，伦方也没吃那套。一来和新春不熟悉，二来对光强在队上的作为和口碑看不惯，自然不肯答应，让光强很受挫。本来两家关系之前就不睦，虽然前几年儿子跟着出去打工一年有所缓和，但最终彼此的隔阂和不待见都没消除，从此愤恨更是死灰复燃。

15. 灭顶之灾

倾容和光强虽然对子晏家有各种不满，但不是挨着住，平时没太多往来和摩擦，不能通过找茬吵架的方式来发泄，自然又将愤怒之火烧向了能让之晏不惜动怒的黄葛树了。

这些年，很多村民外出打工挣钱，生活条件有所改善，但大家依然很珍爱土地，伦宽有钱了，妻子仍然种地喂猪勤劳致富，之晏也没有因为三个儿子有钱了就荒废土地，依然默默地在土地上耕耘不止。

之晏已经年过六旬，依然身强力壮——农村里六七十岁仍在干繁重农活的比比皆是。吃惯了苦的之晏，如今虽然不再缺衣少食，一家人生活很滋润，但依然对养育自己的土地很是眷恋，舍不得荒废一寸土地。偏偏上天却在日子好过的时候，毫无征兆地就让之晏生了重病，为了不让父亲继续下地操劳，在上海打工的伦方和弟弟就把他接去过点轻松日子。

之晏不在老家，队上青壮年都出去打工了，在家务农的多是妇女和老年人，光强和倾容有时候在小坡顶上黄葛树下干活时偶遇，又开始对这个前几年被修剪枝条如今又长得枝叶繁茂的黄葛树心生不满，总惦记着它荫了庄稼，更想除掉它霸占下面那三分地。

此时的圆秀已经无心耕种土地，既不能也不想参与他们的算计，因为之晏叔叔家儿子都很帮衬自己和丈夫，不想再去得罪他们。更要命的是，伦辉在上海学会挖掘机手艺，挣钱发达了，就嫌弃家里这个本来就不爱的糟糠原配，不仅不让圆秀像其他妇女一样跟着男人去上海打工或享福，过年也很少回来，再后来听说还在上海养起了小三，最后更过分还提出了离婚。所以这两年圆秀的注意力根本不再是土地和生计，和丈夫纠缠打闹、保卫婚姻都来不及，土地活计自然荒废了。

有一天下午，正在山顶干活的光强突然嗷嗷大叫，吓得山下干活的人都以为出了什么大事，原来黄葛树上不知何时筑了个很大的天雷蜂巢，不知道是光强怕它们蜇人想把它弄下来，还是干活时被蜂子蛰了，当时头上就冒了个大包，满队上找哺乳妇女要乳汁来擦。村民们笑得人仰马翻，调侃他遭报应了，蜂子都不放过他。光强将嘲笑他的妇女好一顿乱骂，气哄哄回家去，嘴里骂骂咧咧要收拾蜂窝和黄葛树。

大约过了几天，大家果然见光强全副武装，捂得严严实实，背着农药喷雾器，带着汽油和火把上山，一看这阵仗就是去消灭蜂巢。大家也没太在意，消除蜂巢的隐患无可厚非。后来就听见山顶光强先是狂喷农药，然后又洒汽油，点燃之后蜂巢瞬间起火，折腾了好几个小时才消停下来，但都没引起重视，也不好过问和干涉。

随后几个月，除了倾容和光强两家人偶尔去山顶，其他村民都不会有事没事去山顶，而且正值夏天，山上虫多草多蛇多，孩子们也不敢轻易上山玩，直到秋天，孩子们在山顶玩耍后回来说黄葛树枯死了。

大人们都不信，活得好好的黄葛树怎么就枯死了呢，于是村民纷纷来到山顶观看。枝繁叶茂的黄葛树真的枯萎了，短短几个月，叶子全掉光了，好些长的枝干被锯过了。看着陪伴了大家几十年的黄葛树变成这样都好心疼，纷纷猜测是光强灭蜂的时候，顺便对黄葛树下了毒手，再加上农药和火烧，让黄葛树伤了元气。虽然罪魁祸首是谁都知道，但当时光强、倾容不在现场，不可能追到别人家里去问责，况且事已至此，无力回天，加上力保黄葛树的之晏远在上海不在老家，最后只能不了了之。从此以后，大家都将光强当成山顶没了黄葛树这个缺憾的造孽者，有意无意在饭后谈资中，免不了对光强进行谴责甚至辱骂。

再后来，还听说光强擅自将巨大的黄葛树干树根卖给了需要柴火的村民，从此小坡顶上光秃秃，在远处再也看不到家的方向，山顶倒是显得亮堂了，却也凄凉了，少了生机。

过年的时候之晏回来，听说这个消息，也是痛心疾首，但事已至此，再去闹腾也没用，况且此时他已病入膏肓自身难保，也没有精力再去理论追究，只能时不时地谴责怪罪光强几句，直到去世，这都是他的一大遗憾。他去世后埋在小坡上，没有黄葛树的日夜守护，多少有点凄凉。

16. 因果报应

村里人议论着，黄葛树和之晏有着很深的情缘，庇护子晏家族发展壮大的黄葛树被人弄死了，辛苦操劳几十年一直保护捍卫黄葛树的之晏随后也去世了，前前后后仿佛冥冥之中更加深了两者的联系，村里人都为此感到悲凉。但黄葛树庇佑的其实并不是之晏一个家族，对整个队上山两边的村民都是庇护。这几十年，在好的政策下，大家的生活光景都一年好比一年，之晏家族的发达，也直接或间接地带动了一个队上的人致富，后来队上百分之八十的青壮年男子都学会了驾驶挖掘机，在上海和成都开挖机发财了，让这个队成了方圆几十里有名的富裕队。

而黄葛树的枯死，并不只是冥冥中映射了之晏的离去，队上有好几家人，特别是黄葛树下有土地的那几家人，发财致富后浮躁嚣张忘了根本，也陆陆续续衰败了。

高大白净帅气的伦辉，有钱后就嫌弃本来就不爱也不般配的老婆圆秀，三年打工分居生活之后，在上海已经有了新欢，而且对方已经怀孕，与妻子浩浩荡荡纠缠不休的离婚大战必须要尽快了结，才能开始新的生活。圆秀千万个不愿意不甘心，一哭二闹三上吊，娘家和公婆各种干涉，使出浑身解数都无济于事，最终一纸离婚书，结束了这段婚姻。即使离婚后，圆秀也放不下这个深爱的男人和这段感情。虽然离婚后圆秀的户口和土地仍在这里，儿子判给丈夫但他并没带走而是交给父母在农村抚养，有这么多牵挂，但圆秀还是决定离开这里，关系彻底闹僵，不想睹物思人，索性就回娘家住了。然后出去打工，几年之后再嫁，从此淡出队上人的视线。

曾经被一个家族都当成宝贝的伦辉儿子，圆秀虽然很疼爱他，但无奈也无法带出去流浪或再嫁，而伦辉在上海组建了新家庭，也无暇顾及这个儿子，从此这个儿子只能由公婆养育，不认真上学，小学没念完就四处流浪去了，再大些公婆更是管不住，没有父母的关心和管教，在外面不务正业走上歧途，干些偷偷摸摸违法乱纪的事，成为队上新生代中少有的败类。

而伦辉在上海的安稳生活也没幸福美满多久。村里人很传统，歧视离婚败家的人，都觉得这种抛妻弃子的人很坏，不会有好下场，但大家也都是看热闹围观而已，并不会去诅咒别人。然而，伦辉后来的命运，却真的吻合了村民淳朴善良的世界观。由于挖掘机驾驶属于比较高危的行业，那时候上海的挖掘机不只是挖土，更多工作是破碎，特别是在拆除高层房屋方面，虽然风险高，但时间快，节约成本，挖掘机老板和师傅也被高收益诱惑，所以在行业内很流行用挖掘机拆除房屋。看似再婚有了娇妻和女儿，事业也稳定风光的伦辉，却在一次拆除房屋的操作中，房屋没按照设想轨迹倾倒，而是意外倒塌，驾驶员伦辉被淹没其中一命呜呼。当时，这次事件在业界引起震惊，让很多从业者胆战心惊，而伦辉的命运应验了很多人宿命的魔咒，从此这一家人就衰败了。而小坡顶上，昔日黄葛树下伦辉家那几分地，由于父母年龄大叔叔有残疾，加之山顶地少路陡，自然从此无人耕种。

倾容的丈夫新国，虽然没能跟着去学会挖掘机技术致富，但跟着亲戚们出去学做装修，后来当了小包工头慢慢挣钱，也改变了在家好吃懒做被老婆嫌弃欺负的命运。后来伦方回成都发展，还分包给新国几个工程，让他赚了几笔。

自从新国出去打工挣钱后，倾容就跟着老公走，把一双儿女扔在老家让公婆养育，黄葛树下那块地也无人耕种。但她却和其他跟着丈夫出去打工的妇女不一样，因为老公宠她让她，所以她从不出去打工挣钱补贴家用，就在家做做家务，然后打打麻将，还经常出去吃好吃的。结果短短几年，就从当初在农村的标致媳妇，发福成了大腹便便的肥婆，整个人都变形，再没昔日的美貌和风采。她还经常克扣苛待公婆，总是因为不孝顺吵架被人看笑话和说道，成为队上负面典型。后来她人到中年，就因肥胖患上高血压、糖尿病，行动不便，还得让七十多岁的婆婆来伺候她，村里人背后都说她是贪婪过度的报应。

光强的大儿子新春，虽然没有直接跟着伦方学会开挖机，但跟着队上其他学会驾驶挖机的人学会了这项技术，从此也跟着发家致富改变了家庭命运。后来积攒了一些钱后，就在镇上买了房子，让老婆带着儿子在镇上读书生活。但日子好了，能挣钱了，新春在家的地位却没改善多少。

新春虽然个子小，其貌不扬，但好歹是一家之主，而他老婆却依然看不惯他、不尊重他，总是在家里家外有人没人时打骂新春，很多人都看不下去。而且她还有更让人无法忍受的习惯，是名副其实的败家娘们，不会挣钱，不会持家过日子不说，还经常出去打牌赌博，动辄输掉几千甚至上万，把老公给的钱亏空，还借着不少外债。

相比其他那些有钱了就抛弃糟糠的男人，大家也搞不懂为什么新春不与这个又歪又恶、一无是处的老婆离婚。或许新春从小失去母亲，不想让儿子也经历那些痛苦，所以始终坚持着、妥协着，但这恰恰让老婆抓住了软肋肆无忌惮。一向精灵牙尖的光强，看着儿子儿媳过成这样，也无计可施，每每想要管教干涉，却都被撒泼媳妇骂个狗血淋头、颜面尽失，从此儿子儿媳在镇上搅和，他独自在老家种地过日子。只是他年龄逐渐大了，家里不缺衣少食了，一个人在家务农根本忙不过来，小坡顶上那块处心积虑弄得阳光明媚的土地，也渐渐荒废不再耕种。但他毁灭黄葛树的过错总是在村民的饭后谈资中被谴责，成为口口相传载入队史的罪人。

17. 再续前缘

随着越来越多的人进城打工并购房置业，昔日人丁兴旺的农村变得越来越荒凉了。很多良田肥土无人耕种，荒草丛生，而小坡顶上昔日黄葛树下那块耕地，更是人迹罕至，但那棵高大伟岸曾经是队上标志的黄葛树，依然活在村民的记忆里。

后来，习近平号召："金山银山，不如绿水青山！"农村逐渐搞退耕还林保护树木，一些废弃的耕地被一些留守村里的村民种上了各种树木药材，但小坡山顶光秃秃，依然没有能画龙点睛的树木来点缀它的神韵。每每大家说到小坡山顶，除了谴责光强的狭隘短视自私，还有深深的遗憾。

已经成为队上得力干将甚至正能量精神领袖的伦宽，这些年在家乡修房造屋，修路栽树，努力把家乡建设得更美丽。他心里一直惦记着一件事，什么时候在小坡顶上栽种一棵黄葛树，算是传承父亲的夙愿，也让大家找到对家乡的记忆眷恋，也为小坡山顶画龙点睛。

但是周围的小黄葛树不好找，在外面买了几根移栽到大坡小坡顶上，都没能存活，要兴师动众去买大的黄葛树，道路曲折不平，不好操作，兴师动众成本太高，也不容易种活，所以此事就一直搁浅。

几年之后，伦宽在之才家的猪圈旁边发现了一棵不是很大但也不小的黄葛树，想要游说他让大家把这棵树移栽到小坡顶上，并愿意给钱补偿。但学佛参道的之才从小与菩提化身的黄葛树结缘，如今年老，不知他从哪弄来一株黄葛树相伴，而且还养活了，所以总是不情愿。几年之后，之才因病去世，留下那棵黄葛树在无人居住的房屋边，显得有些落寞。

后来伦宽提议，得到之才哥哥的同意支持，邀约一帮青壮年男子，将已经长到几米高有些粗壮的黄葛树移栽到山顶。从此，伦宽每年给它施肥一包，希望几年之后，这棵黄葛树又能长成参天大树，让这座周围群山之中最高的小坡之巅，有一棵画龙点睛之树。

爱情鸡肋

如果不是缘分让我们重逢，我相信这个男人真的只是我生命中的过客，不会在我的记忆里留下任何痕迹。

大概四年前，我和飞在一次朋友聚会上认识。一群人吵吵闹闹，他却静静地坐在角落里，很安静。他个子瘦小，其貌不扬，不帅气甚至是老气的长相再加上一副眼镜，二十几岁的人给人五十岁老学究的感觉，更让人联想到猥亵的糟老头形象。总之这是我对他的第一眼感觉，一种不是很舒服的感觉，而且这种感觉即使几年以后依然萦绕在脑海。

当时聚会人挺多，大家玩得也很开心，看完第一眼后我很快就把这个人遗忘了。但做梦也没想到，这个安静斯文的人，居然主动靠近我，和我套近乎，虽然我心里极不情愿不耐烦，但碍于情面也不好表现得太明显，有句没句地应付闲聊。

后来我知道他是毕业于著名的师范大学历史系的硕士生，在一所大学任教，正在攻读博士学位，事后一想他那样的打扮，感觉与他的专业还有点联系。我当时正在攻读硕士研究生，突然觉得他有几分亲切感，心想还可以交个朋友，于是互相交换了联系方式。

但事情后来的发展超出我的想象。这个其貌不扬、外表斯文的家伙居然向我发起了猛烈的追求攻势。在 QQ 上他告诉我，对我一见钟情，被我清秀的长相、玲珑的身材和优雅的气质深深吸引，唤醒了他尘封已久的心。他坦言自己之前一直是个书呆子，不懂浪漫，而且相貌平凡，不敢奢望爱情，现在有了稳定的工作和收入，才真正开始考虑感情，希望我们能交往。

我虽然不是什么倾国倾城、人见人爱的大美女，但对自己的长相、身材和气质也算有点自信，虽然不曾奢望与才貌双全的白马王子有浪漫爱情，但他的确不在我的考虑之列。

不过他依然不放弃，三番五次邀约，后面实在不好再推辞，我勉强答应和他一起吃顿饭。之所以不喜欢他却答应和他吃饭，其实是我的虚荣心和势利心在作怪，毕竟有人喜欢不是件坏事，或许他还能为我所用。第二次见面他一扫第一次见面的羞涩拘谨，利用了自己的专业特长，用很文绉肉麻的语言，不同于其他花花公子的甜言蜜语，大胆地表露了真心和相思，我能感觉到他的真心和勇气。虽然我没有被打动，但很佩服他的勇气和真诚，至少我不敢这样主动去追求爱情。

但爱情不是光靠理智，还得需要感觉，虽然这种抽象微妙的感觉有时来得快去得快，但是他让我没一点感觉，我很明确地回绝了他。回来之后我换掉电话，删掉他的 QQ，没有任何留恋地将他从我的记忆中删除，继续我单纯的大学生活，憧憬美好的爱情。

一晃四年过去，我顺利从学校毕业，但是工作并不顺利，高不成低不就的心态让我吃尽苦头，两年下来一无所有，这种思想也影响到我的爱情，没有遇到我的如意郎君，偶有追求者却很一般，我又实在不愿意勉强自己，事业情感不顺利让我的自尊心和虚荣心受到极大伤害。

一次偶然的机会，我去飞所在的学校办事，居然那么巧又遇到了他，当时早已忘记他在这所学校任教，事后他还无数次确认我是否真的把他忘得一干二净了，答案的确是肯定，他很伤心。

时隔四年的重逢拉近了我们的距离。他正在努力走出一段失败的爱情，痛不欲生，一个根本不爱他的女人和他在一起两年，刚开始他也不是爱得死去活来，只不过日久生情，无数次分手，无数次拆穿对方的骗局，最后女孩在骗走他三万元后彻底消失。几年下来几乎花掉他的所有积蓄，还让他身心疲惫，这个单纯真诚得像个白痴一样的大学教师，痛苦的根源不在于输掉金钱和时间，还在自己编造着她曾经爱过他又这么狠心伤害他的事实来让自己不能自拔。这让我很气愤，不齿那个女孩的无耻，我虽然虚荣却不会这么虚伪，愤怒这个傻子的纯真，这个年代居然还有这种人，哀其不幸，怒其不争。

而我当时也是满心疲惫，一个来自农村的女孩子，在一个陌生的大城市辛苦打拼奔波，疲惫无助，有时候自己都不明白稀里糊涂地在坚持什么，找个普通的工作稳定下来，找个普通的人安稳下来不行吗，这样东奔西跑结果还是一场空。

两个受伤疲倦的人似乎能找到同病相怜的共鸣，我决定试着和他走近。他说我真的很残忍，为什么四年前那么狠心断掉联系，否则他就不会有这段痛苦的经历，如今见到我，又让他重拾信心，而且我比四年前更加成熟有韵味，他更不会轻易放弃。这让我倍感压力，我对他还是没太大感觉，我怕最后如果辜负他，对他的伤害会太致命。但我内心很疲惫，很想依靠。他有不菲的收入和不错的工作，对我的事业有帮助，可以让我生活不那么窘迫。更重要的是，他比那些只在乎外表、目的性太强的花花公子要真诚可靠得多，我决定努力接受他，即使最终不能说服自己，也希望不要伤害他太深。于是我们开始了一段各怀鬼胎、暧昧模糊的恋爱旅程。

接下来的恋爱过程没有什么特殊的地方，像电影电视剧里演的一样，和其他人一样，约会、吃饭、看电影，形式上很浪漫，但我心里没有一点幸福甜蜜的感觉。虽然我半推半就又不冷不热，他却依然热情高涨，好像看到了希望，想尽办法哄我开心，让我感受他的真心并慢慢接纳喜欢他。

恋爱中的人是糊涂迷茫的，那段时间我在他的眼里简直就是完美女神，他总是含情脉脉、一副看不腻爱不完的表情，虽然我心有不甘，但有人爱有人哄不是坏事，况且现在也没合适的人选，在寒冷的冬天有这么一段算不上风花雪月般美好浪漫的爱情，也能让我感到些许温暖。

我也常常为自己这种阴暗势利、类似骗子的行为感到羞愧和不齿，但我一再告诫自己，不要让自己受伤，也不要去伤害他太深就好。尽管如此，他越是表现得五体投地、前赴后继，我越是像吃定了他，变着法子发泄心中的郁闷和不满，而且越来越糊涂、越来越过分。

我一再提醒我的行为的最大限度是善意的欺骗（不涉及太多金钱，更多是感情），但不能在我心里演变成交易，那样我绝对做不到。我们在一起形式上很像热恋的人，但私底下却不是如此。我不喜欢他牵我的手，以有洁癖为由回避他火热的吻，我们也曾上过床、过过夜，但只能是点到为止，最多是陪他聊天，委曲求全地躺在那个我不期待也不觉得温馨的怀抱，如此睡去。

我能理解他内心的煎熬，用他的话说就是经常面临看得到摸得到的诱惑却吃不到。面对一个近在咫尺的爱人却触摸不到真心，那种痛苦的确是煎熬。好在我一直用善意的谎言欺骗，尽量不和他多在一起，用看似合理的托词安抚他，让他相信那只是假以时日的事情。

然而，谁都不是傻子，即使是看似憨厚的人，更何况他还是情感细腻丰富的博士，也在用心接受和分析我传达的讯息。于是有了后面那场他策划来判断结局的旅行。

去丽江旅行，成了我们相处中的一次重大转折。丽江，一个很令人向往的地方，行程花费也不菲，而我却开心不起来。这么美丽浪漫的地方应该和喜欢的人去才能真正开心，结果我还是半推半就去了，但这种心态为旅行的不开心埋下了伏笔。

他很想通过旅行来证明对我的真心，用浪漫的旅行来打动我。丽江，很美丽，很温暖，但我却快乐不起来，甚至觉得有点心冷。吃不到好吃的东西，两个人也没什么有趣的事情可以做，在老城里面转悠两天，大街小巷都走了无数遍了，完全没有别人脸上洋溢着的轻松和惬意，也不想去酒吧买醉，于是晚上早早就回房间洗漱，上床看电视然后睡觉。

晚上的时间更难熬，过来人都知道，其实旅游只是形式而不是目的，晚上的事情才是关键。第一天晚上我也不好驳他面子，肌肤接触也就忍受了，但是一直坚守着最后防线，不想让这种关系有质的蜕变。但是第二天晚上我就厌倦了，我讨厌他的纠缠，明明知道我不喜欢却还一个劲献媚讨好，简直没有尊严和脾气，反而更让人反感和轻视。我更讨厌自己，感觉像个想立贞节牌坊的婊子，虽然还死守最后防线自认为没变质，但其实更让人恶心。

于是我想借此机会摊牌，不想自欺欺人。我的回绝让他很伤心，他自认全心全意对我好，为我做那么多，我却无动于衷，很受打击，于是一个人要去酒吧买醉，但是我拖着不放。一方面是觉得自己残忍，他在这人生地不熟的地方出了什么事情我也不会安心；另一方面也担心要是他撇下我一个人怎么办，无论如何也要顺利完成旅行，最终还是我很霸道地控制了他。

最后一天我们去丽江周边玩耍，行程安排得很满，风景也很漂亮，他的情绪不怎么高，我也没怎么让步，一路上在闹着情绪。晚上我们很平和地吃了晚餐，去看了一场精彩的《丽水金沙》，为旅行画上了一个圆满但不算完美的句号。

从丽江回来后，我们花了较长的时间来平复彼此的心情，各自回家过年，中间也少有联系，慢慢疏远。

春节回来后，我们也见过两次，他不断在妥协，最终答应即使只能做普通朋友也行，但是我的自私和无视深深刺伤他的自尊底线，最后他恼羞成怒地完全放弃。

时间一晃又过去了一年了，我还是会偶尔想起他，想念他曾经的好，反省这段如同鸡肋的爱情，食之无味，弃之可惜。但这一切都已经过去了，我难以取舍的鸡肋爱情观却一直影响着我。我没有很优越的先天条件，遇到机遇也不去好好把握，人生没有多少容我挑挑拣拣的机会，有可能到头来连鸡肋都没得吃。我有时候都无法理解自己，也没经历感情上的大起大落，却把感情观搞得如此扭曲，从来不愿意用心去为一个自己爱的人付出，对于自己不爱的人却挑三拣四，还期待美丽的爱情，但其实早已注定最终结局都只是一场空。

求助与行骗

到处都在弘扬传统美德，倡导积极正能量，反而折射了传统美德正在流失。同时，优良品质也正经受着前所未有的信用考验，很多人越来越不敢或不想传承一些美德，比如助人为乐。

这些年，关于助人为乐反而惹火烧身的事件频发，引起社会各界的广泛关注和思考，也在拷问人性，考验着坏人的底线和好人的分辨承受能力，于是大家对于街上偶遇的老弱病残开始戴上有色眼镜审视，正义也开始蹑手蹑脚、畏首畏尾。对于遇到各种求助、乞讨和索要的人，都用是否为欺骗来考量，我以为我足够犀利睿智，或者足够麻木，但还是防不胜防。

一天，我正在公交站台等车，旁边的一位大叔突然开始嘀嘀咕咕，随后开始大声自言自语，大概意思就是要去车站赶车回老家，但是手机和钱包不见了，显得十分着急。

以前对于这些现象，我总是由于匆忙或者怀疑选择无视或者忽视，但此刻我正在等车，无法马上离开，而且他居然主动向我倾诉求助。

这位大叔60岁左右，穿着打扮不俗，很有机关工作过的气质和风范，戴着鸭舌帽，提着公文包，很儒雅善良的样子，完全不像是要乞讨或行骗的人，他提出仅暂借20块钱够回郊县就行了，而且主动索要电话号码，说回去就以充值手机话费的方式偿还。

20块钱确实不多，而且对方真诚地表示要归还，再加上对他先入为主的打扮和气质的判断，我又一向不好意思拒绝别人，于是就给了他20块钱，并且告诉了他我的电话号码。

短短几十秒钟，我心里进行了大量思想活动：这人是我长辈的年龄，好不容易放下面子开口求助，加之传统道德教育中的“老吾老以及人之老”的思想影响，联系到自己的长辈如果遇到这样的境况怎么办，所以即使送他20块钱也是可以的。而且自己基本没在外面帮助过人，周围人都看着我，反而让我有了舆论压力，怕人家说我麻木，于是我也虚荣心作祟，给了他20块，我倒是脸红害羞起来，好像做好事也要克服心理障碍和压力。同时心里也想实践测试下，到底当下的人们信用水平和道德状况如何。

他拿到20块，点头哈腰致谢，并口口声声承诺必定归还后，搭上一辆刚到的公交车远去。

这时候，旁边的一位大爷又向我走过来，穿着看起来很普通，像是农民工，欲言又止，我以为他想夸我热心，还有点不好意思。沉默了一分钟，他还是开口向我说话了。

“年轻人，你上当了！”

“啊？不会吧？”我条件反射地反问。

“真的，我在这个车站都遇到过这位大哥好几次了，每次都是差不多的台词，专门向你们这种不好意思拒绝的年轻小伙子和姑娘开口。”

我开始有点相信他的话了，人家给我说这些对他一点好处没有，只是善意的提醒。

我又故作轻松地说：“算了，管他的，我也没想过要他还，反正钱也不多，就当帮助别人吧。”

他说，你这样善良是好的，只是这种人会让善良的人伤心，影响社会公德的弘扬，他们一天辗转不同的车站，轻轻松松骗得几百块，以此为职业，你的好心倒是助纣为虐了。

他这句话让我很震惊，一位朴实的大叔，居然有这样的觉悟和口齿，我都为自己的以貌取人汗颜。

这时候，我等的车来了，礼貌性地向他说了句谢谢然后离开。

我在车上想起刚才发生的事，也开始醒悟了，虽然心里释然，但难免有点失望，失望的不是损失 20 块钱，而是否定了自己对人的判断和信任。后来，我也曾妄想过那位大爷会还这 20 块，修复我对人的判断和信任，但从此杳无音信。

再后来，无意中和朋友们说起这件事，大家都会不约而同地说曾经干过后来也见过不少这样的事。

有朋友还遇到过更奇葩的事，在路上遇到姑娘求助讨要几块钱买包子面条吃，偏偏这位朋友又是较真的人，正好是饭点，于是便答应带姑娘去小饭馆吃饭。

面条端上来时，小姑娘却说：“大哥，我只想要几块钱买点包子吃，不喜欢吃面条。”

朋友回呛说：“你勉强吃吧，还这么挑剔！”

姑娘又说，我现在不饿，我要为晚上准备。

朋友顿时无语，自己吃完面气呼呼地走了，从此在街上遇到这种人直接不搭理，还报以厌恶的和嫌弃的眼神。

从此，我对街上穿戴整齐却突然伸手求助索要的带着小孩的夫妻或者姑娘，更加谨慎，几乎不搭理。他们明明四肢健全可以靠劳动养活自己和家人，为什么要如此恬不知耻地向路人索要乞讨，将人们的善心蹂躏践踏，拉低社会的信任度和道德水平！

醉汉闹夜

我的睡眠质量一直不是很好，虽然大部分时间能摆脱失眠的困扰，但是觉里梦多，总是在续演着白天脑子里的未尽和纠结之事，或者许多故年的人和事穿越夹杂组合成光怪陆离的剧情。我已经习惯了闹市夜晚的喧嚣，时而街道上汽车碾压凡尘疾驰而过，时而航线上的飞机穿越红尘呼啸而过，好在只是断断续续闪过，不会持续吵闹太久。不过搬进新小区这几年，一年中总有两三回在深夜里被醉汉闹夜吵醒而失眠。

上千人居住的三栋电梯公寓小区，不大也不小，白昼里一个人显得那么渺小安静，被人流淹没无视，但在寂静的夜里和迷乱的酒中，人经常干些不拘一格或释放压力的混事，一两个、三四个人的吵闹，在寂静的楼宇间回荡，可以惊扰整个小区上千人的美梦。

之前经常被醉酒的情侣或夫妻吵醒，无非关乎情爱纠缠，哭哭闹闹，要么归去要么离去。也有路人甲（女）不满醉汉在小区随地小便加以指责，醉汉却理直气壮以人有三急为由为自己开脱，还反咬她恬不知耻偷看，最后双方都理直气壮互不相让，直到大动干戈撕扯，最终还得值班夜警来调解才消停。今日凌晨两点，我才进入梦乡云里雾里天马行空着，就被醉汉慷慨激昂的嘶吼和妻女连哭带喊的嚎叫拉回现实。

我的意识已经被唤醒，但困得依然闭着眼，仿佛在梦境。楼下小区中三四人在吵闹，白天都安静地隐藏和飘过的他们，到了夜深人静的时候，仿佛摇身一变成了专业演员，隔着夜幕毫不怯场尽力表演着，很多梦里惊醒的人躺在温柔乡闭眼聆听围观，不过他们不用面对也不在乎别人的评价和围观，尽情宣泄着淤积内心许久的哀怨和不满，很有影视剧高潮时主人公情绪爆发的即视感。

以前醉汉酗酒多半都是在外面朋友聚会贪杯所致，但像这次一家四口如梦如醒的酒后闹夜，还是第一次遇到，真不知道他们的家宴是何时开始，为何延续了几个小时之久，直到在凌晨才爆发。

他们激情上演的剧情大抵如此。

醉酒男应该是位中年父亲，因为身旁时不时有女子在呼唤他老汉儿（四川人对父亲的亲近昵称），好像这一家之主被妻女欺压许多年，受了不少不公待遇。

该男子先是细数着妻子的种种不是，比如经常唠叨管束她不让他吸烟喝酒，没有维护他作为大丈夫的尊严，甚至怀疑妻子在外有艳遇之事，一个推断应该是他妻子声音却如妙龄女子的女人迅速呵斥道，再胡说八道就绝不原谅他。

男子依然态度坚决地吐槽着，甚至情绪激动意欲大打出手，被女儿尖叫制止。该男子虽然情绪激动，但口齿相当清楚，并不像胡言乱语，所以才执拗地在大庭广众之下自爆丑事糗事，估计平时委曲求全忍气吞声太久。都说酒醉心明白，借着酒劲表心事也是很多人常干的情理之事。

后来，妻子不堪丈夫的语言攻击和凌辱愤愤离去，留下父女依然在那争执，将最佳女主角的机会留给了女儿。

女儿先是劝解着父亲，平时母亲的管束都是为他好，结果父亲将战火烧向女儿，细数女儿的种种不是，经常帮母亲欺负父亲。

女儿哭哭叨叨申冤说自己是爱这个家，也是爱父亲的。

父亲又说她经常不回家，还指使女婿给他脸色看，女儿依然无奈辩解都是为了生活而忙碌，自己也很憋屈。

然后父亲继续盘点着女儿和母亲的不是，不知是女儿也喝醉了，还是被父亲折腾累了醉了，竟然歇斯底里大叫了几句："那你就滚!"

开始我以为是妻子回来了才敢这样呵斥，但后来几次真真切切听出是女儿的声音，想想这个女儿说出这种话，真的也是醉了。

父亲自然更加暴跳如雷不依不饶，渐渐地多了一个声音更加洪亮好像是女婿的男子加入劝解队伍，三人反反复复絮絮叨叨许久不休，仿佛在唱演着男女声多重唱的激情夜曲。

我听得心塞，困得想要睡去，疲倦的眼泪滋润着干涩的双眼，紧闭双眼却关不掉思绪，继续被外面上演的剧情牵绊。我真的不想再窥听他们的剧情，但脑子却不听使唤地构思着为他们写一篇《醉汉闹夜》。大约一个小时后，我真的困了累了厌了烦了，迷迷糊糊睡去，我也不知道他们何时离去，但我的梦却被他们的吵闹牵引，梦里演变成我和一位熟人的激烈争吵。

七点钟被闹钟吵醒，天刚蒙蒙亮，窗外飘着雨，身体还很倦怠，意识却迅速被昨夜的闹剧激醒，无法安然贪睡去，于是起来，就着朦朦胧胧夜里的记忆和脑海的构思，写下昨夜的闹夜曲。

俯望小区中庭，昨夜的主人公早已人面不知何处去，继续淹没在滚滚红尘中，只剩保洁人员伴着鸟语洒扫庭除，演奏着清晨应有的清新和谐交响曲，一扫昨夜那帮人留下的喧嚣。陆陆续续有人穿梭出门，估计没人会关注昨晚是谁在广场上演酸甜苦辣的生活情景剧，很多人昨晚已经在夜里梦里诅咒谩骂过他们后就忘了，那一夜春宵惊扰他们的那段悲欢离合，只不过是那么多人那么多悲欢离合那么多不和谐人生交响乐中十分普通的一曲。

老王儿子结婚

老王是我亲戚，虽然只大我四五岁，我们却仿佛是两个世界不同时代的人。

我们两家隔了两个镇，那时候农村交通不便，通信也不发达，走亲访友全靠步行，所以两家人鲜有联系和往来。记忆中儿时隔几年我和他才见一次，只有有一年寒假他来家里住过几天，平时也很少在亲戚家相遇，后来各自长大上学、工作，更是全无交集。关于他的事，更多是听妈妈和其他亲戚说起。

我小学还没毕业，老王就初中毕业了。那时候农村人都不是很重视教育，很多人念完初中，能识得一些字会一些算术，比父母强，也就够了。在这种观念的影响下，自然大部分农家弟子上学也是得过且过敷衍了事，初中毕业就出去打工挣钱。虽然老王是家中独子，但读书资质平庸，也没摆脱当时农村孩子的生活轨迹，稚气未脱就成为浩浩荡荡外出打工队伍中的一员。

不过他运气算不错，因为有个亲戚在上海务工，且从事的职业在农村很罕见，收入也比其他打工的高很多，所以初中毕业后在父母拜托下，老王跟着亲戚去上海学手艺，十五岁就完成了从学校到社会的过渡。

这个工作也挺辛苦，有点技术含量但更是体力活，早出晚归，成天要么在工地上日晒雨淋，要么在狭窄的工作室目不转睛地工作几个小时甚至十几个小时。不过比起那些无人关照四处打工的人，老王也算幸运了，有人关照，不会太受气，还有明确的发展方向，学会手艺就能独立赚钱。

三年后，十八岁的老王也学会了技术，开始慢慢挣钱了。在农村，不管你是否有工作、能否挣钱养家，只要到了十八九岁，只要家里有瓦房几间，就具备相亲结婚的条件了，至于是否达到法定年龄，甚至是否有爱情，都不重要。老王学会了在农村很稀罕的技术，又是家中独子，有瓦房三间，算是条件不错的，很顺利就相亲结婚了。我初中还没毕业，他就当上爸爸了。

虽然二十岁的人已经成年了，但在城里父母眼中，还是没完全成熟的孩子，即使农村孩子成长环境艰苦，比较早进入社会，其实也无法加速人的心智发展，何况农村教育还有很多方面的缺失。

所以老王看似按部就班完成了使命，即结婚生子成家立业，但婚后生活依然如很多农村夫妻那样吵吵闹闹、磕磕碰碰，没有多少莺莺燕燕卿卿我我的温馨和激情。

他老婆也是个初中毕业就出去打工的女子，家境一般，样貌一般，伶牙俐齿，很会看眼色说话。不过老王好像并不喜欢这个老婆。她确实相貌平平，虽然伶牙俐齿会见风使舵，但多了些俗气，没什么底蕴和气质，难免肤浅庸俗让人厌。而且据说老王初中一直暗恋另一个亲戚家的女子，两人是同学，但对方样貌、身材、家世都不错，看不上其貌不扬、家境平平的老王，所以老王才退而求其次勉强结婚。

老王儿子出生后不久就交给乡下父母照管，婚后老王带着老婆在上海打工生活——因为老婆不放心他在上海那个花花世界晃悠。但即使老王的老婆跟随他到上海生活，也只能在家早送晚等，大部分时间见不到老王人影。有段时间听说老王经常在外面风流，夫妻很不和睦，一度闹离婚，至于家中父母及幼儿，更无暇顾及。

就这样僵持了几年，不知不觉孩子也上小学了，估计在外面风流够了，也没遇到能让他彻底和家庭决裂再结婚生子的合适对象，加上妻子不离不弃的纠缠，父母又坚决不允许离婚，最后老王也只能得过且过维持婚姻和家庭稳定。

后来老王从上海回到成都创业，因为手艺成熟，结识了一帮工地包工头，挣钱更多了，几年下来在成都购房，还将孩子接到成都上初中。虽然偶尔还在外面拈花惹草，但顾及孩子在身边影响不好，不敢太张扬高调，也不再和老婆打打闹闹。

之前儿子一直不在身边，加上老王自己也不懂怎么教育孩子，成天忙于挣钱，十几年来和儿子沟通交流很少。

儿子从小跟着爷爷奶奶长大，天资平平，加上老人溺爱疏于教导，在农村上小学成绩就不好，转学到成都，更是差城里同学一大截，久而久之更没学习积极性和动力，每学期成绩都垫底。

老王时常会因为孩子成绩问题被叫到学校，虽然自己并不重视学习，小时候成绩也不好，但总被老师训斥批评，还是很伤自尊，而且看着孩子一天天长大，个子比自己还高大了，无形压力增加，也刺激出了一点作为父亲的责任感。

老王的孩子好歹赖到初中毕业，没考上高中，老王想花钱找所高中，儿子却死活不愿意继续读高中，更没想过考大学。但十五岁的孩子确实还太小，他们不想让他这么小就进入社会打工挣钱，于是到处求人花钱，硬把儿子塞进了一所职高，即使不求学手艺，也总比在外面跟人学坏了好。但念了一年半，儿子还是消极学习，最终辍学。老王也无计可施，想着孩子虽不思上进，倒也没惹是生非，聊以安慰，只得作罢。

随后，老王儿子就开始在服装店、手机店、蛋糕店打工，挣钱不多，休息就宅家里打游戏，也不喜欢出去交朋结友，一晃就到了十九岁。

儿子求学不成事业无成，成天迷恋网络，爷爷奶奶也催促说这个年龄在农村该结婚生子了。老王想起自己的结婚年龄，想着结婚生子是儿子目前唯一该做又能做的大事了。但在城里没有学历和工作，况且年龄还小，儿子肯定不好找对象，于是老王就让父母在老家物色。

农村里和老王儿子情况差不多的女孩多的是，过年回家就相亲几次，最终敲定隔壁村的十九岁姑娘。这姑娘也是初中毕业就出去打工，家境和外形都一般，算是门当户对，虽然儿子并不急着结婚，但老王直接就让他把姑娘接到成都家里和儿子同居，不多久就怀孕了，自然要催促操办婚礼。

二十岁很多同龄人还在念大二，老王儿子更不谙世事，对结婚生子这种事自然没什么想法和规划。既然父母催促着结婚，自己也没其他选择，只能不拒绝不负责，该怎么结婚，只能父母来操办和指导，反正自己没钱没力。于是老王夫妻俩像操办自己的婚礼一样开始忙碌，如同当初父母给自己操办婚礼一样。老王放下手里的事到处打电话通知亲友，联系酒店和婚庆公司，买床上用品等。儿子照例下班回家打游戏，准儿媳每天看电视休息，名正言顺养胎，等着准婆婆伺候。

看着儿子如今的状态，老王仿佛想起十九岁懵懵懂懂结婚的自己，心中也有些许无奈，但只能认命，仿佛这就是农村人历来都有的错位宿命。

老王拿出二十万大方地为儿子操办婚礼，一来好像觉得儿子没学历没高档工作，但这么早结婚可以弥补人生缺憾一样；二来也给自己脸上贴金，显示这个当爹的多么土豪，却全然不知自己错位了儿子的人生，让儿子显得无能；三来也祭奠自己的那场不风光的婚礼，弥补自己当初被操办婚礼未能过瘾的遗憾，为自己并不美满的婚姻生活结晶做个了结，让儿子结婚生子重复自己的人生轨迹，在农村就算完成做父亲的责任了。

至于儿子婚后会怎样生活，老王也想不了那么多，好像早已忘记自己当年婚后懵懂混乱生活的苦恼和悲哀，自己都是这样稀里糊涂过来的，又怎么能规划子孙的生活呢？

二、随心所写

一段尘封已久却记忆犹新的恩情

人一辈子，有多种情感，除了亲情、爱情和友情，还有恩情。人一辈子，要遇到很多恩人，除了父母养育教导之恩，还有亲戚朋友的扶持关照之恩，甚至很多不认识的人的滴水之恩，师恩更是不可或缺，它可以超越很多恩情，比肩父母之恩。人一辈子，不知道会遇到多少老师，都说“三人行，必有我师焉”，即使没读书上学的人，人生中也有很多老师，如父母、长辈、亲朋好友，还有很多人生中的诸多过客，都在有意无意教导自己做人做事。而读书之人，老师就更多了，从小学到中学到大学，从语文、数学、物理、化学、音乐和美术等各门学科，虽不至于数不胜数，但确实很少有人认真去数过、去铭记过有过多少老师。很多老师在完成他们的使命后成为我们人生的过客从此销声匿迹，虽然我们很多时候也不记得哪个老师具体教了我们哪些知识，但他们已经在我们的人生中默默打下深刻烙印，丰满着我们的人生。

但机缘巧合中，读书之人总会有一些经常联系、走得近的老师，或者把对自己影响深远的老师铭记于心，而我今天想回忆和想念的老师，却都不是这两者。

昨夜忙到凌晨才上床休息，睡前惯例是要看会儿电视才好入睡，无意中在电影频道邂逅了一部很清新朴实的电影《脚尖上的信天游》，故事情节虽简单却很真实感人，更让我想起小学生时代的一位老师，即使将这个人和那些事尘封多年，但一旦激活却记忆犹新！他不是我人生中最优秀的一位老师，也没对我的命运有太大影响，但他对我的好、给我的感动，让我幼小的心灵受宠若惊，所以印象深刻。那一年匆匆邂逅以后我们从此再未见面，突然好想好想他，一晃几十年过去，竟从此再无他的消息也无法联系，也不知道如今他身在何处过得如何。

我小时候就读的那所偏远的农村小学，由于位置偏远、条件不好，师资力量一直很薄弱，都是一个老师教完语文、数学甚至体育等课程，很少有正规师范学校毕业的老师来任教，多数是一些临时的代课老师，有的是乡下读过书、懂点知识的前辈，甚至还有高中辍学的学生。学校换老师自然很频繁，现在我竟不记得小学时有多少位老师教过我们。他就是四年级新来的一位老师，可恨时间久远我已不记得他的全名，只记得姓贺，记忆里他的音容笑貌也已不再鲜活，只有很朝气蓬勃、白净帅气的模糊印象。

在非常简陋的教室里，新学期开学时一个班十几个闹喳喳的孩子在打打闹闹，突然就有个青年翩然而至，大家自然知道是又换新老师了，因为不像以前那些女老师好欺负，大家从此比以前安分许多。

在他任教那一年，我们度过怎样的学习生活，我已经遗忘得差不多了，只是记得那一年我依然成绩名列前茅，他对其他同学都很严厉，对我却特别和蔼亲近，除了因为我成绩好、长得乖巧和上课听话，或许更因为我身上有股灵性，只是当时我不知道自己有这种特质。他特别喜欢我的作文，每次都给高分，还将其作为例文朗诵，还教我一些流行歌曲，带我去参加乡里的歌咏比赛和文艺会演，但这些都不是印象最深刻的。

在一个周六下午，放学后他叫我去他的办公室，说他晚上要回以前就读的镇上找高中同学玩，要带我一起去，让我赶快回家准备下再返回学校。我也不知道为什么带我去，但竟然比平时得了奖品、奖状还兴奋，来回几里路飞奔往返，问妈妈要了点零花钱，换了身平时舍不得穿的衣服，兴冲冲回到学校。

那时候乡村公路还是凹凸不平的机耕道，他骑着老式带杠的永久自行车一路爬坡上坎赶了十几里路到了镇上，我就坐在他胸前的横杠上，虽然路途颠簸，却被他保护得很好。到了镇上的中学已经夜幕降临，他带我在食堂吃完饭就来到同学上自习的教室，他与同学悄悄攀谈，我自己看书，然后晚上在学生寝室住了一夜。

其实他并没有带我见识更多的东西，但那时的我很胆小内向，很少去镇上，更没去过那么多人的中学，也算是开了眼界。我也是那时候才知道他因为家里条件差，所以没能念完高中就辍学当代课老师挣钱补贴家用。现在想想，他长我也不过几岁，却是师生两代人的差距，背负了更多的压力和责任。

后来在他教导下的学习生活我已经不记得太多，只记得一年之后他离开了，我很是不舍，但那时候没有电话也不懂书信来往，从此就没有再联系和见面。

再后来，我小学毕业到了镇上这所最好的中学读初中，离他带我来这所学校已经过去两年了，但我还记得他带我来这里度过的那个什么都没发生却很美妙兴奋的夜晚。

再后来，我读完初中去遂宁市里读高中，再然后去成都读大学念完研究生然后工作，学习的知识越来越多，认识的人越来越多，年龄越来越大，想的东西越来越多，渐渐将他和那些事尘封。即使去年过年回老家，再来到曾经度过美好童年如今早已破败沦为附近农民鸡舍的小学，我也麻木到不再回想起曾经在那勤奋学读的自己，更没想起曾在那滔滔不绝教导学生的那个激情青年。

人生经历的人和事会越来越多，总有些印象深刻但不见得意义深远的人和事、情与爱，虽然可能被长时间尘封，但一辈子都无法遗忘，只要你还记得去触碰，就会记忆犹新。

又到一秋开学时

日子好过了，节日也多了，不知道是变着法子享受生活，还是充裕的物质膨胀了身体却空虚了心灵，同样周而复始的一年三百六十五天，却不知不觉变成了各种各样古今中外的节日了，本来为了及时行乐而大兴节日，节日却累而不乐。我不想探究那么多节日的缘由和外延，只想感怀一个虽无名分却在很多人心里都有深刻记忆的日子——开学。

对每个上过学的人来说，开学在人生中的记忆都是鲜活的。第一次开学，周而复始的开学，一年中有两次开学，偏偏又是秋季开学的内涵更加丰富，或许是因为第一次开学在秋天，或许是秋季开学是新一学年的开始，或许是因为秋天既是个收获又是个播种的季节。

虽然已经年届三十，虽然曾经念书很久，虽然校园生活早已离我远去，但每每到了夏末秋初要开学时，老师孩子都不想收心，我的内心却总是充满一股莫名的兴奋和冲动，从学生到社会人士，这种向往都不曾缺失。

总之，我是向往开学的，不能说是因为我很爱学习，但确实期待着回归校园：规律的生活学习，劳逸结合松弛有度；又可以见到朝夕相处的同学，经过一个夏季暴晒，大家变黑了，又发育了，更有活力了；又或许是可以有机会秀秀暑期买的新衣服、文具和玩具；当然，更让我魂牵梦绕的是新书，淡淡油墨味，悠悠知识流，可以在知识的海洋里徜徉遨游，也淡淡地期待着知识能改变命运。

上学前的准备是仓促的，因为贪玩或者其他事耽搁了的暑假生活和及其他作业必须赶完，恰恰这个时候又是收获的季节，很多农活要赶，得帮着家里劳作，懵懵懂懂地知道这就是为了生活，但更清晰的记忆是能心安理得拿到学费。

夏末秋初的农事中，记忆最深刻的就是打谷子和刨花生，简直是又爱又恨。

每天上下学都游走在田间，看着稻谷从谷粒到萌芽到茁壮再到抽穗成熟，小小年龄却如此赤裸裸地见证着生命的生长和孕育，满沟的稻田金黄，美不胜收；能闻到淡淡稻花香，甚至能想象到米香饭香，收获的是一年口粮，也有丰裕幸福的憧憬。但收割稻谷却是件痛苦的事，要赶在夏末最火辣的太阳里把稻谷迅速烘干，只能在烈日暴晒下劳作，谷叶谷粒锋利的棱角可以在全身上下留下无数深浅不一的伤口，更要命的是田地离家又远，还得肩挑背篓把稻谷搬回家，辛苦程度可想而知。但大家都是开心的，小孩子们一方面帮衬着打杂，另一方面却是在起哄，一年中难得有机会在泥水田里嬉戏，甚至还能意外收获难得的小鱼，可以吃到难得一见的美食，还有更不多见的冰镇饮料，所以每年开学前我们都痛并快乐着。

如果说打谷子是水田里的气力活，那么刨花生就是旱地里的慢功活。在零食极度难得的那个年代，自种的花生也不是可以随时享受的美味零食，所以刨花生是难得不受家长限制的饱口欲的绝佳时机。刚出土的花生，从泥土中拔出来拨开就能扔进嘴巴，弥漫在泥土芬芳中，嘴里享受着乳汁般的生花生，很是享受。但享受只是片刻的，也不可能吃得下多少，剩下的就是漫长枯燥的挖花生和摘花生，在太阳下机械地重复看似简单却枯燥的劳动，还得经受蚊虫的骚扰，为了尽早结束这种折磨，第一次在心里不怀好意地祈祷不要丰收，但下一次吃花生的时候会很快颠覆自己的罪恶想法。

借着感怀留念校园生活的时机，也怀念了一把远去的或许很难再有的农村劳作生活，虽然如儿时所愿远离了繁重的体力劳动，但城市生活的艰辛和压抑却让我更空虚浮躁，儿时那一幕幕爱恨交织、痛并快乐着的时光已覆水难收，只能在心里遥望回首。

最后，在开学之际，在教师节到来之际，向默默无闻为教育事业奋斗的老师们致以敬意和问候，向那些即将踏入校园和回归校园的孩子们表示慰问，祝你们在未来的知识竞争中如鱼得水遨游、如鹰腾空翱翔！

致春蚕

人类一直自诩是地球上最聪明的物种，或许不无道理，但是人类的聪明才智不在于本身多么聪明，善于发现和利用才是人类称王称霸最精髓的王道，以此主宰地球和控制着其他物种的命运。

聪明归聪明，但切不能妄说智慧，还有无数默默无闻的生命，它们不仅低调而且充满智慧，令人类都常常禁不住惊叹佩服，所以除了利用其他生物的身体和劳动成果，人们还常常学习借鉴它们的生存智慧和哲学。

与人类生活密切相关的生物有很多，蚕算是其中一种。别看它那么渺小，而且离当下都市人的生活越来越远，但是它在中华文明和历史中的地位和作用绝对不容小觑和遗忘。

桑蚕解决了无数代人穿衣甚至吃饭的问题，也以丝绸的名义向世界发出了中国名片，至今纺织业依然是中国对外出口的优势产业之一，丝绸之路更是名震古今中外，如今还焕发出新的活力，成为中国撬动世界经济的重要杠杆。

很多新生代城市人或许压根就没见过蚕，而我生在农村就很有幸认识了蚕。不过到我童年的时候，已经过了国家大力发展蚕桑的时代，儿时也只是一时兴起，因为新鲜好奇养几只玩玩，养了一段时间后竟然忘记了添加桑叶，也不知道过了多久，居然发现了几个蚕茧，很是震撼，蚕宝宝顽强的生命力和执着的精神在我稚嫩的心灵中深深地烙上印记。

在钢筋混凝土的围城中，在枯燥烦闷生硬的都市生活中，我一直想养些花花草草和小动物来增加点生趣，无奈温室中的花草动物都太娇贵，屡屡夭折。再次邂逅蚕宝宝，是二十年后，无意中有人送了几只，恰巧小区里还有一株十分难见的桑树，所以养活了，才有机会再次近距离观察它们。

蚕的生命很短暂，所以它们很珍惜生命，虽然不用每天辛苦劳作觅食，却要没日没夜吃食生长，这种高频的内部消化吸收生长活动其实也不轻松，其他任何动物估计都不见得能成天吃成天消化转换。

等身体长得比较丰满成熟了，蚕会自己断食，然后选择合适的地方安心吐丝作茧。这中间还涉及如何选址，如何搭建丝房，然后呕心沥血地吐出一根根丝将自己包裹其中，其中不乏人都不会的高难技术，然后又等待时日破茧成蝶，进入下一个生命的轮回和繁衍传承。

或许是我太过于敏感，或许是别人太过于麻木，但我确实在这个短暂生命的缔造、成长、结局、繁衍和传承中感悟到许多。它们的生命周期和生活理念及智慧在生命一开始就被基因注定，而且能按照之前的设计精准执行，但光这两点就足以让人佩服。科学的制度和精准的执行迄今依然是人类社会各种活动的难点，微小的蚕宝宝做得天衣无缝，还有那一股子“春蚕到死丝方尽”的大无畏牺牲精神，更让人感动，人类却在逐渐缺失这种精神。

当然，感动之余，还有思考。

同样也是遵循最简单的生命轨迹生存繁衍的人类，在几千年的进化和文明积累中，创造了太多的奇迹，也衍生了太多欲望，扭曲了太多本性和善根。看似风光无限、强大无比的人类，却完全没有像一只小小的蚕宝宝那样活得真实、单纯、执着、忘我、无畏和大智若愚。浩瀚无垠的宇宙星空，地球何其微小，人类何其渺小，为何还要膨胀欲望妄想操纵一切？漫漫历史长河，人生短短数十载，生命的轮回只是历史一瞬，何其短暂无奈，为何还要让这段历程如此负载累累、疲惫不已？倒不如向蚕宝宝学习，简简单单直线一生。

就为那一抹绿

没人愿意把绿帽子戴在头上，可有不少人偏爱绿衣着身，在生活中就更是绿色的俘虏，巴不得所到之处都绿意盎然，每个人的生命里都离不开绿色。

随着年龄的增长，我内心深处也越来越偏爱和渴望绿色。从小生活在农村，每天睁开眼就能看到满山遍野的绿，现在每天生活在钢筋水泥构建的城市，绿色成为奢侈，不仅少，而且还沾染了城市的污垢和喧嚣。三十岁的我开始在服装上尝试绿色，尽管不再妙龄，但我还是想多拥有一点绿色，刺激我心中那如止水的生命激情，除此之外，我还会在房间里点缀一点绿色。

很多二十岁左右的男孩是不喜欢养花花草草的。朋友们都认为这是女孩和老人的爱好，他们不需要在这些上面寻找生命寄托和满足，而是在生命中精力最旺盛的阶段抓紧时间到外面去拈花惹草，对我的爱好不屑一顾或者付之一笑，但是我却把这个另类的习惯坚持下来了。

大学毕业后因为工作不稳定经常搬家，再加上之前住的地方没有阳台，所以在学校养得好好的几盆花草丢的丢死的死，最后只剩下几个空盆。这次租的地方正好有阳台，于是我把空盆翻出来，在楼下的花园里挖了些土，顺便再扯上几棵小草栽上，没想到居然活得很好，片片绿叶充满勃勃生机。

每天坐在电脑前一抬头就能看见它们在风中摇曳，在阳光中沐浴，虽然我不知道它“姓甚名谁”，也不知道它是否开花结果，但这已经足够了，我不计较这些，有这一抹绿色已经足够了。

生活中我们做什么都计较开花结果的得失，却往往忽略了享受这些过程中的绿色，即使最终处心积虑得到了想要的东西，也是身心疲惫，况且还有可能两败俱伤或者人财两空得不偿失，或许在过程中我们错过的那一抹抹绿色才是最值得我们珍惜收藏的东西。

窗台上的那几棵草，尽管你无名无姓，虽然你最终没有开花结果，但我依然感谢你给我的那一抹绿，那份求生的激情，那份对生命的感悟。

乡情

刚工作那几年，我每年只有春节回老家一次，但最近两年，越来越喜欢往老家跑，父母倒是经常和我在城市居住，但回归乡野的淳朴、清新、宁静，比其他旅游更有感觉。

老家离成都不算近也不算很远，半天车马辗转就能回到老家。午饭后逛逛山野，养养眼、静静心，傍晚袅袅炊烟将农村装扮成仙境，感受久违的柴火燃烧出的人间烟火味，吃一顿可口的农家饭，身心疲惫都烟消云散。

乡下晚饭后没有灯红酒绿的娱乐，没有网络，也懒得看电视，陪家人和邻居闲话乡亲的八卦、家长里短，夜生活时间很快就过去了，在城里要十二点多才睡觉，到了乡下十点就早早睡去。虽然乡村夜晚漆黑寂静得会让人有点害怕，但伴着蛙鸣虫叫，也比在闹市里能更快更沉地睡去。

一觉醒来，已是大天亮，难得的睡到自然醒。没有车马喧嚣人群吵嚷，只有各种鸟儿在歌唱着春暖花开：斑鸠咕咕咕咕叫个不停，好像在春天里对情人喋喋不休地诉说着衷肠；布谷鸟在天空中边飞边喊，呼应着已经在春耕的农民的忙碌；野鸡时不时在无人知晓的丛林角落发出一声惊叫，仿佛是被不知名的动物惊扰了她孵化幼崽的温床；还有各种鸟莺燕雀在林间叽叽喳喳欢歌，总有说不完的喜悦和欢畅。

寂静的乡野早晨，完全就是动物的世界，鸟儿们在跳唱中合奏着一曲春天的芭蕾，还有鸡鸣鸭叫犬吠伴奏。坡顶上的广播，虽然不再播报通知，家家户户有了手机，也不再用广播传书带信，但依然早中晚三次播放着稍微过时却很有年代记忆感的歌曲旋律，这是农村才有的记忆，也让农村更有朝气。

远处隐隐约约传来阵阵鞭炮轰鸣的声音，恍然如过春节般的气氛，但看看外面万物复苏，早已不是春节时的冬日萧条景象，原来又到一年清明时节，不少人回乡祭祖，乡村才有如此的声响。

前些年，一些传统节气和节日被洋节日冲击和外出务工的人们淡忘，这几年国家专门为传统节日让路，不仅给了大家单独的小长假待遇，也使用各种舆论宣传造势，让大家回归传统。

但很多人都选择小长假时出门旅游，有孝顺的也带着父母远游，但弄得大家都身心疲惫；有的关在闹市里在电视和网络中消遣发呆，但也百无聊赖。还不如这返乡祭祖，既是对传统的传承，也能短暂回归恬淡。走得再远也不要忘了当初从哪里出发，走了哪些路，沿途风景有什么变化，不要让家乡的记忆在脑海里模糊尘封。

虽然以前都烘托清明时节雨纷纷的忧伤，其实春满人间正清明，清明时节也是一年中最好最美的时节之一。

清明前后，种瓜种豆，田野里到处栽培着希望。天清气明，正是万物复苏生长的好时机，田野里一派生机勃勃的盎然景象。

家乡虽然没有大山大河的奇观异景，但朴实的丘陵乡野也有春天。离春节仅过去两个月，山坡告别冬日的萧条凋零，春回人间，芳菲满地。如少女般灿烂的油菜花褪去金黄，摇身一变成了丰满荷实的少妇，孕育着油脂，滋润人们的餐食和生活。田野被无名无分的野花霸占，虽无法媲美国色天香，但开得素雅芬芳，也是花香袭人，而且漫山遍野地旺盛繁殖，烂漫如雪，很是壮观。虽说世上没有树缠藤，但长藤装扮正襟危坐的大树如穿上了圣洁的婚纱。最美的莫过于生机勃勃的景象，这鸟语花香恬淡静谧的乡野，好似世外桃源。

在这偏僻宁静的郊野，还有一股浓浓又淳朴的乡情。

我老家在弯弯半山腰的小院子里，一共四大户人家，每家又开枝散叶出三四户小家，到春节最热闹的时候估计也能凑足八桌约四十人，很热闹有人气。

但是这些年绝大部分人外出务工或上学，有的在外买房置业定居，所以即使春节最热闹时，也总有好些人凑不齐。现在通信方式很发达，但大家彼此联系交流却越来越少了，即使很亲密也有血缘关系的邻居，四处漂泊，人心也逐渐疏远。即使回到老家相聚也只简单问好寒暄，交流和亲密大不如从前了，逐渐沾染了城里人关门闭户的孤僻。

不过年老的长辈们还在传递着浓浓深情。平时院子里只有六个老年人在家，分别是三对八十岁左右的夫妇，所以父母经常也会打电话回去关心问候，偶尔回家打理庄稼，也会多关照他们。这些老年人平时子孙都不在身边，很寂寞孤独，所以父母回家会经常串门多陪他们聊聊天，即使说说乡里乡亲的八卦，也很有趣。家里做什么好吃的，总是不忘给几家老年人分享一些，遇到他们生病不舒服，也多关心关照。我们也受父母的影响，每次回家，总是给个小红包或者买些糕点水果，聊表心意，继续传承乡情。

而这些爷爷奶奶们也很热情客气，每次即使给他们的钱不多、礼物也不贵，他们都感恩戴德地致谢，也会把家里的蔬菜土产无私分享，以回报我们。平时家里没人，他们都帮忙照管家里，甚至照顾猫狗，让人觉得在孤寂冷清的乡村，也有浓浓人情味，这是在繁华时尚的闹市中很难得的。

也经常听说附近村子里，有离家多年、人到老年的城里人，在清明时节，举家开车购物回乡，宴请四邻，吃一顿丰富的餐饭，更是回味重温淳朴又浓厚也越来越稀罕的乡情。

误差人生也很美

误差，在我们的字典和脑海里不是一个褒义词，却与我们生活紧密联系甚至不可避免，任何想要完全消除或避免误差的努力都是白费，即使是精密科学研究者也只能说尽量减少误差，而不可能完全消除、避免它，崇尚随性以误差为美的人就更不用说了。既然每个人不可能把人生中的每件事情都设计得没有误差，那么适当接受误差或许是一种更科学合理的生活态度，世上没有绝对完美和圆满，不完美的完美也许才是最完美。

我再怎么努力也避免不了误差，有时还故意给自己的生活制造些误差，比如说手表（手机）时间设定。现在大家都强调守时，把自己的时间工具设置得也很准确，但往往并不能做到绝对守时，因为生活中总是有些无法绝对控制的小事会影响、干扰它，所以我会把我的时间调得比标准时间快几分钟。即使只是提前了五分钟，却可以提高警惕，增加约定时间（上班或约会等）前的紧迫感，不至于拖拖拉拉延误了时间。如果我们正在经历一段煎熬的过程，想要早点结束然后解放，那调快的这几分钟会无数次地让我们更早看到希望，缩短等待和煎熬的时间，帮助我们度过这段难熬的时间并一步步走向胜利，这就是我钟爱误差的一个重要原因。

误差人生，不失为一种自我调剂适应环境的生活态度，让生活适当存在一些误差，既可以让我们总是意识到自己的不完美而更加努力地精益求精，也可以让我们在人生低谷或困难时期找到些许安慰，因为任何人都不可能绝对完美，只要自己尽力了，就不要太苛求自己、为难自己，从而让我们看到希望，找到坚持下去的勇气和力量。

误差人生，尽管不完美，却是最真实、最现实的人生，一种残缺另类的美。

过年随想三则

过年随想（一）

关于过年，就像桌上的饭菜和电视上的春晚一样，越来越让人觉得索然无味。

可能是节日越来越多，冲淡了我们的生活高潮，也可能是物质太丰裕降低了大家对节日的期待，而且节日带给我们的车马之疲、人情之故、金钱之耗、精神之惫远大于节日的喜庆和快乐，节日之后留给我们更多的是失望、疲惫、空虚还有就是无尽的感慨，或许我们应该反省一些过节的俗套，回归节日的传统本色。

从成都到家乡小镇的班车天黑才抵达，好在今年再也不用走泥泞小路从镇上回乡下了。村村通让边远的农村也受益，拥有了一条水泥路，这场景好像在十几年前写小学作文的时候畅想过：一条好路，大家出行和生产方便，开着各种交通工具，修上小洋楼，没想到不知不觉中这一切都成了现实。

每年过年回老家，好像已经无意中成了约定俗成。听起来蛮远，一年都难得回去一次，其实离成都挺近，但因为家人都来成都了，少了常回去看看的理由和动力。

现在常年生活在大城市里，待在如鸡肋的围城里，麻木、苦闷、压抑、空虚，但离开熙熙攘攘的人群和车水马龙，又顿生冷清凄凉。

过年，只是大家聚会的借口，不再是快乐的理由。想吃的想要的想穿的一年四季都能满足，无需以节日和过年的名义，但这恰恰让节日的欢乐大打折扣，吃饱穿暖之后带来的却是内心的空虚。

我很注意保养自己，年满三十依然年轻活泼，但是毕竟岁月不饶人，自己也逐渐意识到长大了，在长辈亲朋的字典里我到了做很多事、扮演很多角色和身份的年龄了。而且，身边的后辈晚辈们好像一眨眼长大很多，记忆里穿开裆裤流鼻涕的儿童已经长成风华青年，有的甚至成家立业，虽然有些仓皇匆忙，但让我倍感压力。

父母都外出打工挣钱了，乡下孩子们再也不用像我们小时候那样需要承担琐碎繁重的家务了，上中学就用手机看各种电子书，不再精尽学业，很多胸无大志，向往外面的花花世界，想的是早日长大，尽快加入打工潮流。父母也不再重视成绩，金钱至上，希望孩子早点念完书然后出去打工挣钱，让人看不到农村的未来和希望，如同看到农村那曾经生机蓬勃的土地如今闲置得荒草丛生，心中无限荒凉。

逢场赶集时，场镇上穿梭着形形色色极不协调的交通工具，有名贵轿车，有廉价的奥拓和“面包”，还有破旧的摩托车和三轮车。

人们衣着打扮鱼龙混杂，传统农民的朴素打扮很接地气很自然，但有的外出打工回乡者穿着假冒名牌衣服，留着与环境格格不入的时尚发型，就像集市摊位上充斥的各种冒牌产品，假得一目了然，却依然自欺欺人。

过年时节，既没有传统的民俗活动，也找不到新的娱乐方式。大家走东家蹿西家，家家户户都摆着牌局，或斗地主或打麻将，全没有劳动人民的勤劳朴实，现在的新农村硬件改善了，却没什么文化底蕴了，更显苍白空洞。

就这样又是一个年关过去了，对于下一个春节好像也没什么期待了。反倒是每长一岁，更多一份担当，添几分沧桑，增几丝忧愁。生活总是在轮回中等待，在等待中平淡！

过年随想（二）

一年之间，化作月月日日时时分分秒秒，好像很长，但又很短，就在一念之间。

去年过年，也写了一篇过年随想。随着年龄增长，想法越来越多，洞察越来越深，越写越有感触。

今年春节又已过，心中又是满腹感想无处说无法说。懵懵懂懂就过完了九天大假，完全没有开心快乐和释放过的轻松，日子反而过得杂乱无章，随即上班后又是接踵而至的繁杂纠结，更让我无暇整理凌乱的思绪，但必须挤时间整理一下，否则就一直混乱下去了。

现在生活水平越来越高，很多人吃饱穿暖了，日子却也找不到什么盼头了，于是洋节土节都过个遍，害得大家对节日审美疲劳，愈节愈烦恼，愈节愈空虚郁闷。一向地位崇高的春节也贬值不少，曾经人人期待的穿新衣、吃美食、发红包的节日，也早已索然无味，反而滋生更多的无奈和抱怨。

今年过节，还是重复以往的过节程序，只是时间缩短了不少。至于节日本身我不想再重复一些大家都说的话，但有两点深刻的感受要谈谈。

近年来国家加大基础设施建设投入，以此推动经济持续繁荣，高速铁路、高速公路、乡村公路像天罗地网一样四处延伸，偏僻的家乡大变容颜。汽车在离家不是很远的地方出了高速路口，仅仅一年时间，这里就变成了工业园区，昔日的小镇朝城市化迈出了一大步。许多好地都被征用，里面修了办公大楼和简易的生产车间，但并没有生产的迹象，估计很多人不只是为了做企业，更是看好国家的开发机遇，圈地发财，偏僻的小镇也能洞察到国家的经济政策动向，工业化和城市化的脚步已经逼近昔日宁静的农村，不知道这是好事还是坏事。

与此同时，城镇的表面繁荣与乡村的荒芜萧条更是形成鲜明的对比。城市化和工业化进程变相掏空了农村青壮年劳动力，一亩亩曾经早该麦菜花黄的良田如今杂草丛生，让本来就不够生机勃勃的冬日农村平添荒芜和萧条。有的农房久无人居住打理，早已人走房败；有人赚钱回乡修起了楼房，摆起了牌局。偶尔有路人经过也是像游客一样，以貌似时髦其实完全不搭调的装扮游走于乡间走亲访戚，他们的眼神告诉我们，虽然他们在城市也只是底层的借宿客，但他们心里也不愿再归属农村，短暂的探亲之后，他们又将踏上匆匆的行程，加入远赴他乡谋生的民工大军。短暂表面的满足和虚荣背后，彼此都知道生存的辛酸与无奈。不过只要不麻木不泯灭激情就好，至少容易满足也是好事。

经常都在感叹人生短暂、岁月如梭，但有时日复一日年复一年的轮回又让人郁闷烦躁，特别是那些已经没有实际意义却又经常在渲染的节日。

希望新的一年，每天的日子都能有点内涵和激情；希望新的一年，能让节日有点新意和快乐。

过年随想（三）

一晃又是一年，三百六十五个日夜，一个春夏秋冬的轮回，仿佛只在弹指一挥间，蓦然回首，恍若片刻。

每到春节，看似充满希冀和憧憬，却也确实是个关口，所以也称之为年关。要盘点工作中的成败，总结生活中的得失，给自己也给别人一个交代和筹划，所以过节的轻松欢愉越来越少，承载的东西却越来越多。年龄越大了，感想也越多了，每年过年都有无数理不清的念想，特别是回趟老家，更是思绪万千。

既然是过年，还是先烘托点喜庆的气氛。渲染过年的喜庆，除了好吃好喝好穿，烟花爆竹也是重要的催化剂，所以每年购买过年的烟花爆竹也是重要开支。

从镇上回家的路上就听班车司机说：“你们家今年买了一盒一

千多的烟花！”言语中带着称佩和羡慕，我也吓了一跳，一向奉行节俭持家的父亲居然在烟花上这么舍得，令我都倍感意外。

晚饭后就期待着看烟花，结果一千多块钱的东西却并没有想象中的效果，噼里啪啦几下就完了，估计以后也不敢随便买那些烟花了，农村的假货真是多！

年年岁岁花相似，岁岁年年人不同，烟花每年如此，人却年年不同。虽然一年了才回老家一次，却仿佛就像在昨天，但心境和风景却截然不同了。

又过了一年，又老了一岁，事业功名却并无多大长进，这也倒罢，倒是工作、生活和感情的压力却日积月累，压得人喘不过气来，反而觉得儿时在乡野间劳作生活虽然身体劳累，精神却更充实。而在众多农活中，打猪草因为对体力要求低，所以我很早就学会了，而且记忆深刻。

打猪草听起来感觉很俗，还好有部黄梅戏也叫这个名字，倒也可以附庸风雅了。我也不知道为什么是用“打”而不是“割”，或许是更生动形象吧。

打猪草虽然对体力要求较低，但是也需要识别哪些草是猪可以食用的，而且还要漫山遍野地乱跑，有时候一天要割几背篓，遇到冬天和雨后还很冻手，所以也算有点辛劳。但我还是很喜欢这项农活，因为可以看见各种农作物，不至于五谷不分，而且满眼的嫩绿，迸发着勃勃生机和活力，令人精神抖擞，还可以为农作物除去杂草变废为宝，有时候还可以偶遇小野兔和野鸡。猪草洗干净后给猪吃，看着它们吃得欢愉也很有满足感，

时过境迁，已不打猪草很多年。得空去屋后的山坡上晃悠，走

在乡间的小路上，仿佛能看到曾经自己打猪草的背影。然而，工业经济的繁荣似乎掏空了农村的劳动力，青壮年都外出务工赚钱了，传统农业产值太低，农村留守的都是老弱病残，所以大片的土地被搁置，曾经的良田肥土都杂草丛生了，再也看不到山野间孩童打猪草的生动场面。我也不知道这算好事还是坏事，有时候看到荒芜凄凉的农村，真希望自己的家乡风景再美点，这样就可以大搞旅游，人丁兴旺；要么政府搞点农业产业化项目让农民在家也能致富，让农民都回归农村，让农村看起来不那么冷清萧条。

更让人忧虑的不只是荒废的土地，还有大量的留守儿童。由于没有父母的管教，儿童小小年龄就辍学，然后出去混迹几年就早恋早婚，然后又生育下一代留守农村，长此以往，城乡人口素质差距越来越大，怎么能让农村不落后贫穷呢？

如此看来，当下的农村，依然需要发扬“打猪草”精神，滋养踏实勤奋的后代，摒弃杂念，理清农村发展思路。希望以后在农村依然能看到勤劳朴实的打猪草的孩子，而不是一味娇惯只知玩乐的后代！

闲话“井底之蛙”

前几天，侄儿们看寓言故事动画片，其中又有著名的“井底之蛙”。突然我麻木的神经仿佛被刺激了一下，脑海里浮现一幅“井底之蛙”的清净唯美的画面，为何在自己心里那么消极狭隘的色彩被尘封了那么多年？井底之蛙，这个看似没有浓墨重彩的词语，早在儿时的记忆里就被抹上了一层消极、颓废、鄙夷的感情色彩，几十年来，我对这个词语以及背后无辜的青蛙没有任何好感。

为了让孩子从小懂得一些成人才懂的人生哲理或者应该遵守的道德操守，人们总是借助一些动物作为载体来增加故事的生动形象性和趣味性，对孩子进行潜移默化的教育。井底之蛙的故事就是要告诉我们，不要像井底之蛙一样坐井观天、鼠目寸光，应该不断开拓自己的视野，胸怀大志。在懵懂、少不经事的时候，确立积极向上的人生观、世界观、价值观，对于在弱肉强食、竞争激烈的社会中谋求生存和发展非常有必要。

在人生道路上闯荡几十年后，回过头来看井底之蛙，不再有儿时的鄙夷不屑，倒是对这只怡然自得、知足满足的青蛙心生羡慕。

儿时从井底之蛙的故事开始，我就暗暗发誓不做井底之蛙，要走出农村，开拓视野，于是有了风风雨雨的四处奔波，心中一直充满着无数的梦想和希冀，甚至于迷失了自我。想要的东西太多太多，却不知道自己最需要和最有可能得到的是什么，忙忙碌碌却碌碌无为，心舟被物欲功名压得几欲颠覆。这时候，多么渴望自己就是一只井底之蛙，能为心找到一片属于自己的天地，即使狭小却宁静怡然，不为世间功名利禄所累，修身养性，知足常乐。

由此可见，人在积极向上的同时容易迷失尺度。凡事过犹不及，要积极向上、胸怀大志难，要练就游刃有余、收放自如更难，这或许就是“聪明难，糊涂更难”的人生智慧的最好写照。

从此，井底之蛙，不再是儿时的记忆，更是我向往的一种超凡脱俗的梦境，这种回归，傻傻的青蛙并不知道，只有所谓聪明的人才更懂得。

幸福是比较出来的

幸福，可以有但绝不仅限于一些物质内涵，它更多的是人的精神感受，具有很强的主观性和抽象性。

有人说，人比人气死人。但幸福与否其实也是比较出来的，比较可以发现与幸福和不幸的差距，找到平衡和满足，才能找到属于自己的幸福。

绝大多数人与舞蹈家相比，没有美丽的身材和曼妙的舞姿，与运动员相比没有强健的体魄和高超的技艺。但是至少绝大多数人四肢健全，可以自由行动，和那些四肢不健全的人相比算是莫大的幸福了。尽管这种幸福可能看起来很普通，普通得我们都已忽略，但是却非常重要，重要得无时无刻都不能离开。

绝大多数人与歌唱家相比，没有嘹亮的嗓音和纯熟的歌技，与演讲家相比没有滔滔不绝的完美口才。但是我们至少可以自由地说话，表达内心的想法，虽然不能出口成章，却能畅所欲言，与那些聋哑或者失语的人相比，这也是莫大的幸福。虽然这种幸福很普遍，普遍得我们都没随时意识到它的意义，但是却非常重要，重要得无时无刻都不能离开。

绝大多数人与战略家相比，没有长远的眼光，没有某些人才和专家那样能慧眼识金或者雾里看花。但是绝大多人拥有正常的视力和思维，可以自由地感受光明和思考，看清周围的人和物，看清自己的每一步，与那些失明或者智障的人相比，这也是莫大的幸福。虽然这种幸福很普遍，普遍得我们都没意识到它的意义，但是却非常重要，重要得无时无刻都不能离开。

虽然有时候会觉得父母和亲人很烦，但是与那些孤苦伶仃、无依无靠、举目无亲的人相比，绝大多数人生活在这个社会中绝大多时候是热闹和温暖的。

虽然我们有时候也嫌弃爱我的人或者我爱的人不够好，但是比起那些无人爱或无人可以爱的人，我们已经很幸福。

虽然我们老是郁闷烦躁，抱怨工作不够好，但是比起那些挣扎在失业边缘或是从事更加艰苦工作的人，我们已经算是幸运。

虽然我们经常抱怨生活的地方不够好，如环境污染、交通堵塞等，但是比起那些常年饱受战乱和自然灾害的人们，我们基本上是衣食无忧，饿有所吃、寒有所暖、病有所医。

尽管我们的生活还有很多这样那样的不如意，但是又有谁的生活十全十美、万事如意？与那些比自己好的人相比作为进步的动力，与那些不如自己的人相比可以为幸福找到理由。

理书

很小的时候，书在我的印象中就承载了太多太多的美好。自明事以来，即使在闭塞的小山村，书也被封为圣物。自古以来，即使社会最底层的凡人也知道，读书可以改变命运，所以成就了读书人“万般皆下品，唯有读书高”的崇高地位。即使是农民也抱着单纯的崇拜，把读书识字看得很重要，也是获取名利、改变命运的最佳途径。

但是，那些沽名钓誉的幻想，都是外人对读书人的想象和期待，真正读书的人，更在乎书中的东西。当然，人在读书时也无意中用时间书写自己的人生故事，改变自己的命运。

回想起儿时启蒙，第一次碰到课本那种心情，如今脑海还能浮现那个场景，仿佛真的能闻到淡淡墨韵纸香，好像那时就能把书中描述的画面幻想得栩栩如生、跃然纸上。或许这就说明我和书是有缘的，正如儿时父母有意无意找的算命先生们一致认可的那样：我是读书之人。虽然我并没有在读书做文章方面有多大建树，但读书确实占据了我青春时期多数年华，也慢慢改变着我的生活。

我是一个敝帚自珍的人，很多用过的东西都舍不得扔，对旧书自然又多几分厚爱，虽然很多书学过看过之后就很少再去翻阅，却也舍不得扔掉。

由于小时候家里条件有限，没多少机会买书，我也就养成了不爱买书的习惯。但毕竟读了近二十年的书，无论是课本、课外材料或者偶得的书籍，还有大量的笔记摘抄，堆在一起还是很多。由于住所经常搬迁，搬运起来很费力费事，每次搬迁我都会把过往的书籍笔记资料挑拣精炼一番，该留的留，该处理的处理。

蓦然回首，很多人都迷茫时间都去哪了，或许财富、阅历、苍老是很好的旁证，却都不够生动地告诉你答案，但整理以前读过的书、做过的笔记、写过的东西，却能让往事历历在目。多少个白昼在教室郎朗诵读，多少个黑幕挑灯夜战，多少次奋笔疾书，多少次冥思苦想，多少次挥汗如雨，多少次冰手冻脚，多少次考场征战，多少次成功失败，都能在字里行间一一浮现。

时至今日，不知道曾经像海绵一样汲取的知识，有多少曾经用过，还有多少在记忆里沉淀、转化和升华，绝大多数已随时光从脑海中遗忘蒸发，也帮助自己完成了量的积累和质的飞跃，但不管是否还记得，它都在远处存在，从不消逝。

由于空间有限，也不可能将所有的旧物都妥善保存，无处搁置这些曾经耕耘战斗的工具，也没有时间再去细读过往的点滴，虽然不舍但也只能卖掉。撇开无价的知识不说，几十块一本的书却只按每斤两毛的废纸卖，基本上等于白送，让人感慨良多。虽然有点唯心，但确实世上有很多东西，昂贵和廉价只在一念之间，知识也像爱情和信任一样，有时至高无上、价值连城，有时却很廉价，任人践踏，一文不值！

借物言志之叹梅

又是一年年末到，天寒地冻，风凛冽，雨飘零，大地一片荒芜。

这个时候，心更能强烈地感受到冬天的冷漠和荒芜，一滴雨，一阵风，一片落叶都会让人触景生情。但这个时候，一份微小的关怀和爱足以温暖整个心怀和冬天，让人憧憬来年的春天，看到未来的希望，就如雪莱所说："冬天到了，春天还会远吗？"是啊，最黑暗痛苦的时候也就是光明胜利快到来的时候，到达了波谷马上就会向波峰前进了，我总这样安慰自己，在困难中坚强的人们也总是这样劝解自己，虽然充满了辛酸和无奈，但别无选择。

外国人喜欢给花加上爱情和浪漫的色彩，中国人喜欢给花赋予富贵、吉祥、美好的象征，但是更多的人是欣赏一些具有纯洁、坚强、淡雅风格的花，如百合、荷花（莲）、菊、梅，其中又以梅最受推崇。梅花身上具有的品质能给处在冬天的人们很多鼓励和安慰，在寒冬腊月里给人们带来美，带来香，带来激励和力量。

自古以来，多少文人墨客的诗词歌赋都在咏赞梅的品格，多少父母给女儿取名为梅，都希望孩子具有如梅一样坚强、朴实的品质。我在这里要叹的是梅的形美、味香、品坚性淡和实用。

尽管梅花没有玫瑰婀娜浓艳，没有牡丹富丽堂皇，没有菊花妩媚多姿，甚至还没有绿叶的陪衬，只有小小简单的花瓣，在风雪中傲立。但是有了雪的陪衬，有了树枝劲骨的支撑，也让她独树一帜，别有一番风味：刚柔并济、英雄与美人的携手、绝望与希望的对抗。特别是开在雪地里的红梅，仿佛燃烧在冰雪中的火焰，圣洁与浓烈交织对比出生命的冷漠和热情，是自然造化的一道绝美景致。

梅的香味与其他花香很是不同，似淡非淡，雅且不腻，超凡脱俗，不愧是在寒风冰雪中酝酿凝练的香，正如诗中所赞：“梅须逊雪三分白，雪却输梅一段香。”而且梅花开得很持久，香味持续时间长，即使折断枝干插进花瓶，只要有水，也能继续盛放，不像其他生活在温暖季节的花那么容易香消玉殒。

其实很多人更欣赏梅花的品性。都说草木无情，可谁知它们是否真的无情？如果可以选择，谁不喜欢在风和日丽中生长开放？梅花也不是刻意选择长在冬季，这是造物主的决定，上天给了它许多挑战磨练，它也收获了人们赋予的称赞和荣耀。即使是自认为很聪明勇敢的人类看到梅花也会油然而生敬意，赋予它很多象征意义和高尚品格，作为寄托和崇敬的对象。劲道的树干，小小的花朵，在冰天雪地的寒夜竞相开放，昭示着生命和希望，何等顽强。还有它不追逐功名利禄、淡泊名利的心态，“俏也不争春，只把春来报”。但是在物欲横飞的现代社会，人们被压力和欲望奴役，成天绷紧神经、尔虞我诈，无视友情、爱情甚至是亲情，内心深处却觉得很空虚压抑，所以只能喻物表情，把这些美好的品格赋予在白雪和寒冷中静静盛开的梅花。

梅花除了诗情画意的抽象品格和视觉享受，也有很多实在的功效，它的香味可以保持空气清新、让人身心愉悦，干枯死去后还可以入药，帮助人们祛寒降火，真的一生都在为人类做贡献，全心全意为人民服务，真正做到了“生当为花杰，死亦为鬼雄”。

最后，只能苍白地给梅花回报一句“他年我若为青帝，报与桃花一处开”！

芙蓉絮语

最近工作繁忙，有限的业余时间都花在涂鸦娱乐八卦上了，时常被朋友们批评浮躁。虽然我自有道理，但确实少了几分高雅，免不了周日得空清闲，又来清新一回，今天的主角是芙蓉。

花花草草一向是文人墨客等多情之人的笔下主角，我虽多情，却没那么多心思去寄情花草，只不过是偶尔的过客。

名花虽多，但终逃不过沦为人们的玩物，心情愉悦视为珍宝观研不止，情绪不佳就视而不见或者遗忘。就像我，身在成都这样的芙蓉古城，十多年来对遍地的芙蓉花好像未曾相识，不解其风情，直到今年秋天频频看到路旁和院子里盛放的芙蓉花，虽嗅不到它的芬芳，却被它惊艳。

之前对芙蓉的印象，除了高贵大方的美好花语和花中仙子的美誉，别无了解，于是好好查阅了一下，希望对它有了更深的了解。

芙蓉又名芙蓉花、拒霜花、木莲、地芙蓉、华木，原产中国。它喜温暖、湿润环境，不耐寒，忌干旱，耐水湿，对土壤要求不高，瘠薄土地亦可生长；属锦葵科、木槿属，落叶灌木或小乔木，从生，大形叶，广卵形，呈3~5裂，裂片呈三角形，基部心形，叶缘具钝锯齿，花于枝端叶腋间单生，9~11 月间次第开放，花、叶均可入药，有清热解毒、消肿排脓、凉血止血之效。芙蓉花霜侵露凌却丰姿艳丽，占尽深秋风情，其花语为纤细之美、贞操和纯洁。

原来，我们都惊艳于牡丹的国色天香，拜服于秋菊的孤傲顽强，殊不知芙蓉却有着这两大花魁的特质。牡丹艳丽张扬，却过于浮华脆弱，只在春日艳阳呵护下开放；秋菊傲霜高贵，却过于苍白生硬；倒是这在秋日盛放的芙蓉，如牡丹般艳丽、大气、迷人，却也能在秋日绽放，如此艳丽婉约地抗风霜却不失风情，更是难得。芙蓉的高贵、大方、艳丽却还有牡丹、秋菊所不及之处，牡丹和秋菊都应该算草本植物，虽有绿叶陪衬，但是枝干过矮，花朵气场太大，叶子数量不多，搭配起来不算相得益彰，而且还容易被污染和亵玩摧残，也可被移栽入室，难得自然。倒是这芙蓉，算是木本植物，一朵花中却包纳几朵花蓄势傲立，周围没有那么多花竞相争艳，花色在开放的各个阶段还有变换，更有风采，况且还有众多绿叶陪衬，凸显艳丽迷人。而且枝干较高，更显高贵大方，不易被泥垢污染，也不易被亵玩摧残，也不可屈尊房室，比较亲近自然。如此看来，芙蓉的艳丽低调和高贵顽强，更有花魁风范。

当然，各花入各眼，你有你的美丽，我有我的芬芳，它有它的顽强，不可概论胜负高低，之所以有比较，不过是看花赏花人心性的折射和表露。人说草木无情，你怎知它独度春秋的寂寥、孤傲冬夏的辛酸。不过，知或不知，懂或不懂，它都在那里，一年一度，一放一谢，一枯一荣，未入红尘，又不曾远离！

如此絮语，聊表心意，致芙蓉！

兔子为什么不吃窝边草？

“兔子不吃窝边草”是人们经常挂在嘴边的一句谚语，以物喻人做事不能太过分，不能伤害周围人的利益和感情，特别是和自己生活息息相关的家人、亲戚、朋友和邻居等。这个道理很多人都懂，也经常把它作为行事做人的准则，但或许并没有多少人思考过兔子为什么不吃窝边草。人并不一定能绝对清楚兔子的生存法则，但是细想动物的生存法则，我们不难发现其原因。

自然界崇尚弱肉强食的生存淘汰法则，处于生物链高端的食肉动物为了生存而觅食，而处于低端的食草动物虽然觅食不那么困难，却面临着更加严峻的生存安全问题。手无缚鸡之力的兔子天敌太多了，大到老虎、狮子、豹子、狼、猎鹰等猛兽飞禽，小到狐狸、野狗等，所以它们除了野外觅食时要高度警惕，休息也需随时注意，自然要慎重考虑洞穴的位置和洞口的环境，留着窝边草可以隐蔽掩护洞口、迷惑天敌。如果兔子连窝边草都吃了，那就唇亡齿寒、自取灭亡，智商无法和人类相比的兔子也懂得这条基本的生存法则。所以，兔子不吃窝边草应该出于自我保护的生存需要。

尽管人类不是自然界最凶猛的动物，却凭着智慧和聪明统治了地球，其他的动物要么成为食物要么就是玩物。虽然动物的地位不能与人类相提并论，但是它们在人类的生活中作用举足轻重，除了为人类提供食物，它们的性格和生存法则都被人类广泛借鉴利用，比如人与十二生肖之间的微妙关系。

但我们不能用某种动物的生存法则来约束不同生肖的所有人，比如“兔子不吃窝边草”，这句话被很多人作为约束自己和别人的原则，可是这并不适用于所有的人，真正能做到“不吃窝边草”的人并不多。有人喜新厌旧，抛弃糟糠之妻或骨肉至亲，有人为了利益与生身父母反目成仇、与兄弟手足自相残杀，有人为了名利与亲戚朋友和同事勾心斗角、尔虞我诈。这些人看起来聪明，其实鼠目寸光，连智商远不如人的兔子都不如。这种自以为聪明的人其结局如同最笨的兔子吃掉窝边草一样，最终只能是众叛亲离，身心疲惫，成为名利的俘虏，一辈子找不到自我，顶着如同灵魂出窍的空壳稀里糊涂地活着，再凄凄惨惨地老去和死去。

双重性格， 双面人生

总体来说，我是一个很好的人，也是一个很坏的人。

我是一个很美的人，因为我的五官端正，眉清目秀，稍微收拾打扮一下还是有很多人会说：长得好帅啊，很精干有活力。我也喜欢在服饰打扮上创意一下，虽然不是奇装异服，但也尽量与众不同。同时我也是很丑的人，我不是标准意义上的帅哥，个子不高也不挺拔，相反倒有点苗条娇小，牙齿有点突出，有点尖嘴猴腮的感觉。

我是一个善良的人，对人还比较真诚，不会去做伤天害理的事情，孝敬父母，尊老爱幼，传统的道德礼仪我都懂，而且做得不错；同时我也是一个邪恶的人，也有自私虚伪的一面，以自我利益为中心，虽然不会过分伤害别人的利益，但也会有忽视别人利益的时候，正所谓“人不为己，天诛地灭”。

我是一个很聪明的人，因为我积极上进，知道哪些是对哪些是错，思维灵活，反应敏捷，也有创造性的思维；同时我也是一个糊涂愚昧的人，很多道理虽然都理解，却不一定能实施得很好，有时反而被自己的小聪明迷惑，自欺欺人！

我是一个很坚强独立的人，家庭环境及从小在外求学的成长经历使我在生活中会精打细算，能洗衣做饭，照顾自己，也一直相信自己有能力去创造自己想要的生活；同时我也是一个很脆弱想依靠别人的人，正是由于前面那些坚强独立，让我身心疲惫，处处碰壁，很早就体会到了人情冷暖和酸甜苦辣，无时无刻提醒自己要坚强，控制自己太久了就会觉得很累，就像机器老化一样想停下来休息，所以二十多岁会有中老年的生活感悟和想法。

我是一个追求个性的人，我的生活娱乐方式及对人和事物的见解很独到，热爱影视文艺、音乐、舞蹈、服装等审美的东西，所以在很多方面都很想表现出自己的独特之处，很想标新立异；同时我也是很传统的人，由于从小的家庭环境和所接受的教育都比较传统，所以我的做人风格也很传统，有些东西不敢越雷池半步，做事太考虑世俗的看法却束缚了自己的手脚，很难释放自己的个性。

我是一个很大度的人，对别人很在乎的功名利禄和爱恨情愁都不那么在乎，知道很多事情强求不得，只能淡然处之，顺其自然；同时我也是一个很小气敏感的人，对一些小事小细节较为敏感，一旦有人真的伤害了我，我就会气愤去报复，我的报复方式很独特，要么是让自己更坚强、更优秀以此来让别人感到惭愧，或者就是以沉默绝交来处理，从此漠视他的存在。

我是一个很多情的人，一个眼神、一种香味、一股气息、一个微笑、一片落叶、一朵白云、一滴雨，这些很细微的东西都可能打动我流泪，我会一厢情愿地给这些细节注入感情色彩，悲戚的或哀怨的；我也是一个很无情的人，对很多真正能打动人的人和事，特别是亲情，我却视而不见，漠不关心，只会想到别人伤了我的心，负了我的情，却没换位思考自己给别人带去的伤害和痛苦！

我是一个很知足的人，有时想想能有一份稳定体面的工作，能吃自己想吃的食品，穿想穿的衣服，晚上能在自己温馨的小屋里吃着零食和水果，看喜欢的电视，就很知足了；但是我也是一个很贪婪的人，我想要拥有漂亮的房子和车子，想功成名就，还有很多欲望想要满足。

我就是这样一个性格复杂矛盾的人，从生肖来看，我是温柔善良的天使；从星座来看，我是神秘性感的复仇使者。很多时候我都生活在痛苦的挣扎中，虽然万事万物都是在矛盾中生存发展的，但好像我表现得特别突出。

解读纠结

不知不觉间，“纠结”已经取代“郁闷”“晕”这类代表年轻人情绪和心态的词语，成为当下最热门的口头禅，宣告郁闷时代结束和纠结时代到来。这不是一次革命，而是愈演愈烈的延展。

联系纠结的字面意思，结合自己的心态和对其的理解和感悟，纠结应该是一种包含了之前的郁闷，还夹杂狭隘压抑、敏感脆弱、烦躁冲动和叛逆、贪婪又不堪重负、矛盾又坚持或是固执等多种复杂情绪的畸形心态，也可以说是病态。

为何社会越是向前发展，科学技术越是发达，人类文明越是进步，物质生活越来越丰裕安逸，人类精神世界却愈来愈压抑、空虚和畸形，中青年更甚。

狭小的生存空间和繁重的生存压力是影响人们性格和情绪的根源。发达的交通工具让人们的出行变得便利，日行十万八千里不再是梦想；先进的网络技术让人们足不出户能知天下事，这些都让人们的视野前所未有的开阔，按说应该心胸开阔和豁朗，为何却狭隘压抑呢?

其实那些都是假象。人们每天往返于家、车、办公室，三点一线，大部分是无形禁锢的鸽笼生活。而通信技术让人随时随地都很容易被人烦扰，属于自己的私密空间越来越狭窄，性格和情绪的压抑烦躁当然在所难免。同时，住房、购车、育儿、健康等生存发展压力越来越大，压得人们喘不过气，人与人之间激烈的勾心斗角让人身心疲惫，毫无安全和愉快可言，重压之下性格和情绪变形势不可挡，自然衍生出一些负面情绪。

生存空间变得狭窄、生存压力加剧，使人们长期处于狭隘压抑的情绪中，害怕情感受到伤害和利益被侵害，长期的敏感自然使人变得脆弱、身心疲惫，烦躁冲动成了家常便饭。所以常见即使亲人、爱人之间动不动就是用歇斯底里咆哮来宣泄情绪，在路上偶遇的小摩擦都有可能演变成谩骂甚至是流血大战。即使有些人出于很多原因在很多场合压抑了自己的烦躁冲动，却在心里一点点积累了病态，如果没有适当渠道宣泄，总有一日会井喷或崩溃。

现代人面临的诱惑越来越多，传统的道德文明对我们的约束和羁绊却越来越少，即使形式依然在但实质作用不大。同时现在社会的不稳定因素太多，让人缺失安全感，仿佛要贪婪才能力保安全。这些贪婪涉及金钱、物质和情感等。然而，毕竟人的精力和能力有限，太多的欲望只能让我们渺小的个体不堪重负，让我们陷入不断的选择衡量、徘徊纠缠的漩涡中。

之所以会有纠结这样一种复杂的心态，是因为我们总面临很多矛盾。分寸之间，尺度难握。总有那么多让我们左右为难、无从抉择和下手的矛盾在纠缠。之所以会有矛盾，是因为每个人心中总有或多或少的坚持或固守，即使是偏激的、非理性的甚至是自己都不知道缘由的矛盾，但每个人内心总有那么一块固守的心灵阵地，尽管自己也在矛盾中挣扎，却冥冥之中固守着什么。

就是这些复杂的情绪掺杂在一起，构成了纠结这张剪不断理还乱的网，让人在纠结中挣扎痛苦。

几种很辛苦却值得尊重的职业

都说付出总会有回报，其实不然，很多时候人们都是付出多却不见得收获也多，有几种职业表现得特别明显，虽然工作环境恶劣和工作内容艰辛，并且不被人熟知，但值得我们去尊重和理解。

工厂倒班工人

和后面几种职业相比倒班工人算比较好的，虽然工作环境不优越，但有比较稳定的收入和福利，工作按部就班，流程和内容也比较简单。但他们在工厂工作，特别是现在市场竞争加剧，一些传统企业在竞争中痛苦求生存，效益不好时直接影响工人的收入状况。而这些工人中很多人年龄偏大，除了基本的操作技巧外，都不具备现代企业招聘要求的素质，如高学历、外语和计算机知识等，所以换工作有很多障碍，只能得过且过。这其中很多工人都是要倒班的，生物钟和正常的生活会被打乱，很多工作环境也很恶劣，比如要忍受高温、噪音、对身体有害物质，而且工作技术挑战不大，收入不高，心情也郁郁寡欢。但他们仍在默默无闻地为这个社会奉献着自己，值得我们去尊重和理解。

保安

很多保安的工作环境都很优越，如写字楼、高档住宅小区、高校等，有空调和风扇，工作内容也比较简单清闲，但保安也有其艰辛无奈之处。首先工作清闲是把双刃剑，他们主要的工作是用眼观察、用脚巡逻，这样整天无所事事地忍受寂寞无聊的煎熬，也很折磨人的意志，更何况从业的还有些血气方刚的年轻人，谁不想轰轰烈烈地干番事业？整天守着这份枯燥的工作，收入也不高而且不稳定可靠，心里何尝不觉得郁闷无奈呢？这种心灵煎熬不比肉体劳累轻松多少。而且不管春夏秋冬、白天黑夜还是刮风下雨都要坚持倒班，也体会了正常作息职业没有的辛酸。而人们眼中经常会忽视保安的辛苦和无奈，更多纠缠的是他们的打架斗殴或态度粗暴的事件，我们不能忽视他们的重要作用，有了他们，我们的家园才会安全和谐，他们值得我们去尊重和理解。

农民

农民的艰辛是有目共睹的，脸朝黄土背朝天、老实憨厚是这个群体留给大家的印象。然而千百年来，农民一直是生活在社会最底层的弱势群体，尽管他们的数量占据了中国人口的绝大多数，尽管他们用心血和汗水生产了我们日常生活必需的很多初级产品，尽管这个群体中也卧虎藏龙，但是由于他们所掌握的资源少，受地理位置、自然环境、经济发展水平、生活水平以及受教育水平的限制，他们的智力资源未被充分开发利用，导致看待和处理事物的角度和思维方式很局限，给很多人留下思想狭隘甚至是愚昧的印象。虽然近年来政府高度重视“三农”问题，采取了很多措施，但在相当长一段时期内我国农民仍然是从事很艰辛劳动但社会地位很难得到显著的提升，特别是在农民保险和医疗卫生改善方面还任重道远。他们的辛苦劳作为我们的基本生活提供保障，值得我们去尊重和理解。

农民工

所谓农民工就是指从农村前往城市务工的农民，虽然离开农村来到城市，但知识和技术水平有限，很多从事的仍然是脏乱重的体力劳动，其中很多体力劳动是与建筑有关的，如房屋修建、路桥建设、市政建设等。他们的劳动强度很大，工作环境很恶劣，工作场所都是露天的，夏天要忍受高温酷暑的煎熬，冬天要被寒冷冰霜折磨，而且劳动危险系数高，工作和生活不稳定，饮食和居住条件都很差。尽管这些其貌不扬的劳动者建造出了宏伟的高楼大厦、宽广的道路和桥梁及美丽的城市园林，但他们在城市依然是生活在最底层的过客，人们很难将这些美丽的风景和农民工联系起来，对他们的印象还停留在不爱卫生和素质低下，甚至和一些违法犯罪事件联系起来，对民工产生鄙夷不屑思想。农民工为我们美丽的家园做出的巨大贡献，不能忽视他们的重要作用，值得我们去尊重和理解。

环卫工人

尽管环卫工人的工作没有太多的技术含量，但是他们的工作很艰辛。当人们还沉浸在凌晨最甜美的梦乡时，这些工人已经拖着疲惫的身体在走街串巷打扫卫生了，无论春夏秋冬还是天晴下雨依然如此，很多时候还要顶着烈日穿梭在车流中，对身体和皮肤伤害挺大，也不安全稳定。正是由于这项工作没有太多技术要求，行业进入壁垒很低，所以他们的工资也低得可怜，与付出并不匹配。没有他们的付出，就没有我们干净整洁的城市，他们值得我们去尊重和理解。

垃圾分析师

垃圾分析师应该也属于环卫工人之列，但是我很想把他们单独列出来，而且冠以分析师的称谓，足见对他们的敬佩，在这里所列的工作中我认为这是最具挑战性的。他们的工作场所就是垃圾堆放处，那里刺鼻污浊的空气会让行人绕道而行，或老远就捏住鼻子加快步伐，而分析师却要在这里和各类垃圾长期亲密接触，从大大小小的塑料袋中对垃圾进行分类，才能有效回收和处理。尽管他们是为了自己的生计，但同时他们也在为我们的城市卫生和环境保护默默地做贡献，他们的勇气和付出让人佩服，值得我们去尊重和理解。

劳动是光荣的，无高低贵贱，什么工作都是社会分工的需要，但是大家还是会世俗地给这些职业加上感情和功利色彩。希望社会能多关注这些默默无闻的劳动人民、这些弱势群体，多想想他们为我们美好生活所付出的辛劳，换位思考一下他们的工作和生活境况，也包容他们的一些缺点和不足，这样社会才能真正和谐起来。

感悟一个精神失常者的死

他们是生活在城市中的一个特殊的群体，在这里把他们统称为精神失常者。之前想过称他们为乞丐或者疯子都觉得不妥，他们虽然无家可归四处流浪，但不会乞讨，因为他们精神失常，失去了对金钱的渴望，饿了随便在垃圾桶里找点吃的，困了就随便找地方睡。他们也不是疯子，虽然精神失常，但不会无缘无故挑衅或攻击周围的人，大家相安无事。他们只是失去了正常的思维，失去对物质生活的欲望和精神生活的和追求，他们衣不蔽体、居无定所，在恶劣的环境里与温饱和疾病做斗争，剩下的仅仅是赤裸裸的生命。

现在大城市很多角落都可以看到这些人，猜想他们会流浪到大城市或许是因为城市更容易找到残羹冷炙和暂时躲避风雨的地方。每次看到这些场景我都会感慨万千，或许他们以前正常时也是能干的人，有幸福的家庭或成功的事业，由于经受不住精神打击或病痛折磨或受人所害变成这个样子，偏离了常人的生活轨迹，告别了正常人的悲欢离合、欲望与痛苦，对世间的情爱冷暖变得麻木。

很多人认为他们是悲惨和不幸的，因而很同情他们。也会有一些目前很成功的人会发出这些感慨：越是成功的人需要考虑的问题越多，物质生活虽然丰裕，但是精神世界早已疲惫不堪，还不如这些人这样生活在自己的世界里，对一切都不在乎了。他们之所以变成这样也是一种无意识的选择，尽管这种生活的意义仅仅是生存，但有时也比有些人在痛苦郁闷中挣扎要好。这也是一种解脱方式，就如一些人选择出家和自杀一样，只是前者是无意识的，后两者是有意识的。

在以前租的房子附近就有这样一个精神失常者，经常躺在一个十字路口的电杆下。我是一个很细心敏感的人，对身边一瞥而过的事物也会留意，上下班路过也经常留意他。当时我刚刚结束了近二十年的校园生活进入社会，满腔抱负却诸事不如意，深感社会生活的辛酸与艰难，看到这些人就难免感慨。他的外形和其他流浪的精神失常者差不多，蓬头垢面，衣衫褴褛，每次经过他都躺在那里，不论艳阳高照还是暴风骤雨，也不大出去搜寻食物。当时正值三伏酷暑，隐隐担心他会挺不下去，每次经过都想给他一点食物，但却一次都没出过手，不是自私吝啬，而是出于囊中羞涩。后来有一天早上和晚上经过他都在熟睡中，看着他苍白的脸色，我意识到他可能不行了，果然第二天在这个路口等红灯时就听环卫工人在议论他死了并被拖走了。

他就这样死了，尽管死的是一个人，但对很多陌路人来说这和死了一个动物差不多。每天这个世界上都会因为战争、疾病和灾害死那么多人，谁又悲伤得过来呢？他的死是解脱，是又一次获取新生的希望，希望来生投胎成幸福的动物和人，或者升到天堂。通过这些事这些感悟，我更加明确一个道理：人生在世的确是一件不容易的事，很多人都会遇到很多困难，承受很大的压力，都想得到解脱，有人相信前世，有人信佛信神仙，有人信上帝，但其实真正能解放和超脱自己的人还是自己，所以我们要珍惜今生的生命，无论遇到什么困难和挫折，都要坚强地面对，只有这样我们才会在今生还是来世都过得轻松快乐！

从赶公交总结出来的五大生活哲理

随着人们物质生活水平的提高，汽车消费量也暴增，越来越多的人不愿或不屑赶公交出行。由此引发的交通拥堵和环境污染也让人忧虑和反思，于是公交出行又成为全民倡导的健康出行方式。我就是公交出行的极力拥护和践行者之一，不做车奴，不排废气。虽然目前城市公交体系还很不完善，交通异常堵塞和拥挤，但是我依然痛并快乐地坚持着。当然，赶公交还有很多好处，如成本低廉、方便安全，强迫成天坐在电脑前的上班族每天走上一段路、站立一段时间，等于适当增加锻炼，有益健康，还可以看尽世间百态、听闻社会民生，从赶公交也能深刻体会到一些生活哲理。

成功离不开运气

很多成功人士总结经验时都会用“成功=聪明智慧+勤奋刻苦+机遇（运气）”来概括，可见机遇是成功不可或缺的要素。赶公车有时也需要运气，经常会遇到不乘的公交车一辆接一辆来，急需赶的公交车望穿秋水都不来，等你下次在这个站台赶车时，以前络绎不绝的那条线路公交车却半天等不来，曾经久等不来的线路公交车却在面前频频故意挑逗。即使要等的公交车等很久不来，但既然必须乘这一趟公交车，那就只能安安心心地等。切勿心浮气躁、怨天尤人。人生亦是如此，该来的自然会来，别去羡慕那些不属于自己的东西，“得之坦然，失之泰然”是应有的最好心态。

早起的鸟儿有虫吃

尽管成功离不开运气，但是刻苦努力也能改变运势，早起的鸟儿有虫吃，机遇有时候也只青睐有准备的人。如果要想准时顺利到达目的地，赶在很多人之前出发，这是屡试不爽的成功法则。人生亦是如此，如果我们天资欠缺，还没任何关系和背景可以依靠，那就只能早绸缪勤补拙。

利人也利己

虽然现在是文明社会，提倡道德风尚和以德服人，但只要不违法乱纪，利益常常会败给道德。比如尊老爱幼是赶公交的重要道德规范，但是如果公车拥堵，很多人自身难保或者身心疲惫，谁又会顾及尊老爱幼和让座呢？最近关于中学生不给老年人让座的争议就是最好的证明。现实生活其实也是这么赤裸裸和残酷无情，济贫扶弱是富人标榜的宣传口号而已，而对普通人来说，身边那么多弱势群体，以一己之力又岂能博爱得过来，久而久之也就麻木不仁、视而不见了，更别说还有的人为了己利干违法乱纪和伤天害理的勾当。这个社会需要人与人之间彼此的关爱才会更加和谐美好，利人也利己，你帮助别人，别人也会在你困难的时候帮助你。

爱拼才会赢

在中国这个人口众多的国家，城市公共场合经常都人满为患，更别说赶公交，对于经常赶公交而且疲倦想坐位置的人来说，具备拼的精神、挤的能力非常重要。如果不敢挤、不能挤，估计就很难在高峰时期赶上车，迟到爽约变成家常便饭。光是挤上去还不行，还得拼命往里面走，否则堵在门口只会被挤成“肉饼”，越往里面走越是宽松自由，而且还经常可以坐到位置，悠哉乐哉地看风景补瞌睡。人生亦是如此，如果不敢拼搏、不去挑战自己的能力和水平，就只能永远停留在低水平阶段与众多劳动力竞争，很难有出头之日，只有更上层楼才能不断提高视觉高度、拓宽视野，开拓别样精彩人生。

小心驶得万年船

虽然公交车上面临的都是陌生人，而且基本上不会有太多交流，但在还是在与人相处，那么“小心驶得万年船”的相处之道就很重要，否则稍不注意就可能遗失财物。丢失钱财事小，搞丢证件等重要资料麻烦就大了。人生道路上人来人往，与人相处其乐无穷，但是处事也要小心谨慎，否则会遭受不必要的损失。

王熙凤管家思想中丰富的经济学内涵

经典名著《红楼梦》中人物众多，但个个独特，除了贾宝玉、林黛玉、薛宝钗等主角扯眼，王熙凤也是最抢眼的主角之一。她除了具备出众的美貌外，还生性聪明机灵，处事圆滑世故，这也为她赢得了一个重要身份——一个封建大家族的管家，集管理和财政大权于一身。这让人除了感叹她的美貌、聪明圆滑之外，更佩服她的经营管理才能。她虽小小年龄，出生于名门深闺，长在女子无才便是德的年代，没有博览群书和博古通今的才学，却有如此强的能力。她的管理思想在今天看来具有十分丰富的现代经济学内涵。

政府关系学。处理好政府与企业的关系，如何让政府更好地为企业服务，企业的健康持续发展对一个国家的经济发展极为重要。当代的企业家也深知其中的奥妙，所以许多公司都设有专门部门或指定专门的人去维系处理与政府的关系，很多时候还需领导亲自出马，这一切都是为了在政策、资金、税收等方面得到政府最大的支持，国内外也专门成立政府关系学科来对此进行科学研究。然而在那个封闭的年代，王熙凤就已经掌握了这项本领，她的权力来源一方面是因为有较强的权力欲望和管理能力，另一方面更是因为有家庭重要领导老太太和二太太的支持赏识做有力后盾，有了两位实权派高层领导的大力支持，才有了游刃有余发挥的平台。所以王熙凤对两位祖宗百般讨好，凡事都做得尽量完美妥帖，让领导高兴又放心，领导也就更加放权让利。

成本最小化理论。当代一些大型跨国公司有的走多元化道路，有的走品牌化道路，有的走成本最低化道路。而当时在王熙凤的持家理念中，尽可能降低成本是较为核心的思想，一方面要讲究排场，另一方面是家资亏空较大，所以她在佣人配置、人情客往以及其他用度方面都下足了功夫来节流，引得下人们怨声载道。

制度经济学。制度经济学在我国有很早的渊源，只是一直没形成系统科学的研究，流传已久的“国有国法，家有家规”就是很好的证明。先辈们都意识到明确、严密、科学的制度在治国齐家方面的作用，生活在封建大家庭的王熙凤肯定也被灌输了这种制度观念，而且祖祖辈辈遗留下来的家规是很明确完善的，只是她把这个运用得更加淋漓尽致，特别是王熙凤负责操办秦可卿后事这一突发事故时，制定相关的分工、迟到、亵责及处罚条例，更充分展示了她运用制度游刃有余的本事。

人际关系学。除了维系好和领导之间的关系，王熙凤还很好地处理了同辈中在家族有分量的兄弟姐妹之间的关系，而且这些也是可能对她的权力构成威胁的人，比如先前的李纨和宝玉以及后来的黛玉和宝钗、贾家三姐妹等。王熙凤一方面和他们保持融洽的关系，尽力展示自己的管理才华，让他们心服口服，不让这些人对自己有抱怨和意见，不形成负面影响；另一方面还要预防他们可能构成的威胁，如对探春的态度以及后来涉及宝玉婚姻的黛钗之争中王熙凤的周旋，都充分地表现了她在处理人际关系方面的能力。

集权与分权。尽管王熙凤有极强的权力欲望和野心，但人的精力毕竟有限，所以在能控制和接受的范围内她并不完全集权，也有适当的分权，例如分权给平儿、周瑞家、林之孝家、旺儿及旺儿媳妇，这其中也有较为得力和忠诚的，但更多是在其狡诈熏陶下的势利，对下人过于苛刻以及用人不当为她最后东窗事发埋下了伏笔。然而，直到如今，集权与分权仍然是困扰很多组织进行治理的难题，或许这是一个不可能完全解决的永恒课题，我们又怎能苛求在封建家庭中的王熙凤能做得滴水不漏呢？而她权力集中与分配的案例或许能为我们提供一些经验和借鉴。

借助资本市场实现资产扩张。如果说前面几项才能不足为奇的话，那么一个封建家庭的女性在那个年代知道借助资本市场实现资产扩张就不得不叫人称赞了，当其他女性都在家忙于诗书女工的时候，王熙凤已经会利用典当周转资金和放高利贷获得丰厚回报了。这在当今资本市场较为发达的时代依然被许多成功领导奉为圣典，许多企业家和学者都指出，企业集团要发展壮大，除了做实业还得涉足资本市场，于是许多企业纷纷上市融资，有的实业集团多元化触角已经延伸到银行、保险等资本市场，这些思想似乎在封建家庭主妇王熙凤身上就能找到影子。

尽管我们并不能说王熙凤是一个绝对成功的管理者，但是我们还是能在她身上发现一些超凡的管理才能和思想，其中有些理念在当今时代都具有很强的借鉴意义。

大学毕业十周年聚会有感

人有很多属性，有很多标签，会有意无意地隶属于某个群体，比如对于上过学的人，某年某月某个班的成员这种标签是必不可少的。

光阴荏苒，岁月如梭，十年，仿佛弹指一挥间，转瞬即逝。十年后再聚首，看着那些曾经熟悉又曾陌生还被遗忘了那么久的面孔，我恍然有种穿越的错觉。十年那么长，让我们经历了那么多风雨，在内心和容颜上都留下了难以磨灭的痕迹；十年那么短，仿佛就在昨天，同学之间的感情和感觉依然未变，还是一如既往的清纯和可爱。

孤单，是一个人的狂欢；狂欢，是一群人的孤单。我算是喜欢一个人狂欢着孤单的人，虽然我偶尔也可以成为聚会达人和红人，但总的来说，我不喜欢一群人狂欢着孤单，那种看似热闹内心全无交集共鸣的聚会让我更加空虚，所以对于聚会，我一直爱恨模糊，即使对时隔很久的同学聚会依然如此。

但是大学毕业十周年聚会完当晚，在奔波忙碌完回到家后，我内心久久不能平静，夜不成寐。大学四年的那些人那些事历历在目，一幕一幕回放。

大学，是人生的重要转折，虽然很多人不见得在四年大学生活中真的学到了多少关于做人做事的真谛和技巧，但确实通过这个平台改变了人生轨迹。大学，是在从小学、初中和高中的家庭和学校的禁锢式培养中解脱出来的松散式学习，所以大学生活中大家自由奔放、个性十足、我行我素，没有信仰、心无归属。

大学时选了一个不好不坏的专业，四年里还换了两次学院和无数的老师，没有一个固定的能团结所有人心的老师让我们可以靠拢和怀念，同学间的松散式相处也只是在毕业之际和毕业之后才有些火花。总之，我的大学生活过得不痛不痒，没有全方位释放自己，也没让自己彻底消停，不开心也不郁闷，看似对谁都好和谁都好，其实和别人并无太多交集和火花，我没走进别人心里，别人也没走进我心里，浑浑噩噩四年就过去了。面对那段记忆，如同我毕业后差不多每天依然在母校穿梭的感觉，虽然很美很动人，但已经麻木得不足以刻骨铭心了。或许是我一直维持着一种众人皆醉我独醒的状态，没有全身心地和同学们去疯去醉，去爱去恨，所以才让记忆少了高潮和刺激，不痛不痒。

十年之后，你不属于我，我不属于你；十年之后，我们还是一样的温柔，还可以找到拥抱的理由。这就是同学。

在毕业后的十年里，大家各奔东西，各自为自己的事业和生活奔波，几经辗转和磨练，终于让自己的人生暂时有了相对稳定的坐标。在毕业后的十年里，大部分同学之间并无交集甚至是沟通联系，或许是因为我们曾经本来就不熟悉，或许是生活工作的忙碌让我们无心去维系这些友谊或感情，种种原因让很多人音信全无，十年才得谋一面。

即使岁月的沧桑和生活的疲惫尘封了记忆，但并未将它磨灭，只要掀开，记忆之花依然能绽放如初。虽然大家容颜和阅历有变，但相聚在一起，依然是上学时的感觉，并无工作、地位和金钱的攀比和炫耀，更多的是相互的交流和关心。确实，幸福更多的是每个人对生活的感受和领悟，无法对比，也无需庸俗地攀比，只要大家都过得充实开心就好。

两天的聚会，一晃就结束了，大家推杯换盏，酒中表真情，有人一对一、心与心地交流，也有人相视无语，一切尽在不言中，当然也有人来去匆匆没来得及更多沟通，但这次不算短暂、规模较大的聚会，让我们收获颇丰，感慨良多。

看着夜幕下大家很平静地散去，我心情虽然没有十年前分手那么伤感，内心却依然有淡淡忧思，从此大家又将回归自己的人生轨迹，奋斗拼搏。希望在未来人生路上大家能多联系和沟通，不会孤单寂寞；希望在未来道路上，大家多多保重，开心快乐，或许某年某月某日某地大家还会邂逅，或许再过五年或者十年我们又相聚，那时又是别样的心情和风景！

每次聚会，我不擅长穿梭于酒席间借酒助兴沟通心情，唯有用文字叽叽歪歪说了一大堆废话，聊表心情，希望你们能懂我的心！

三、行万里路

观映秀游水磨聚三江　踏青访春感温情

淅淅沥沥一月余不止的三月小雨，今天居然收住了步伐，或许是上天垂怜，意外恩赐一个艳阳天，让我们畅享假日闲游！

当汽车驶出三环，我们的心也如同出笼的小鸟，顿时轻舞飞扬，终于可以暂时逃离闹市的喧嚣、抛却尘世的烦扰，让心灵告假，偷得浮生半日闲！

然郊区却是雾锁高速，于是大家另辟蹊径最终殊途同归。一路上茫茫白雾与三月艳阳交替更换，虽然今年春天的温暖来得迟些，但窗外景致却已春意盎然，引得大家心潮荡漾、游心似箭。

首发映秀

此行第一站为映秀。映秀，顾名思义，绿满峰峦秀映山水，光听这名字就很诱人。确实，每每过了都江堰进入山区，我必心旷神怡，感叹不已：自古蜀山多奇俊，万里河山皆风景！但是，这个曾经灵秀的入藏重镇，却在2008年5月12日的大地震中遭受重创，从此我每到此处，全然没有往日快意，尽是满心的忧伤。映秀新镇在灾后重建的近四年里早已修葺一新，但是倒塌遗址仍在，往事历历在目。各地游客都来缅怀祭奠，演讲员热心、耐心、细心地讲解，淳朴的羌族民风和感恩戴德之心表露无遗。每一处的讲解都勾起那些触目惊心的记忆，眼泪一次次忍不住滑落，一如四年前的触动，早已坚强独立泪不轻弹的我，在重创面前依然难逃人性脆弱。大家积极向上再造秀美家园，好在如今的映秀早已旧貌换新颜，聊以慰藉，告慰亡灵，宽慰世人！

途游水磨

擦干眼泪，平复心情，朝下一站进发。此行第二站是汶川颇有文化底蕴的水磨古镇。虽然地震也对这里有影响，但灾后重建完全抚平了创伤，她依然是一座世外桃源，让人顿时转换为另一片心境。归整和谐的建筑此起彼伏，藏风服饰琳琅满目，阿坝州的黑水、阿坝、九寨、松潘、壤塘、理县、金川、茂县、汶川、小金、红原等风情十足的县城特色都被浓缩在这个小镇，令人目不暇接。一群时尚的人儿，浩浩荡荡来到福寿老街的风味饭馆，大快朵颐畅享“九大碗”，然后游玩、购物、拍照，两个小时转瞬即逝，虽意犹未尽也只能恋恋不舍地离去，转战当日终极目的地。

夜宿藏宅

藏宅一直给人神秘莫测的感觉，能夜宿其中，让人更觉兴奋刺激。一行五十六人在接待处短暂积聚后又迅速双宿双飞安顿居所，如同蜂巢，热闹却不混乱。由于午饭吃得太饱，再加上夜生活的魅惑，晚餐大家早已心猿意马草草了事，随后齐聚风情小酒吧。三个小时的时间里，大家开展了一系列斗智斗勇的小游戏，还有精干小话剧，席间笑声连连、欢呼不断，气氛甚为融洽和谐。无论游戏还是话剧，主持人都是抛砖引玉，希望通过活动让大家更为包容团结、聪慧从容、共勉共进，让我们能凝聚在一起相互慰藉。

夜至凌晨，大家徐徐散去，各自归巢。也有人点起许愿灯，不知他们在祈祷什么，但衷心祝福他们如愿以偿！夜空细雨点点，让我情意绵绵，今夜我不知情归何处何人，佳人远在天边还是近在眼前，但今夜我梦醉三江，此时此刻此情此景！

梦巡三江

一夜细雨绵绵，滋润梦乡，清晨醒来外面却是艳阳高照，于是快马加鞭，前往此行的终极目的地——三江旅游风景区！经过了让人尖叫不断的“十八弯”颠簸旋转之后，我们终于来到了雪域深坳。看到蓝色梦幻的小火车，一群成年人瞬间还童，欢呼雀跃！当火车缓缓穿梭于高原雪国，僻静幽远与尘世文明冲击交融，让我们有梦幻般的穿越和眩晕！偌大的荒野，只有我们这五十六人穿梭其中，时而嬉笑打闹，时而欢呼尖叫，时而你摆我拍，时而牵手共进，这一幕幕的场景，我们在尘世中都难以奢望和企及。虽然人生如同这山路，时而艰险，时而崎岖，时而冰封险阻，时而孤单前行，但此刻我们的心是自由的，如同那林间的鸟羽，我们的心是纯洁的，如同那漫山雪莹。或许这些欢愉都只能是片刻，但曾经拥有也足以让我们弥足珍惜！

下一站“天王”“天后”

此次行程满满，短短两天时间，我们结识了那么多人，阅览了那么多景，经历了那么多事，触动了那么多情，当大家挥手告别分散离去，心中依然是惆怅满腹、眷恋不舍！爱情诚可贵，自由价更高，但我们依然要活在当下，回到尘世，人还是那些人，却又要回到各自的角色，面临那些人事和压力，大家依然要坚强独立，做回工作生活中的“天王”“天后”！

国庆彩云之南行：踏足红土地、探访“坑爹”“坑娘”

每当放假，微信和QQ上的好友们就疯狂晒美景和心情，有开心刺激，也有惊险郁闷，晒旅行记录仿佛成了节假日的必备品，待在家里很郁闷的人，看着朋友们潇洒游玩，难免在围城之中更“受伤”。

由于旅游成本增加以及跟团旅游有各种弊端，而且人们越来越注重旅行的深度、自由度和原生态，所以自驾游成了越来越多人热衷的旅行方式。

我不是旅游发烧友，但工作生活的各种压力让人烦闷，节假日也想远离尘嚣烦扰出去透透气，至于看什么景色、同什么人去、吃住如何都不重要了。

成都秋日天气潮闷，所以此行选择秋高气爽、艳阳高照的彩云之南。怎奈，偏偏国庆放假这几天，云南普降暴雨，给我们的旅行制造了很多障碍，泥浆给身上增加了丰富的色彩。

此次出行是在网上选择的日程安排和目的地基本符合要求的自

由松散组织，出行前大家互相都不认识，一群大叔大妈都比较热情好相处，我也是极平和不矫情的人，所以路途中并没有与人产生矛盾。

一行六辆车汇合后，比较顺利地到达了毗邻宜宾的云南水富，来不及感受这个小城的风情，一顿略带异域风味的午餐被风卷残云之后，大家就忙着挺进山区，一路看着手机上的韩剧，所以千回百转的路况都没注意，直至回程时在傍晚和黑夜中穿行这段路时才心生恐惧。

在夕阳艳丽的余晖中，穿过大片大片的苹果林和一堆堆红苹果之后，我们到达了昭通古城。虽然住宿地方很简易，但也由不得我挑剔，还好有睡袋，便可以毫无顾忌酣睡。一顿简单却有特色的晚餐之后，大家在这个城市随性游荡，在冷冷清清却灯火通明的古城观光留影，第一天的行程就在这还有点诗意的古城落下帷幕。

第二天开始直奔此行的第一个目的地——东川红土地。其实，从农村泥土堆里走出来的我，对土地的颜色和芬芳再熟悉不过了，自然对红土地也不会很期待。当长途跋涉来到红土地的时候，已经临近黄昏，一路浓雾和大雨几乎浇灭了我的兴致，伴着阳山侥幸仅剩的一点落日余晖，看着红土地与白油菜花和绿苦荞交响辉映，并不觉得震撼，只觉得清新自然，但等到镜像成像后再欣赏，红土地上的景致如调色板那般明艳和谐，还是很惊叹自然造物之美。

由于大家贪恋美景，所以当天色漆黑之时，我们一行车队还穿梭在崇山峻岭中寻找扎营之地，那种感觉，既有恐惧无助，也有惊险刺激。最后大家穿过一条小路，在人迹罕至的半山腰找到一大块空地安营扎寨，于车灯辉映中，有人洗菜切菜，有人生火炖汤或烧烤，有人放汽车音响高歌，瞬间让空寂的山谷成了一个小山庄，生活画面感极强。大家吃着各种烤得乱七八糟的烧烤和杂味火锅及各种零食，饮着小酒，还唱着老歌跳着怀旧交谊舞，无拘无束地感受着从闹市逃离的轻松。与自然亲近，这种回归，在村民们看来有些略带做作，但对名利纠结的都市人来说，确实是一种释放和享受。

由于扎营地选得不是很平整，我的腰上不知道摁着石头还是大块泥土，在疲倦中并不舒适地睡去，结果凌晨开始就遭遇一阵接一阵的暴雨，虽然帐篷里面没有进水，睡袋里依然温暖，但不免担心新的一天的行程。结果早上大家确实是在雨水和雾霭中，收拾完满是泥浆的露营设备，吃完简单早餐后驱车前往下一站。

偷鸡不成蚀把米，偏偏在这样的雨天让我们刻骨铭心地感受了一次这样的窘迫。在前往下一站的路上，不知道什么时候领队听取了有人抄近路的建议，再加上不知道在哪拐错了弯，走完一条乡间水泥路后，来到尚未成型的泥巴路，还坚持不掉头，结果步步深陷，一路上险象环生，车辆在残缺泥洼的羊肠小道上滑行，有的路段险些翻车，最后大家还下来借锄修路，好歹有惊无险走过那段最糟糕的路。然后又是几小时看不到过路车和人烟的泥泞山路，开得司机都看不到希望快要崩溃，大家都害怕深夜困在山里挨冻受饿，还好在傍晚时分走出迷宫上了高速，赶往一个小县城借宿。晚餐时大家都是惊魂未定连称侥幸，总之这一天基本没心情欣赏风景，饿着肚子赶路，算是旅行中的另类历程和插曲。

在经过前一天的折腾之后，大家心情变得很轻松，在开往下一个目的地之前，大家狂拍着一路的金黄稻田，有时还停下来与成片格桑花亲密接触。当在崇山峻岭之间找到水天一色的海峰湿地时，大家顿觉眼前一亮，由于尚未开发，风景也很自然，都感叹不虚此行。但大家目标是那神秘莫测的天坑，所以饿着肚子继续赶路时依然兴致勃勃。但是由于天坑也是尚未开发的景点，一路上问了好多次路都未能到达，还有一些车辆不断返回，都说前面路太险，但我们还是不愿意放弃，只得停下车来步行前往。

在走完一段崎岖的公路之后彻底没路了，我们只得向村民问路，沿着基本没路径的小路在杂树杂草中蜿蜒前行。经过几个小坑之后，大家来到了一个大坑，已经兴奋不已，称之为“坑爹”但我相信应该还有更震撼的“坑娘”，所以当他们还在后面沉浸美景地合影留念之时，我继续披荆斩棘在前面探路。在两山坳之口，突然出现一大堆红土，其中夹杂奇形怪状的石头，如一条奔腾的大河朝山下泻去，很是壮美震撼，甚至还有点吓人。后面的人一直不来，前面是一堆树丛，好像并无深坑，我依然想过去一看究竟，即使还是很心虚会不会被大部队遗忘或者遇到怪兽。最终跑步发现深坑后，迅速在山间疾呼，当大家赶来之时，都胆战心惊地站在周围膜拜这深不见底的坑。大雨在此时倾盆而下，大家被淋成落汤鸡，恋恋不舍地下山返回，此行算是彻底圆满了。而这一夜我的思绪都被在天坑和隔壁的湿地灵湖缠绕，幻想着穿越到神秘的故事情节中，幻想着天坑和深湖底下是否有暗道相通，是否有神仙鬼怪的爱恨争斗。

每次出游，我都会更爱我的祖国。风景倒在其次，主要是能有广袤的土地让人去探索，还能遗忘工作和生活压力，也感悟很多人生道理。此行我还对自己有了另一个深刻的认识，我是能冲锋陷阵探索的人，有自己独特的优点，但劣势和短板也很明显。比如，我佩服打麻将之人的智商和有那么好的心境乐于算计，我始终学不会也做不到享受其中；很多人都会开车，但是我是不想学车开车，开车的人除了技巧，还需要很有胆识，因为在行车路上，每一刻每一个细节都决定着自己和别人的命运，不得有任何马虎和急躁，要做到每个细节都很安全到位，这确实需要很强的心理素质和专注坚持的意志。总之我做不到的，我都由衷钦佩。

七天时间，好像很漫长，行千里路，阅人无数，脑子呆呆的身子沉沉的，掏空了脑袋和心灵，带回满身泥浆和疲惫；好像又很短，仿佛在一瞬间时光就流逝了，短暂穿越一切又要回到原点，收拾和整理心情，续战红尘！

海子山“犯贱” 之旅

旅游，因为可以转换视野、增加阅历、回归自然、涤荡心灵，越来越成为人们热衷的休闲娱乐方式。但与此同时，当旅游越来越普遍，甚至成为一种热门的时尚，旅游的原始意义却逐渐丧失，变得越来越肤浅和空洞，于是本来清新褒扬的旅游也开始与一些略带消极贬义色彩的词联系起来，比如奢侈豪华游、腐败游、驴游等。

奢侈豪华游，虽然听起来豪华奢侈，却被人牵着鼻子走，行程和消费都被人绑架，成为金钱和奢侈品的俘虏以及导游的木偶，看似风光无限，其实跟游击队赶趟一样，我不要！

小资腐败游，听起来那么浪漫、轻松小资，但其实肤浅乏味、空虚苍白，完全是为了打发无聊、消遣时间，找不到旅游的刺激和快感，我不要！

驴游，顾名思义，之所以称之为像驴子一样旅游，就因为行程艰辛、条件艰苦，完全为了探索自然而挑战自我，体力考验和精神挑战都太大，境界不是一般的高，一般人无法做到，我不要！

我向往的是一种介于几者之间的一种旅游形式，也是当下很多人吃惯了山珍海味之后的一种趋势回归，暂命名为“犯贱”旅游，表现形式为自驾、徒步加露营野炊。这种旅游方式从物质上说还是比较奢华的，需要有较为丰富的物质基础，比如自驾之需的交通工具不能太差，还要有一定条件的露营和野外生活装备、充足的物质储备、精心当然也可以是随性的线路设计。整个行程不单调乏味，自由随心，消费不奢华，但感受却是清新刻骨，收获颇多。但之所以称之为“犯贱”旅游，就是本来可以有更轻松舒适的吃住和出行方式，却偏要选择一种略带自虐的旅行方式。

国庆大假，当周围人早已筹划好了行程，我却踌躇良久，不知道去哪、如何去，我对奢华游、腐败游和驴游都没兴趣，纠结半天准备尝试犯贱旅游。

生在旅游资源丰富的四川，本来就不应该为旅游发愁，东南西北处处是风景，而我情有独钟的是川西高原的崇山峻岭。

四川，顾名思义，就是有四条著名的大河，但是四川的风景不只是水美，山更美，喊得出名、排得上号的名山就有很多，如峨眉山、青城山、西岭雪山、折多山、跑马山、二郎山、贡嘎山、雀儿山等，叫不出名的就更多了。虽然很多山并不著名，在绵延不断的山脉之中默默无闻，却都有各自的风情和内涵，只是不张扬外露，未被宣传炒作而已。

在这次的“犯贱”之旅中，我很幸运地结识了两位好友，出发前的线路行程设计和物资准备我基本上没操一点心，只是准备了简单的露营装备就跟着出发了。

本来设计了好几处露营计划，但是我们去的第一站却因为道路中断而被打乱。但自古蜀山多奇俊，只要进入川西旅游环线，就不愁找不到美景，我们很快就又敲定了露营第一站——海子山。一路上，无论是路边农家小院的瓜果蔬菜还是青山绿水，都让我们兴奋惬意、兴致盎然。

我们一路走走停停，采摘摄影，旅途十分愉快，在经过了千回百转的盘山之行和一路的问询之后，我们终于到达了要露营的海子山脚下。

由于露营地一般都不是很成熟著名的景区，所以上山的路很是艰险，完全就是山民通行的林间小路，对于他们来说最节约路程，但对于游客来说却是如履薄冰。没有经过修缮和设计的山路特别陡险，再加上前几天下过雨，道路依然泥泞湿滑。每人都背着露营装备和食物负重前行，前面四分之一的路已经让我们汗流浃背但尚能坚持，但后面四分之三的路却步步维艰。一路上遇到下山的路人，都在给我们形容后面的道路多难多远，我们依然继续前行，不断遇到背着一百多斤鲜笋下山的山民，善意地开玩笑说我们是没事找罪受。刚开始我们都不以为然，但越到后面感受越深刻甚至痛苦，艰难的步伐、沉重的喘息、胀痛的肩腿以及空白的大脑，自己也觉得是找罪受，有点犯贱。我们经过三个小时的艰难负重跋涉之后到达山顶，虽然满身泥泞、汗流浃背，却很惬意舒心，呼吸通畅，体力迅速恢复。如此看来，偶尔的犯贱调剂也是很有必要的。

此山之所以称为海子山，是因为山顶有几个漂亮的海子，真的到了山顶看到所谓的海子却大失所望，但经过长途跋涉到达山顶的胜利喜悦和放松，再加上对露营的期待，已经冲淡了失望。周围已经陆陆续续扎起了七八顶帐篷，有的开始生火做饭，炊烟袅袅，很有生活气息。第一次以天为被地为席露营，快被生计麻木的人也有了难得的新鲜刺激感。吃过简易晚餐之后，躺在帐篷里，兴奋得睡不着，吸收蜀山的灵气，还隐约有些担心下面的草地会陷下去掉进武侠小说中的山洞里，这样幻想着，睡意全无。

半夜不凑巧地下起了雨，淅淅沥沥久久不停歇，屋漏偏逢连夜雨，帐篷出了问题进了水，睡袋都湿了一半。还好山顶有一家简易的客栈，大半夜打着电筒去投宿。如此折腾下来，再次觉得自己有点犯贱，原始人好不容易发展到现在有房屋遮风挡雨，偏偏关在围城里的人又想回归自然，要是曾经在冰天雪地里打拼的父亲知道了我这样折腾，不知道该会怎样责怪我呢？

本来预想在山顶再玩一天住一夜再下山，才对得起一路跋涉的艰辛，但下雨后风景全无，吃过早饭后我们就决定下山。下山之行，说夸张点真是冒着生命危险，大雨使得道路更加湿滑，再加上地势险峻，稍不注意就有可能滚下山去，我们连走带滚才下了山，满身泥泞，极其狼狈，让旅行的感受既兴奋刺激又多了几分自虐犯贱的自嘲。

但无论如何，此行感受很好，忘掉尘世的喧嚣烦扰，让身心完全不受打扰，放空大脑，清洗身心，缓解压力和困顿。如此看来，适当的犯贱自虐式旅游对于调剂生活也有裨益，旅游的初衷不过如此。

精彩港澳四日游

第一站：迪士尼

迪士尼是全球著名的动漫主题游乐园，选址非常挑剔，在一些经济发达的国家中最有影响力的城市才有，每到一处都将成为这个城市新的旅游亮点。中国香港有东南亚为数不多的一家迪士尼，自然成了香港的必游景点，人们港澳游的第一站经常都是迪士尼。其实平时各色主题游乐园大家也玩了不少，但迪士尼之所以能如此有魅力，还在于其深厚的动漫主题魅力，才令无数人趋之若鹜。领导们被旅行社拖到这种属于孩子和童真的地方，自然无心闲游，径直找休闲的地方喝喝咖啡躲避骄阳，对于他们这些大忙人来说，也算难得的休息。而我们一群不大不小的成年人依然童心未泯，特别是女同事们，看到可爱的米奇和唐老鸭等动画明星的模型和玩具就兴奋得哇哇直叫，不是到处合影就是流连于玩具饰品店，完全回归小女孩的纯真。在她们的带动下，我们将游乐园里的主题项目玩了个遍，疯狂刺激的太空飞车、温馨梦幻的童话王国、惊心动魄的丛林探险、搞笑幽默的米奇幻想曲，短短几个小时，让我们重温了久违的童趣，走出游乐园后大家意犹未尽，回首挥别，道一声："再见了，迪士尼！上海再相会！"

下一站：天后

《下一站天后》是一首歌曲名，也很适合香港旅游第二天行程的主题。影视业是香港的招牌行业，香港盛产明星，虽然很多人不一定有缘在香港街上邂逅深居简出的明星，但还是希望感受一下明星的风采，星光大道和杜莎夫人蜡像馆自然成了弥补遗憾的必游项目。"星光大道"没有想象中的那么光辉灿烂，倒是维多利亚港湾在烈日下的另类风情令人陶醉，"星光大道"不见明星身影，只见明星"手迹"和签名，疯狂的粉丝摆出各种姿势与自己偶像的名字和手印合影。如果这里还不尽兴，杜莎夫人蜡像馆可以进一步满足大家与明星近距离接触的愿望。蜡像馆建在著名的太平山上，上山道路蜿蜒崎岖，导游讲解沿途的景点和香港的故事，让人不禁开始幻想那些住在山间别墅里的明星贵族们在附近出入的场景，还顺便俯瞰远眺香港全景，本来枯燥的上山车程却变成一段奇妙的旅程，让人对香港的魅力有了进一步领略，更多一份喜爱。杜莎夫人蜡像馆早就闻名遐迩，近距离接触觉得这些明星蜡像还是不够逼真，馆内陈列设计也略显拥挤，但同伴们还是乐此不疲地与各路明星合影，短短一小时足以让你穿越古今中外，纵横文艺与政治，或许这才是蜡像馆带给我们真正的收获。

终点站：澳门

第三天一早出发赶赴码头，乘坐游轮前往充满异域风情的澳门。澳门融古典与现代于一体，古色古香的大牌坊和妈祖庙与豪华时尚的新葡京和威尼斯赌城等建筑相得益彰。对妈祖庙和大牌坊大家都只是惊鸿一瞥，更多的时间和精力花在了澳门的赌城新秀“威尼斯”，这也是很多人澳门之行的终极目标，即使不赌也要亲临感受赌场风云。名叫“威尼斯”的赌城，外形上看并无特别之处，但进去过后却是别有洞天，俨然一座浓缩的城市。宾馆和展厅极其豪华，人造的超级逼真的蓝天白云布景可以让进去的人忘掉外面世界的昼夜交替，尽情驰骋赌场。这里除了有超级庞大的赌场，还有更豪华的购物餐饮步行街。虽然只是在一座城堡内，但二楼的休闲购物广场却店铺林立，步行街纵横交错，各色餐饮应有尽有，惟妙惟肖的蓝天白云布景下欧式建筑与辉煌街灯交相辉映，别致小舟载着游客穿梭于街中小河，水手娴熟的划船技艺与高亢嘹亮的歌声赢得游客的阵阵掌声，置身其中，完全忘掉自己身在澳门身处城堡，仿佛来到一个老少皆宜、中外不分的购物娱乐天堂，让人流连忘返。

四天的港澳之旅虽然短暂仓促，但见识和收获颇丰，感悟良多，心海虽曾涟漪无数，但生活终将归于平静，未来唯有激情付出，才能畅享惬意人生！

千佛山踏雪路途难　万种风情多艰险

每个人心中都有一块纯洁神圣的领地不容污染，每个南方人心中都有一个白雪梦，每每到了冬天，顶着凛冽寒风却看不到浪漫白雪半片，总会有丝丝遗憾，也有些许冲动和向往。这时候，“走，一起看雪去”的活动应势而生，勾起了我心中无限的遐想和涟漪。

2012 年 1 月 14 日，大邑千佛山“看雪”活动如约而行，但路途艰辛，总结起来有三艰：

组织艰。任何事物都会有产生、发展和消亡的过程，人与人之间的关系也是分久必合、合久必分，每个人都可能与无数人有很多交集，但要增加和保持这些交集都很难，心灵空虚、情感纠结的人们，在网络上编织的一个个群体，有的迅速集结繁盛，也有的瞬间冷清消亡，这些我们都围观和见证了太多，此次活动组织得相对比较艰难！

行车艰。由于此行目的地并非热门景区，能驱车前往还得益于国家“村村通”工程，但山路崎岖无比，再加之寒冬路滑，所以上山路上大家阵阵眩晕，还伴着惊心动魄，惊恐中带着刺激，还好驾车朋友车技过硬，有惊无险！

登山艰。车到达目的地的时候，外面一片泥泞，大家的高跟鞋、运动鞋、平板鞋、绣花鞋瞬间被蹂躏得面目全非。更要命的是山路崎岖，道路设计和保护措施薄弱，再加上冰雪覆盖，可谓是步步惊心！

天生一个神仙洞，无限风光在险峰。虽然组织、行车和登山都艰难重重，但最后的收获证明所有的付出都值得。

当看到群山银装素裹，一群人也分外妖娆起来了，放弃矜持，忘掉烦忧，尽情地呼吸、畅享和释放，抓拍连连！

虽然千佛山雪景没有大型雪山那么壮观震撼，但足以让少见冰雪的我们兴奋不已了。绿树掩映冰雪，千娇百媚，蜿蜒陡峭的小路与泥巴脚印交相辉映，一批人一心踏雪、二手相牵、三五成群、七上八下、六九交错、十分温馨，构成了一幅幅美妙的画面，真是风景随处有，风情随时留，只要用心捕捉，处处皆风流！

每次出行，行程和风景都是点燃我们内心情愫的火苗，在远离城市喧嚣的静僻之地，我们可以放下尘世中的郁结和固守，放开自我，放下自我，尽情享受片刻的清新和欢愉。而茫茫白雪更是将我们内心尘封已久的纯真释放，大家尽情嬉笑打闹，白雪见证我们纯洁的友谊，或许还有某些爱恋，风雪中的你我都是那样风情万种，怎能让人不怦然心动？

千佛踏雪，万法问道！虽然此行主要目的是踏雪怡情，但身处“佛缘道得”中，也难免思绪万千。山上的道路崎岖险阻，但只要坚持前进，就能在险峰收获无限风光。人生的道路又何尝不是？你我今天的幸福都经历了无数磨难，所以面对困难，我们心中也不能泯灭希望的火种和走向成功的动力！还有还有，那风雪中屹立不倒的绿树杂草，那石崖中傲雪盛开的小花，没有华美和大气，没有关注和喝彩，依然顽强地执守生命的真谛，不败不弃，你我这样有思想有智慧的生命，怎么反而时常看不透想不彻呢？你我本凡人，生在人世间，终日奔波苦，一刻不得闲，人生何其短，放掉人生中的过多痴贪恋，才能享受更多生命的欢愉，看到更多美好的风景！

烟花易冷情难了

都说“年年岁岁花相似，岁岁年年人不同”，然而我想感叹的，是比鲜花更灿烂、更短暂易逝的烟花和焰火。虽然岁岁年年的那些时刻，焰火如期而至，但人却依然是一个，形单影只，并未增加多少绚烂，内心却徒增几分沧桑凄凉。

金沙太阳节，每年春节都在办，灯会和表演用来渲染气氛，而我最期待的却是那转瞬即逝的焰火。他们都嫌烟花太过炫美却又太易消逝而不愿面对，然而我却觉得，终究都逃不过逝去，能有轰轰烈烈的灿烂，也算是值得体味和纪念的事。

烟花一颗接一颗直入云霄，轰鸣、爆裂、绽放、落幕，浩浩荡荡洋洋洒洒几十分钟，看得我脖子酸痛、泪眼朦胧，众生祈祷着国泰民安，我却想起那在地下沉睡了几千年的“金”和“沙”的千古绝恋，曾经的轰烈和激情，如同烟花一样美丽地逝去了，不仅潸然泪下。

或许基调太过于忧伤了，我们总是用自己的心情投射到那“无情”的事物上，烟花就是这些忧郁才子佳人的最爱。在五光十色的焰火中，孤冷寂寥的我，不禁双手合十祈祷，期待能有那人生中的情花绽放。

每当这时候，就会想起这首歌词：“来吧伴我飞，多久都不会累，我已不在乎，所谓的是与非；如果爱是朵很脆弱的烟花，我也愿意承受，不完美中的完美。原来风雪可以，让我坚强让我感动，坠落在我的梦，只要一点火种，依然照亮我笑容。原来命运还有一些在我掌握之中，眼泪的朦胧，透着一道彩虹。烟雾在消散，花火生命短暂，灯塔永不孤单，因为你是海岸。”

涤荡心灵的西藏之行

读万卷书不如行万里路，旅行对于一个人的人生到底有什么样的意义，不同的人有不同的理解，休息散心、开阔视野、丰富阅历、结识朋友，各取所需，总之旅行在人们的生活和人生旅途中的意义越来越大，用有限的人生，丈量无垠的世界，用局限的视野，看广袤的世界！

人一辈子，总会有意无意地去很多地方。西藏，是很多人向往的地方，即使那里并不富饶繁华，但因为很少能踏足而倍加向往，更为膜拜者心中最圣洁的梦想。

都说向往西藏的人，都是向善向纯有个性的人，才会不辞辛劳前往，我也算其中滥竽充数的伪膜拜者，一直期待着去走走看看。但是一直由于时间和心灵不得闲而未能前往，最近被工作、生活和情感三座大山压得喘不过气，于是不顾一切请假前往，不求能得到心灵的救赎，只为休整疲惫的身心。

由于没有充足的时间和合适的伴侣，只能跟团前往，我向来没有心情去做详细的攻略，无意中结识一个朋友，带着向往和些许不安，冒冒失失就跟着前往了。

所幸我跟的团人数不多，总共十人，其中七位为大爷大妈，带团的人友善而且熟悉西藏，心中安稳不少，开始了一段没有商业绑架还算温馨舒适的旅程。

当飞机徐徐降落拉萨机场，心中充满了激动和期待，但是再经过七十千米进入市区沿途所看到的景象，并没有让我怦然心动，或许和四川甘孜阿坝的康巴风情异曲同工吧，所以见惯不惊。早上八点多钟就到了酒店，根据导游的经验安排，第一天需要在房间静卧修养。虽然拉萨只有三千多米，之前我去四千多米的地方也没什么高原反应，但这次居然反应强烈，由于缺氧脑袋闷痛，不能自如行动，空气干燥，夜不成寐，西藏之行第一天就遭了个下马威。

第二天上午的行程是拉萨市区的大昭寺，我虽对西藏历史和佛教文化感兴趣，但知之甚少，所以走马观花逛寺庙，倒是那些在庙前庙里虔诚膜拜的人们，不吃不喝，不怕骄阳暴晒。虽然他们布衣粗食，甚至居无定所，且不说信仰的东西真谛何在，但可以让人们为了心中的信仰不辞辛劳、不计得失，也叫人敬仰。相比之下，虽然平原上的人们丰衣足食、生活安逸，但身体的安逸也不能救赎心灵的空虚和纠结，科学知识无法武装思想灵魂，没有信仰寄托的生活，有时候也很可怕。

下午行程是布达拉宫，这是整个西藏及其佛教文化的象征，也是西藏旅行必去之地。初见布达拉宫，只是在市区一矮山上所建，没有想象中的地势险要，但建筑确实雄伟，无论从前后左右哪个角度观望拍摄，都很壮丽。游览完布达拉宫里面如迷宫式的构造，听了导游讲解布达拉宫的建筑历史、佛教文化传承的故事，更被佛教文化的博大精深、建筑构造的精妙和无数的珍宝折服。

第三天往返驱车八小时前往纳木错拜访神湖，沿途蓝天白云雪山看得人麻木，神湖风景果然可谓天上人间。只是由于气温底，湖水依然冰封尚未完全融化，少了些柔情风韵，但依然冰艳动人，可惜空气稀薄举步维艰，一行人没来得及摆姿作秀，草草拍照就返回。

虽然只是在拉萨待了三天，或许是缺氧呼吸困难，感觉时间很漫长，仿佛过了三个月，第四天、第五天、第六天的行程就是乘火车返回成都。本来可以来回双飞，但西藏之旅必去感受下天路魅力才算不虚此行。这条耗费了无数的财力、物力和人力修建的青藏铁路，即使让我用四十多个小时的在火车上的困倦来纪念和感受也值得。一千多千米的雪域高原路程，并无想象中的雄伟壮丽，但这段经历是必不可少的。在车厢吃吃睡睡，饱览沿途各色风景，听车厢里来自天南海北的人们谈天论地，不用考虑红尘烦事，也很惬意。

此次修身养性的旅行，效果很好，只是不知道这次缓解能持续多久的疗效。

炎夏蹊径寻灵泉

有些旅程，无意而至，满载而归；有些旅程，蓄意而为，败兴而归！如同人生，“有心栽树树不发，无心插柳柳成荫”的事，看似偶然，却又在时时发生。

又是一个周六，清晨早起，因为和朋友约好要去一个地方，虽并不是精心策划和安排的旅行，起床比上班还早，有些懒惰不想去，但我是一个有信用的人，即使没认真考虑、半推半就答应的事，我也必定赴约。

最近，不知道是压力过大导致的思绪缠绕、心情郁结，还是天气冷热变化无常导致的身体不适，或是闹市空气质量不佳，加之办公室空气不通畅，我时常感觉胸闷气紧。

但是，当车驶离三环，柔和的晨风夹着润雨轻抚脸庞，内心的郁结和胸口的紧闷顿然消失，如此看来是我的情绪作祟，空气质量确实也是诱因。

我们来到眉山境内丘陵中被树林掩映的一处人工水库，虽然规模不大，但选势极佳，三座小山谷中流下的溪流汇聚成水库，我们对这些源流很感兴趣，于是热情的水库老板夫妇带着我们翻山越岭在荒草丛中觅路前进。

山中只住着两户人家，均只有一对老夫妇在家，却耕种着几十亩田地，看着大片孕意浓浓的玉米和水稻，更让人感叹他们的勤劳和艰辛，但这只是我们想象的肉体上的辛劳，而他们神情的安详折射出内心的淡定，却是我们所没有的。

这是条人迹罕至的小山沟，开始只是一段很普通的小溪，但往深处走就别有洞天，溪水越来越清澈凉爽，我们全是赤脚在杂乱无章的碎石上奔走，时而戏水、时而打闹、时而跌倒、时而翻爬、时而湿身、时而尖叫、时而抓蟹、时而捕鱼、时而抓蛙，童趣蔓延，连水库养鱼的农民夫妇都被我们带动得不急着回家干正事了。溪水走势越走越险，还好有十几岁的当地少年在前面蹦蹦跳跳像孙悟空一样来回引路。艳阳从树叶间歇投影出斑驳光影，在远离闹市不远的地方邂逅这样的原生态山野，让人在炎夏也能心旷神怡。

前行的路根本就不叫路，沿着蜿蜒曲折的小溪前进，打打闹闹走了两个小时，溪水冲着脚，冰凉惬意，还有顽石做足底按摩，好久没这样真真切切触摸大自然了。然而下来的时候，脚底像装了弹簧，一碰到石头就敏感生痛，没有了上山时的快感，跌跌撞撞走到山下穿上鞋，然后泛舟回归，这样一上午的旅程如梦幻般让人心醉。

中午在水库老板家用过简单午餐，他们还饶有兴趣带我们到黑龙潭老家游玩。黑龙潭湖光山色自然美妙，而在农家逗猪玩羊，掏梨摘枣，看着曾经熟悉的秋收农耕，更让人心灵淡定回归。乡土风貌，清新宁静，而水库老板等人，与我们并无利益交易，却能如此热情单纯接待我们，更让人感动。

生活在闹市，看似在闯荡江湖，我们却无法真切享受一江一山，与自然越来越隔绝；我们看似纵观世界、博览古今、忧国忧民，虽然早已看穿厌倦了利益纠结、人心争斗，却依然越来越计较得失，人心越来越隔阂！

暮迟归，加入车水马龙万家灯火，继续迷失人海，徘徊市井！

震后汶川换新颜

四月的成都，天气依然阴雨绵绵，寒风寒雨时时来袭，全然没有初夏的晴朗和清新。四月的日子也过得浑浑噩噩不知天日，先是清明小长假，然后是公司拓展，再然后是几乎算倾巢出动的出游，生活和工作完全乱套了。好在我对广西山水等风光游不是很感兴趣，所以不觉得失落，倒是我心里策划的那趟于公于私的汶川之行更让我期待。

青海玉树地震再次牵动国人的心弦，回首“5·12”特大地震，一晃也快两年了，汶川这个曾经牵动全球的城市，震后我还一次都没去过。就在前期阶段性重建即将结束之时，一趟汶川行对我很有意义，缅怀灾难的历史，展望美好的未来。

本来只需两个多小时车程，却经过近四个小时的颠簸和拥堵之后才达到，这还得益于分公司帅小伙精湛灵活的车技。汽车从都江堰进入汶川境内，一路看到的景象让人回想起地震后在电视上看到的很多惨况，车子在崇山峻岭中艰难穿梭，旁边的断壁残垣和断桥旧路随处可见，尽管过去快两年，巍峨的群山还是像被蹂躏过一样衣不蔽体，地震撕碎的山河依然未能青山再现，不时还亲身感受点山上滚落飞石的惊险。

此行的主要任务是工作，然后才是我忙里偷闲的心灵感悟。去了解一个阿坝分公司上报的项目情况，同时协助他们将新办业务理顺，由于有了一点的积累和经验，再加之本次项目情况不是很复杂，而且我也做了一点准备，所以工作进展得比较顺利，心情比起以往出差轻松很多。此行是为了完成工作，但让我感触更多的却是工作之外的见闻。

此行受到分公司非常热情的接待。先是劳烦业务部的骨干亲自驱车接我这个单枪匹马的光棍军，心里有点过意不去。然后是分公司虽然规模不大但机构设置比较齐全，人不多却非常团结，亲如一家，这从他们之前的描述和我亲见的场景中可以充分证明。晚餐大家欢聚一桌，为我接风洗尘，让我受宠若惊。之前一位同事曾经给我说过一句话："别人敬重你是因为你所处的某个位置，而不一定是因为你个人的魅力。"而我为人处世的原则是不希望别人由于我所处的某种所谓的位置而敬重我，更希望因为自己的能力和人品而结识和喜欢我，也正是这种信条，让我没有太强的功利心，所以混得也很糟糕。尽管如此，到哪都还是能得到别人的认同和喜爱，这就够了。所以席间，我一直请求大家不要拿我当客人，但是藏羌人民热情好客的习俗使然，我还是没能抵挡一群人的酒攻，很快就晕晕乎乎的了，最终好说歹说才幸免，没有出现难堪尴尬，再次成功捍卫我的醉酒之"处"。

饭后大家相继散去，司机把我送回房间后，我也嘱咐他辛苦一天了早点回去休息。他走之后，一向喜欢清静不爱花天酒地的我终于回归自我，但不免有点冷清寂寞。窗外霓虹闪烁，楼下就是新建的锅庄广场，一群人正在载歌载舞，酷爱舞乐的我肯定不会错过这大好机会，于是飞奔下楼，一览汶川新城的夜间风情。

下午路过时，同事们已经大概给我介绍了汶川新城重建的情况，感受了体现援建情缘的雄伟的穗威大桥，略览了新建的大气厚重的博物馆和文化广场。两年之后，汶川新城初见轮廓，虽然还有一些地方待建，旧楼也因迎接庆典和检阅在装修，但整个县城依然焕发着勃勃生机，在同事的介绍中，我能感受到他们的满意和自豪。夜光中魁梧的大禹塑像挺拔威严，捍卫着汶川人的安居乐业；灯火辉煌的锅庄广场，人们载歌载舞，其乐融融。

一直以来，我都有很浓郁的藏羌情结，而锅庄又可谓是藏羌文艺之魂，每每那清新悠扬婉转的音乐响起，自由舒展律动的舞步迈开，我就热血沸腾心生向往，今天我自然不会浪费这大好机会。广场前大荧幕放着锅庄音频，广场中人们圈圈绕绕着幸福舞步，为恬静的县城平添几分生机，与黑夜中巍峨冷酷的群山形成鲜明对比。跳舞的人们形形色色，有身着民族服饰的藏羌居民，有衣着时尚的外来人口，有白发苍苍的大爷大妈，有青春活力的俊男靓女，还有活泼可爱的孩子，大家没有羞涩和拘谨，不顾民族、身份和年龄，认识的和不认识的都可以牵手伴舞，忘掉自我融入人群。这一刻我的心是愉悦的、激动兴奋的，喜爱音律的我，每每看到国外电影中乡村居民的舞会就心生羡慕，因为我的老家基本上没什么民俗活动，劳作之余的娱乐休闲活动非常贫乏，而此时此景让我深深自豪和满足，原来我也可以离电影中不可触摸的场景如此之近。这种活动比大城市广场中老年人的娱乐运动更加清新自然、更加包容和谐，比起压抑郁闷的KTV里的花天酒地嘶吼更加纯洁愉悦。

我在人群中学着有规律的舞姿，很快就找到律动，还能有所发挥，不久就舞蹈至舞池中央，成为大家的焦点，我也完全忘记自我，不再拘束，尽情释放我的愉悦、激情和天赋。九点时钟响起，广场娱乐活动结束，大家徐徐散去，而我却依然陶醉在音乐和舞蹈中，甚至一整晚我的梦都萦绕其中，纠结其中。

我不是刻意要讴歌和赞美什么，或许灾后重建中还有很多局外人不知道的内幕和隐情或者说是问题，但是汶川新城的规划和建设还是很好的，很多人的生活还算是幸福和满足。长期生活在所谓的繁华现代的大都市，人们为了生计和飞涨的房价，越来越压抑和迷失自我，快乐和幸福离我们越来越远。所以下午我还和同事开玩笑，如果哪个城市给我一套房屋，我就去那里工作和居住，不再沽名钓誉地追求那些莫须有的东西。夜色中锅庄广场之乐触动了我，让我有了一点冲动，尽管汶川通往外界的路并不顺畅，但是有时让自己的心尘封也不全是坏事。

羌笛不再怨杨柳，和风暖透藏羌魂，希望因为地震这种灾难而闻名世界的汶川越来越美好！